ro
ro
ro

Britta Sabbag, geboren in Osnabrück, studierte Sprachwissenschaften, Psychologie und Pädagogik an der Universität Bonn. Nach dem Studium arbeitete sie als Personalerin in verschiedenen Firmen. Seit 2009 widmet sie sich ausschließlich dem Schreiben. Ihr erster Roman «Pinguinwetter» wurde 2012 auf Anhieb zum Spiegel-Bestseller. Weitere Romane, Jugendbücher und Kinderbücher folgten. Zuletzt stand «Die kleine Hummel Bommel» wochenlang auf Platz 1 der Bestsellerliste.
Britta Sabbag gibt Schreibseminare und verfasst Drehbücher. Sie lebt mit ihrem Partner in Bonn.

Mehr Infos unter www.brittasabbag.de

Britta Sabbag

Der Sommer mit Pippa

Roman

Rowohlt Taschenbuch Verlag

Originalausgabe
Veröffentlicht im Rowohlt Taschenbuch Verlag,
Reinbek bei Hamburg, Mai 2016

Umschlaggestaltung any.way,
Barbara Hanke / Cordula Schmidt
Umschlagabbildungen Denise Grünstein/
linkimage.com; kzww / shutterstock.com
Satz Legacy PostScript, InDesign,
bei hanseatenSatz-bremen, Bremen
Druck und Bindung CPI books GmbH,
Leck, Germany
ISBN 978 3 499 27107 6

Manchmal versperrt der richtige Mensch
den falschen Weg.

Britta Sabbag

Diese Geschichte ist für alle, die wissen,
dass man sich seine Freunde nicht aussucht,
sondern dass sie einen finden.
Und dass es oft genau die Menschen sind,
von denen man es am wenigsten erwartet hätte,
die einen retten.

Prolog

«Du isst erst deinen Teller auf, dann kannst du nach draußen spielen gehen.»

Der Blick meiner Mutter streifte mich kurz und mahnend, dann stand sie vom Tisch auf, strich ihre geblümte Küchenschürze glatt, krempelte sich die Blusenärmel hoch und machte sich an den Abwasch.

«Man kann den Teller nicht essen», verbesserte ich sie murrend mit Blick auf eine viel zu große Portion Erbsen und Möhren. Es kam mir wie eine ganze Armada Erbsen und Möhren vor.

«Du musst immer das letzte Wort haben», entgegnete meine Mutter kopfschüttelnd, «ich weiß wirklich nicht, von wem du das hast. Von deinem Vater und mir jedenfalls nicht.»

Natürlich nicht, dachte ich, meine Eltern waren keine großen Sprachkünstler, das mussten sie auf unserem Schweinehof auch nicht sein. Und das war nur einer der Gründe, warum ich mich hier so oft fehl am Platz fühlte, wie in eine falsche Welt hineingestellt.

«Ich muss jetzt aber wirklich raus, es ist wichtig. Mia wartet am Zaun auf mich.»

Es stimmte, es war ein besonderer Tag für mich. Mia hatte sich zum allersten Mal mit mir verabredet. Sie war eines der Mädchen, mit dem jeder befreundet sein wollte. Sie lächelte den ganzen Tag, ihr Gesicht tat es praktisch immer, ohne dass es angestrengt oder künstlich wirkte. Ihre blauen Augen strahlten permanent, und wenn ihr Blick auf mich fiel, fühlte ich mich auf eine besondere Weise gesehen. Sie gab mir das Gefühl, erkannt zu werden. Als sie in unsere 4. Klasse kam, wollte ich sofort Mias Freundin werden. Heute waren wir endlich verabredet.

Ich war ziemlich aufgeregt. Ob ich auch interessant genug für sie wäre, sie bloß nicht langweilen würde? Dass ich das Mädchen vom Schweinebauernhof war, wusste sie, und es hatte sie anscheinend nicht gestört. Trotzdem hielt ich es für schlauer, mich mit ihr am Grundstückszaun zu verabreden. Denn sie musste ja nicht unbedingt durch die ganzen Schlammpfützen vorbei an den Schweineställen bis zu unserer Haustür stapfen. Wenn ich mich hier schon deplatziert fühlte, dann würde jemand wie Mia auf einem Schweinebauernhof wie eine glitzernde Fee aus einem Märchen in einem Schlammloch wirken.

«Ich kann nicht mehr!» Ich begann, wild mit den Beinen unter dem Tisch hin und her zu baumeln.

«Du hast fast nichts gegessen, das kann nicht sein.»

Die Diskussion mit meiner Mutter kostete mich wertvolle Zeit, Mia wurde sicher ungeduldig. Dazu kam, dass Nicole vom Hühnerhof nebenan jeden Tag nach der Schule um eine ähnliche Zeit zum Spielen kam. Nicole war nicht besonders gesprächig und zog es vor, Holzsachen still vor sich hin zu schnitzen oder die Hühner zu versorgen. Ich half ihr ab und zu und gab den kranken oder schwachen Tieren, die in extra Käfigen außerhalb des großen Legestalls gehalten wurden, dann immer besondere Namen. Ich nannte sie Schneewittchen oder Aschenputtel, um sie zu motivieren, schnell wieder gesund zu werden. Ich mochte diese Art des Zeitvertreibs, aber ich hatte so ein Gefühl, dass es mit Mia anders sein würde. Mit Mia würde ich Geheimnisse austauschen, den ganzen Tag kichern und auf der Wiese liegen und die Wolken betrachten. Wir würden uns ausmalen, wie wir einmal leben würden. Natürlich zusammen in der Stadt, wie beste Freundinnen eben. Auf keinen Fall hier auf dem Land, das stand außer Frage.

«Ich ka-han nicht mehr!»

Meine Mutter stützte ihre nassen Hände auf das Spülbecken. «Dann geh, in Gottes Namen!»

«Danke!», rief ich noch, während ich schon aus der Küche rannte. Ich hatte Mia sicher zehn Minuten warten lassen. Kein optimaler Start für eine Freundschaft. Aber ab heute würde Mia meine beste Freundin sein.

Am Treppenabsatz standen schlammbespritze Gummistiefel in so ziemlich jeder Größe. Rechts und links der letzten fünf Stufen. Niemand auf dem Hof – weder meine Eltern noch ich, noch unsere Angestellten – hatte jeweils eigene Stiefel. Es wurden die angezogen, die gerade da waren. Doch ich rannte an ihnen vorbei, die Treppe hoch, um meine schicken Riemchensandalen aus dem Schrank zu holen, die ich zur Konfirmation bekommen hatte. Nach dem Festtag hatte es keine weitere Gelegenheit mehr gegeben, sie zu tragen. Man konnte spüren, wie hart das Leder noch war. Da mir die Geduld fehlte, den zierlichen Verschluss zu öffnen und wieder zu schließen, zwängte ich meine nackten Füßen so hinein. Das Riemchen am rechten Schuh schnürte ein, weil es zu eng eingestellt war, aber ich hatte keine Zeit mehr für einen solchen Schnickschnack. Mit der Hand am Geländer rannte ich die Treppe wieder runter und nahm gleich zwei Stufen auf einmal. Die Eingangstür war immer auf, damit jeder in die Küche gelangen konnte, wann er wollte. Ich überquerte den Hof in einem Tempo, das mich fast über die Schlammpfützen fliegen ließ. Nur eine erwischte ich ungünstig und spürte den kühlen Matsch an meinem Unterschenkel. Nur noch um die nächste Ecke, dann würde ich den Hofzaun bereits sehen können.

In dem Moment drang ein schrilles Kichern in meine Ohren. Es war ein Kichern von zwei unterschiedlichen Stimmen, die eine Art Gleichklang bildeten, weil sie dieselbe Höhe hatten. Es war das vertraute Kichern, das nur beste Freundinnen miteinander teilten.

Ich rannte jetzt direkt auf den Zaun zu, an dem eine helle Gestalt lehnte. Mia! Sie hatte gewartet – so ein Glück!

Ich lief noch schneller und nahm die Abkürzung über die Wiese. Das harte Schuhleder schnitt am kleinen Zeh ein, und die von der Sonne ausgetrockneten Wiesengräser peitschten auf meine nackten Waden unter dem Sommerkleid.

Da sah ich noch etwas, neben Mia. Eine dunklere, gedrungene Gestalt mit Zöpfen. Nicole.

«Hallo Mia!», keuchte ich vollkommen außer Atem, nachdem ich vor dem Zaun eine Vollbremsung hingelegt hatte. «Entschuldige, dass du warten musstest!» Ich stützte meine Arme auf die Knie, um wieder Luft zu bekommen.

«Du hast Matsch am Bein.»

Nicole nickte verschwörerisch. «Schweinematsch.»

Ich sah betreten an mir herunter. Meine neuen Schuhe waren tatsächlich voller Matschspritzer, ebenso wie meine linke Wade.

«Wir haben außerdem etwas beschlossen», sprach Mia weiter.

«Oh», sagte ich kurzatmig, «was denn?»

«Dass wir dich nicht dabeihaben wollen», kam es von Nicole wie aus der Pistole geschossen.

«Waas?»

Nicole sah mich eindringlich an. «Mia und ich wollen was alleine machen.»

Mein Brustkorb, der sich eben noch zum Luftholen aufgebläht hatte, erstarrte blitzartig, wie abgeschnürt.

«Wie meint ihr das?», fragte ich mit angehaltener Luft und merkte, wie dünn meine Stimme klang.

«Wir spielen ohne dich», erklärte Mia. «Heute und ... für immer.»

Ihr Mund lächelte wie immer. Aber das, was sie sagte, und die Art, wie sie mich dabei ansah, passten einfach nicht zusammen.

«Aber ... warum?»

Was hatte ich falsch gemacht? Ich begriff es nicht. Ich war zu spät, ja, aber das war doch noch lange kein Grund, mich so abzuservieren.

Ohne ein weiteres Wort drehten Mia und Nicole sich um, und entfernten sich Hand in Hand vom Hof.

«Ihr könnt doch nicht einfach ...!», rief ich und machte Anstalten, über den Zaun zu klettern.

Dann drehte sich Mia um. Ihr blondes Haar wehte leicht im Wind, und ihr Mund war wegen ihres immer noch breiten Lächelns weit geöffnet. «Wir wollen dich nicht dabeihaben, Schweinematschmädchen. Kapier das einfach.»

Schweißgebadet wachte ich auf. Es war nur ein Traum gewesen. Ein Albtraum! Trotzdem fühlte ich mich total gerädert. Langsam hievte ich mich im Bett auf. Meine Stirn war nass, und meine Klamotten klebten förmlich an meinem Körper. Meine Klamotten?! Im schwachen Mondlicht, das durchs Fenster fiel, konnte ich erkennen, dass ich noch Hose und Oberteil trug. Beides hatte ich gestern schon angehabt. Ich musste weggenickt sein. Mein Blick wanderte zum Handy, das auf der Bettkante lag. Ich drückte auf das Display: 05:45 Uhr. Samstag. Der Tag, der alles unumkehrbar verändern würde. Ich hätte es nie so weit kommen lassen dürfen. Ich hatte meine beste Freundin verloren.

Und es war meine Schuld.

Ich griff nach der Flasche Wasser neben dem Bett und trank gierig mehrere Schlucke. Wasser sortiert die Gedanken, schoss es mir durch den Kopf. Aber klarer konnten sie kaum sein, denn ich wusste, was ich zu tun hatte. Und mir blieb dazu noch genau eine Stunde und fünfundvierzig Minuten.

1. Kapitel

Und Sie sind sicher, dass das für eine Klage reicht?»

Der Blick der jungen Frau streifte mich nur für einige Sekunden, dann wich sie nervös aus, nestelte an ihrer Handtasche und sah wieder aus dem Fenster.

«Ich meine, ich will ja eigentlich gar nicht vor Gericht», fuhr sie fort. «Ich hatte mich nur so erschrocken, als Lillys Mund voller Blut war. Dass so ein Plastikverschluss so gefährlich sein kann! Na ja, im Endeffekt war es nur ein kleiner Kratzer. Es sah sicher schlimmer aus, als es war ...»

«Keine Sorge», unterbrach ich sie scharf. Ich klappte den weichen Aktenumschlag zu und zog das Gummiband längs über den Einband. «Das ist mehr als genug, um sie dranzukriegen. Ein blutendes Kind wird von so ziemlich gar nichts übertroffen. Noch nicht einmal von Hundebabys.» Ich machte eine kleine Pause. «Außer wenn es viele Hundebabys sind, dann vielleicht.»

Meine neue Mandantin nickte. «Ach so ...»

«Wir leiern der Firma eine ordentliche Summe aus den Rippen. Die werden einen Teufel tun und das an die große Glocke hängen. Ich bin mir sicher, dass sie sich sehr schnell und sehr gütlich einigen wollen. Das erste Angebot kann ich Ihnen sicher schon nächste Woche schicken. Das lehnen wir aber natürlich ab. Egal wie hoch es ist.»

«Wir lehnen es ab?»

Ich stand auf, zog meinen engen Blazer glatt und streckte der Frau meine Hand entgegen.

«*Never accept the first offer*. Alte Anwaltsregel.»

«Aha ...»

Ihr Handdruck war weich und warm, es fehlte ihm komplett an Spannung. Ich hatte das Gefühl, statt einer Hand ein Milchbrötchen zu drücken, und ließ sofort selbst an Druck nach, damit ich ihr nicht weh tat.

«Ich melde mich. Und Sie streichen Sorgen und ungute Gedanken jetzt aus Ihrem Kopf. Ab sofort bin ich Ihr Kopf. Und Ihre Waffe.»

«Das hört sich irgendwie ... einschüchternd an», antwortete sie mit einem Blick, der halb verängstigt, halb irritiert wirkte. «Wissen Sie, ich brauchte noch nie einen Anwalt ...»

«Okay. Anders gesagt», korrigierte ich mich, «sehen Sie mich als jemand, der Ihnen ab sofort mit Rat und Tat zur Seite steht. Klingt das besser für Sie?»

Meine neue Klientin wandte sich auf Höhe des Türrahmens noch mal um. «Ah, Sie meinen ... so in etwa wie eine ... Freundin?»

«Das ist eine sehr eigenwillige Interpretation, aber wenn Ihnen das hilft, soll mir jedes Mittel recht sein.»

Ich sah aus dem Fenster. Es war ein strahlender Freitagnachmittag, das erste warme Sommerwochenende stand vor der Tür.

«Jemand hat mal gesagt», fügte ich noch hinzu. «Freundschaft ist, wenn zwei Feinde sich auf dieselbe Beute einigen.»

Aber als ich mich wieder zur Tür drehte, war die junge Frau bereits verschwunden.

✿

Krampfhaft versuchte ich den Schlüssel ins Schloss unserer Eingangstür zu stecken, ohne die vielen Einkaufstüten, die ich rechts und links in beiden Händen hielt, fallen zu lassen. Die Post hatte ich gerade schon aus dem Briefkasten manövriert und zusammen mit einem frischen Strauß weißer Callas unter den Arm geschoben. An meinem rechten Handgelenk hing meine Aktentasche, links baumelte meine Handtasche. So vollbepackt war es ein Wunder, dass ich die Tür überhaupt aufbekam. Für mein Handy hatte ich keinen freien Platz mehr gefunden und es mir kurzerhand zwischen die Zähne geklemmt.

Das war nur eine bedingt gute Idee, wie ich feststellte, als es jetzt zu vibrieren begann.

«Mmmmhhooooment!», nuschelte ich, was keinen Sinn machte, denn es hörte ja niemand. Die Vibration erschütterte mein gesamtes Gebiss, sogar meine Wangen wackelten.

Ein letzter Versuch mit dem Schlüssel, dann stieß ich die Haustür mit dem Knie so ruckartig auf, dass ich samt meiner Packesel-Beladung sprichwörtlich mit der Tür in unseren Hausflur fiel. Vor lauter Schreck vergaß ich weiter die Zähne zusammenzubeißen. Mein Smartphone segelte im großen Bogen vor mir auf den gekachelten Fußboden.

«Herrje!», fluchte ich, befreite mich von den Taschen und ließ Blumen und Post einfach fallen. Dann beugte ich mich über das noch immer vibrierende Handy, das nun einen Riss quer über das gesamte Display aufzeigte.

«Oh nein!»

Hinter dem Riss leuchtete Philips Nummer mitsamt einem Profilbild auf, das uns Kopf an Kopf lächelnd vor einem Sonnenuntergang zeigte. Ein Selfie, das ich in einem unserer ersten Urlaube auf Sardinien geschossen hatte. Ich drückte auf ‹Annehmen›.

«Hey, Schatz», brüllte Philip wie immer ein wenig zu laut in seine Freisprechanlage. Im Hintergrund war das typische Verkehrsrauschen zu hören. «Ich dachte schon, ich erwische dich nicht mehr, bevor ich aufbreche.»

«Wohin willst du denn aufbrechen?», fragte ich statt einer Begrüßung: Ich war zum einen sauer über den Riss, zum anderen erleichtert, dass das Telefon noch zu funktionieren schien.

«Na, zur Segeltour. Ich hatte dir doch davon erzählt, Liebes, dass mir der alte Kahn zu schwerfällig geworden ist. Heute will ich eine schnittige Lady ausprobieren. Bin gerade auf dem Weg zum Sportboothafen in Porz, da liegt die Schönheit schon und wartet auf mich.»

Ich durchforstete mein Hirn nach weiteren Informationen, aber mir fiel nur ein gemeinsames Abendessen ein, das wir für heute geplant hatten – und für das ich mich gerade nach Feierabend noch durch die Läden geschleppt hatte.

Ich konnte meine Überraschung nicht verbergen. Philip hatte also ein neues Boot gekauft. Er ging mit seinem Geld oft ein wenig leichtsinnig um, aber da wir beide gut verdienten, mischte ich mich nie ein. Geldprobleme würde Philip ohnehin nie bekommen, weil ein enormes Familienerbe auf ihn wartete. Aber das spielte für mich keine Rolle – ich war selbst erfolgreich und unabhängig.

«Wollten wir nicht zusammen kochen?», intervenierte ich und dachte an das romantische Dinner, auf das ich mich schon gefreut hatte.

«Arschloch!»

«Was?!»

«Nicht du, der unfähige Rentner im Wagen vor mir!», brüllte Philip wieder in die Freisprechanlage. Ich hörte am Heulen des Motors, wie er einen Gang zulegte. Seine Fahrweise war schon immer aggressiv gewesen, und nicht selten hatte er sich mit anderen Autofahrern auf offener Straße angelegt.

«Dann komm doch auch einfach her, und wir testen das leichte Mädchen zusammen», sagte er, diesmal deutlich leiser.

«Ja, also, ich hab eigentlich ...»

«Sarah, gib dir einen Ruck!»

«Aber heute ist doch ...»

«Ach, komm schon, das wird doch sicher nett: Wir beide, das Boot, wir beide, das Boot ... wir beide ...»

Philips Art, mich um den Finger zu wickeln, war unschlagbar. So taff und resolut ich im Job war, so weich wie Butter wurde ich, wenn er diese besondere Tonart anschlug. Das funktionierte schon seit über vier Jahren.

«Natürlich komme ich», seufzte ich, «ich bin so gegen ...», ich schaute auf meine Armbanduhr, «so gegen 19 Uhr da. Wie heißt das Boot, sagtest du?»

«Es heißt *Ella*», antwortete Philip. «Ich freu mich auf dich.»

Noch bevor ich antworten konnte, dass ich mich auch freute – was nur zur Hälfte stimmte, denn auf die schaukelnde Spritztour freute ich mich nicht –, hatte Philip bereits aufgelegt.

Philip wusste nicht, dass ich Boote nicht leiden konnte, und erst recht keine Segelboote, da mir von dem Geschaukel selbst bei leichtem Wellengang permanent übel wurde. Ich hatte es ihm nie gesagt, weil ich wusste, wie viel Freude ihm sein Hobby machte. Ein Segeltörn mit Blick auf irgendeine schöne mallorquinische Bucht wäre die Tortur vielleicht wert gewesen, aber dem Segeln auf dem Rhein mit Blick auf Köln-Porz konnte ich beim besten Willen nichts abgewinnen.

Während ich die Einkäufe schnell im Kühlschrank verstaute – es hätte Lammlendchen mit Rosmarinkartoffeln und einem leichten Salat geben sollen –, dachte ich an meinen verpassten romantischen Freitagabend, den ich mir so ganz anders ausgemalt hatte. Zudem sollte es ein besonderer Abend werden, denn heute waren Philip und ich auf den Tag genau vier Jahre zusammen. Ich zog ein kleines, quadratisches Schächtelchen aus einer der Tüten, das die Verkäuferin auf mein Anraten hin mit einer silbernen Schleife versehen hatte, nachdem ich ihr eine goldene ausreden konnte. Lächelnd betrachtete ich die hübsche Schachtel und drehte sie zwischen Zeigefinger und Daumen hin und her. Es waren Manschettenknöpfe darin, die ich extra zu unserem Jahrestag für Philip mit unseren Initialen hatte gravieren lassen. So trug er uns immer bei sich – er würde sich sicher freuen, das wusste ich genau. Ich stellte das Schächtelchen vor mir auf die frisch polierte Küchenablage und seufzte.

Was war schon eine kleine Segeltour, ein winziger Kompromiss, gegen unser perfektes Leben? Denn das hatten Philip und ich.

Kurzerhand schnappte ich mir das Kästchen und stieg die geländerlose Schwebetreppe zum Schlafzimmer hoch, dem unser gemeinsames Ankleidezimmer vorgelagert war. Eine leichte, weiße Caprihose, eine blau-weiß gestreifte Bluse und ein dunkelblauer Pullover würden den perfekten Look für unseren Ausflug bilden. Wenn mir schon schlecht wurde, wollte ich wenigstens gut dabei aussehen.

«Ist sie nicht hinreißend?»

Mit ausgebreitenden Armen stand Philip vor mir wie die Christusstatue auf dem Corcovado in Rio de Janeiro.

«Ja, natürlich.» Ich blickte mich um. Das Boot war gut erhalten und innen komplett holzvertäfelt. Die Sitzbänke aus weißem Leder ähnelten unserer Einrichtung zu Hause. In der Mitte des Raumes war eine Stange angebracht, deren Zweck ich noch nicht durchschaut hatte.

«Wofür braucht es die Stange hier?», fragte ich.

«Man kann sich entweder bei Seegang dran festhalten ...» Philip umfasste meine Hüfte von hinten und schmiegte sich an mich. «... oder man tanzt daran für seinen Mann zum Hochzeitstag!»

Ich drehte mich um und sah ihn irritiert an.

«Das war selbstverständlich nur ein Scherz, meine Maus», erklärte Philip schnell und ließ mich los.

«Und ich dachte schon, du hättest unseren Tag vergessen.» Ich zog das kleine Päckchen aus der Tasche und legte es auf den schmalen Holzklapptisch vor uns.

«Ist das für mich? Ach, meine Maus!» Hastig öffnete er das Schächtelchen. «Knöpfe!» Er strahlte mich an. «Du weißt immer, was mir gefällt.»

Er drehte die Manschettenknöpfe im sonnenuntergangsgetränkten Licht, das durch die insgesamt sechs ovalen Fenster den Raum in ein warmes Rosa hüllte.

«Sehr schön!» Dann legte er die Knöpfe zurück in das Kästchen und nahm meine Hand. «Ich habe natürlich auch ein Geschenk für dich.»

Mein Herz machte einen kleinen Sprung. Auch wenn ich wusste, dass es albern war, so hoffte ich doch auf den einen, perfekten Moment für den Antrag, der unser Leben vollkommen machen würde.

«Tadaaaaa!» Feierlich zog Philip eine Champagnerflasche unter der Sitzbank hervor. «Es gibt noch einen Grund zu feiern.»

«Ja?»

Ich konnte meine Aufregung kaum verbergen und legte beide Handflächen über Mund und Nase, was ich immer tat, wenn ich aufgewühlt war.

«Ich möchte ... dass du Ella taufst. Denn natürlich steche ich keinen Meter in See ohne einen neuen Namen.»

«Oh.» Ich ließ meine Hände sinken und bemühte mich zu lächeln. «Wie ... soll es denn heißen?»

«*Sie*, mein Schatz. Es ist eine SIE. Und das ist ja genau mein Geschenk für dich.» Er sah mich eindringlich an. Dann fügte er noch hinzu: «Natürlich wählt ein guter Sohn – und das bin ich, wie du ja weißt – den Namen seiner wunderbaren Mutter: Liz.»

Liz!? Wie hätte es auch anders sein können. Wenn ich nicht genau gewusst hätte, dass er mit leuchtenden Augen von seiner eigenen Mutter sprach, ich wäre glatt eifersüchtig gewesen.

«Aber weil du seit vier Jahren so wunderbar an meiner Seite stehst und weil ich mir ein Leben ohne dich nicht mehr vorstellen kann ... Und weil du einfach perfekt bist, Sarah, deswegen ...»

Mein Herz klopfte so heftig, dass ich glaubte, meine maritime Bluse müsse sich bewegen. Dies war der Moment, ich spürte es. Endlich.

«... deswegen werde ich dir den Vortritt geben.»

Wie bitte?

«Welchen Vortritt?» Ich sah meinen Noch-immer-nicht-Verlobten irritiert an.

«Ich werde das Boot nach dir nennen. Also, mit erstem Namen Sarah. Ich weiß, dass es Liz treffen wird. Aber ich hoffe, mit *Sarah Liz* kann sie auch leben.»

Philip zog mich an sich, strich meine Haare aus der Halsbeuge und küsste mich genau dort. «Die beiden wichtigsten Frauen in meinem Leben auf meinem Boot vereint. Ist das nicht genial?»

Es war nicht ganz das, was ich mir vorgestellt hatte, schoss es mir durch den Kopf. Aber Philip liebte Boote, dieses ganz speziell, und er liebte seine Mutter. Und er liebte mich. Es brauchte eben drei Frauen für sein Glück.

«Und jetzt machen wir es uns so richtig nett, hm? Komm, du hast den Schlafraum ja noch gar nicht gesehen!»

Ich nickte und ließ mich mitziehen.

Wenig später waren wir dabei, den Schlafraum gründlich zu inspizieren.

«Oh jaaaaaa ...» Philip stöhnte.

Ich öffnete seine Hose mit der einen Hand, während ich mit der anderen über seine Brust streichelte. Dann spürte ich plötzlich einen leichten Druck auf meinen Kopf, der mich nach unten schob.

«Bitte Baby, nur heute, weil ... ohh jaaaa ... Jaaahrestag ist!»

Ich wusste in etwa, was er meinte, aber ich hatte keine Lust darauf und hielt dem Druck stand.

«Bitte, Baby ...»

Baby nannte mich Philip nur im Bett, sonst war ich unter uns seine *Maus* und in der Öffentlichkeit *Schatz*. Aber hier galten andere Gesetze.

«Komm schon ...»

Ich wollte nicht, dass er bettelte, denn das passte nicht zu ihm. Und es passt erst recht nicht in meine Vorstellung vom Ablauf unseres vierten Jahrestages. Ich hatte mich nie sonderlich für Blowjobs interessiert, weil es nicht dem Bild entsprach, das ich von mir haben wollte. Ich assoziierte Blowjobs eher mit wilden, tätowierten Frauen, die sich auf Autos rekeln. Ich dagegen trug lieber Seidenbluse zur beigen Chino und versuchte, meinen blonden Bob während des Liebesakts vorzeigbar zu halten.

«Sarah, bitte, Baby ... Nur heute!» Philips Stimme war ungewohnt sanft und fordernd zugleich. «Du und ich ... wir sind perfekt füreinander.»

«Ja, das sind wir», flüsterte ich und schob mich nach oben, um Philip zu küssen.

Er sah mich mit verklärtem Blick an. «Es wäre der absolute Höhepunkt dieses grandiosen Tages, wenn du es doch nur versuchen würdest.»

Woher kam denn auf einmal diese Dringlichkeit?

«Ich meine», fuhr er fort, «wenn wir erst Mann und Frau sind ...»

Ich horchte auf. «Was sind?»

«Heirate mich», flüsterte Philip.

Ich sah ihn an, aber seine Augen waren geschlossen.

War das jetzt ein Antrag gewesen? War das dieser EINE Moment?

Philip schob mich sanft wieder nach unten, ohne auf eine Antwort zu warten.

Ich flüsterte trotzdem ein leises «Mhmja!» nach oben. Dann sind wir jetzt verlobt, dachte ich noch, bevor ich endgültig abtauchte.

✿

«Ich bin verlobt!»

Diesen Satz auszusprechen, hatte ich mir schon gewünscht, seit ich ein kleines Mädchen war. Aber als ich es jetzt tat, hatte es im wahrsten Sinne des Wortes einen seltsam schalen Beigeschmack.

«Oh, là, là, laaaaahhhh, *chérie*!» Sébastien sah mich mit aufgerissenen Augen an. Seine Tonlage war generell etwas höher, als das menschliche Ohr es gemeinhin gut verkraftete, aber diesmal war sein Kreischen wirklich besonders schrill. «Ah! Ah! Ah!»

Sébastien war mein Lieblings-Verkäufer bei Armani. Wir kannten uns schon ewig. Eigentlich war er Belgier und hieß Seppe. Aber beruflich und zu besonderen Anlässen sowie an Feiertagen gab er den echauffierten Franzosen.

Er wedelte mit den Händen und drückte mich an sich, wobei er zwischen unseren Oberkörpern die obligatorischen zehn Zentimeter Abstand hielt. Das tat er immer und unter allen Umständen. Dann deutete er ein Küsschen auf meiner linken und rechten Wange an.

«Das wurde ja auch mal Zeit, Liebchen! *Alors*, wie hat er es gemacht? Romantisch bei Sonnenuntergang? Im Restaurant auf den Knien? Mit Riesenbuchstaben aus Menschengruppen am Strand? *Marry me!* – Was war es? Los, sag schon!»

Ich räusperte mich. «Na ja, Sonnenuntergang gab es schon ...»

«Ich sehe es vor mir: Du mit deinen goldenen Haaren im gleißenden Sonnenlicht, alles in Glitzern getaucht, er kniet vor dir und –»

«Na ja, er lag.»

«Mon dieu! Er lag! Er schmeißt sich für dich in den Staub, Chérie! Du bist es einfach wert, ich sag's dir!»

«Hm.»

«Ich werde dich ausstatten, dass das mal klar ist. Oh, mon dieu, du wirst die schönste Braut aller Zeiten sein! Champagnerfarben ... nein, cremeweiß, alles cremeweiß! Oder perlglanzweiß? Nein, du bist der Creme-Typ. Ich sehe es vor mir! Ein Meer cremeweißer Blüten, und du mittendrin, die schönste Blüte von allen!»

Er verdrehte verzückt die Augen und klatschte in die Hände.

«Das Trauzeuginkleid werde ich selbstverständlich auch machen. Wer ist deine Trauzeugin?»

Ich stockte. «Was?»

«*Mais qui*, wer wird deine Trauzeugin sein? Deine beste Freundin? Wer ist es? Ich hoffe, sie hat so eine tadellose Figur wie du, *chérie*. Nicht auszudenken, wenn ich ein Kleid machen müsste für ein Elefantenmädchen!»

Seit der Kindheit wusste ich, dass die Blumen bei meiner Hochzeit weiße Callas und weiße Lilien sein würden. Ich wusste, dass ich ein Kleid in A-Form mit einem schwingenden Rock tragen würde, und ich wusste auch, in welcher Kirche ich meinem Mann fürs Leben das Ja-Wort geben wollte. Aber wer meine Trauzeugin war, das wusste ich nicht.

Ich zuckte mit den Schultern. «Na ja, ich habe noch keine.»

«Dann wird es höchste Zeit, Chérie! Natürlich muss es die beste Freundin sein. Wer ist das denn bei dir? Hm ... Du kommst immer alleine shoppen. Oder mit deinem Philip-Schatz. Ich habe tatsächlich noch nie eine von deinen Freundinnen kennengelernt! *Incroyable*, eine Schande, wenn du mich fragst!»

«Ach, Freundinnen beraten einen beim Shoppen doch immer völlig falsch», winkte ich ab. «Da verlasse ich mich lieber auf meinen eigenen scharfen Blick.» Und dann fügte ich noch wohlwollend hinzu: «Und auf deinen, natürlich, lieber Sébastien.»

Er formte Mittel- und Zeigefinger zu einem V und deutete erst auf seine Augen, dann auf mich.

«Sag nichts Falsches, ma Chérie. Du weißt, ich halte den wichtigsten Tag in deinem Leben in meinen zarten Händen!»

Es stimmte, Sébastien hatte für einen Mann äußerst zarte Hände. Das lag wahrscheinlich daran, dass er mit seinen Fingern den ganzen Tag entweder reine Seide oder ein Champagnerglas hielt.

«Also, raus mit der Sprache: Wer ist es?»

Ich hob die Schultern.

Sébastien drehte sich im Kreis. «Blond! Brünett! Rot? Oh, là, là! Rot zu cremeweiß geht gar nicht! Brünett wäre im Kontrast zu dir dagegen nahezu genial!»

Ich beobachtete ihn wortlos und dachte dabei fieberhaft nach, wer als Trauzeugin in Frage kommen könnte. Schließlich hörte Sébastien auf, sich zu drehen, und stützte sich mit dem Zeigefinger an meiner Schulter ab.

Ich lächelte verlegen. «Wie wäre es, wenn ein äußerst attraktiver, dunkelhaariger, frankophiler Belgier mein Trauzeuge wird?», sagte ich und sah ihn gespannt an. «Hast du Lust?»

Sébastien erwiderte meinen Blick mit einem derartigen Entsetzen, dass ich schon fürchtete, ihn gefragt zu haben, ob er Komplize bei einem Doppelmord werden wollte.

«Waaas?»

«*Du* kannst doch mein Trauzeuge sein. Ich meine, das ist wirklich keine schlechte Idee, immerhin wirst du sowieso dabei sein und mich ausstatten.»

Sébastiens Ausdruck veränderte sich schlagartig. Sein

gespieltes Entsetzen wich einem Blick, der unfassbar weich war. Fast sogar ein bisschen mitleidig.

«Sag mir nicht, *chérie*, du hast keine Freundin. Niemand, der als Trauzeugin in Frage kommt? Jedes Mädchen bestimmt doch seine Trauzeugin, noch bevor es den richtigen Mann hat! Ich meine, gerade *du*: Du hast doch einfach alles! Du bist perfekt, *chérie*! Absolument parfaite! Ich wette, du hast hundert Freundinnen, die sich darum reißen, und kannst dich gar nicht entscheiden, nicht wahr?»

Ich schüttelte den gesenkten Kopf. Ein dicker Kloß hatte sich in meinem Hals festgesetzt, und ich versuchte, ihn mit aller Gewalt hinunterzuschlucken.

«Ich hol uns erst mal ein Glas Champagner!»

Mit diesen Worten verschwand Sébastien und ließ mich inmitten der neuen Frühjahr-Sommer-Kollektion auf dem glänzend weiß polierten Marmorboden stehen.

Ich sah mich um. Die Verkaufsräume hier waren so etwas wie die heiligen Hallen. Die weißen Säulen im Jugendstil verliehen dem Raum etwas Erhabenes und schienen die aufwendige Stuckdecke mit dem riesigen, goldenen Kronleuchter in der Mitte zu stützen. In den Regalen waren die Kleidungsstücke fein säuberlich und nahezu perfekt – wie nach einer unsichtbaren Schablone – zusammengelegt. Ich war gerne hier, denn diese Perfektion wirkte beruhigend auf mich. Hier war alles immer in Ordnung, hier stimmte die Welt. Jedes Teil lag an dem für ihn vorgesehenen Platz, und wann immer ich mich unruhig oder aufgewühlt fühlte, kam ich hierher. Schon beim Eintreten setzte die beruhigende Wirkung ein.

Ich ließ meinen Blick über die neue Kollektion schweifen. Edle, aber schlichte Schnitte, Schwarz-Weiß und ein starkes

Apricot als Highlight waren im Kommen. Ich würde mir gleich noch einmal alles genauer anschauen, vielleicht fand ich noch etwas fürs Büro.

«*Voilà*!» Sébastien kredenzte mir eine Champagnerflöte, die besondere Gäste bei guten Einkäufen hier immer gereicht bekamen. Ich war eine von den Stammgästen, denen immer ein gutes Schlückchen angeboten wurde. Aber oft genug lehnte ich ab, weil ich meine Einkäufe meistens in die Mittagspause legte.

«Das habe ich nach dieser Schreckensmeldung jetzt auch nötig!», sagte Sébastien und sah mich an, mit einem Blick, der mittlerweile richtig mitleidig geworden war. *«À la tienne!»*

Das eigentliche Problem lag woanders. Wie war ich nur in diese Situation gekommen? Wie konnte mir so etwas passieren? In Gedanken hatte ich meine Hochzeit, seit ich denken konnte, immer und immer wieder geplant, aber eine Trauzeugin war niemals in diesen Überlegungen vorgekommen.

Ich nahm einen großen Schluck, obwohl mir Champagner um diese Tageszeit immer stark zusetzte.

«Uih! Das kenne ich ja gar nicht von dir!» Sébastien musterte mich verblüfft.

«Vielleicht hilft es ja bei der Suche nach einer Trauzeugin ...» Ich war überrascht, wie dünn meine Stimme klang.

Sébastien seufzte, als würde die gesamte Last der Erde auf seinen Schultern liegen. Dann legte er seine Hand sanft an meine rechte Wange.

«*Chérie*, ich glaube, in diesem Fall hilft nicht mal Champagner. Obwohl der bei fast allem hilft.»

«Was meinst du?», fragte ich, und hielt ihm mein leeres Glas hin. «Noch einen Schluck, bitte.»

Er nahm mir das Glas ab und stellte es zusammen mit seinem auf einer Ablage ab, auf der die neuen, schmalen Sommergürtel lagen, die ich bereits ins Auge gefasst hatte.

«Du brauchst keinen Champagner, *chérie*. Was du brauchst, ist eine Freundin.»

Sébastien legte seine Arme um mich wie eine Mutter, die ihr Kind trösten will, das sich gerade das Knie aufgeschlagen hatte.

Da stand ich nun, Montagmittag um halb eins, in einem Meer weißer, fließender Stoffe, feiner Gürtel und zarter Schuhe, inmitten von alledem, was sich ein Mädchenherz nur wünschen kann - und wurde von einem belgischen Verkäufer getröstet, der sich als Franzose ausgab. Und das nur, weil ich das eine, das nicht im Regal zu finden war, nicht hatte: eine Freundin.

Die obligatorischen zehn Zentimeter zwischen Sébastien und mir waren verschwunden, es passte kein Blatt mehr zwischen uns.

2. Kapitel

Ich wickelte den weißen Seidenbademantel um meinen Oberkörper, ging mit verschränkten Armen zum Sofa und ließ mich in den Schneidersitz neben Philip fallen. Es lief irgendeine Sportsendung, und vor uns standen zwei Gläser Pinot grigio.

«Lass uns anstoßen», sagte er und gab mir ein Glas. «Auf uns!»

«Auf ... uns», wiederholte ich. Doch statt zu trinken, entfuhr mir ein schwerer Seufzer.

«Was ist denn los?», fragte Philip und legte seine Hand liebevoll auf mein Knie.

«Ach», murmelte ich, «ich war vorhin bei Sébastien und –»

«Und meine Maus hat nichts Passendes gefunden?» Philip zog mich an sich, um mich zu umarmen. «Das kann ich nicht glauben! Dir steht doch einfach alles!»

«Das ist es nicht», sagte ich und legte meinen Kopf auf seine Schulter. «Sébastien hat mich gefragt, wer meine Trauzeugin sein wird.»

«Und, wer wird es?», fragte Philip. Ohne meine Antwort abzuwarten, fuhr er fort: «Also ich für meinen Teil werde wohl Marc fragen. Guter Kerl. Fragst du Celine?»

«Celine ist meine Assistentin», antwortete ich entrüstet, «und Marc ist dein Geschäftspartner. Sollte der Trauzeuge nicht ... irgendwie enger sein?»

«Wie meinst du das?» Philip strich mir über die Stirn, während er noch einen Schluck von dem Weißwein nahm.

«Sébastien meinte, ich müsse doch eine beste Freundin haben, die meine Trauzeugin wird. Ich hatte nie so richtig darüber nachgedacht, aber ... mir fällt niemand ein. Ich meine, er hat vielleicht recht, und mir fehlt so eine nahestehende Person einfach?»

«Wir haben fast jeden Freitag und Samstag eine Einladung zu irgendeinem schicken Event, wir treffen uns jeden Mittwoch im Rotary Club, und letztes Wochenende waren wir mit Antonia und Paul golfen.»

«Das meine ich nicht. Das ist alles eher unverbindlich.»

Es fiel mir schwer, die Tatsache auszusprechen, denn das Gefühl von Scheitern und Versagen schwang in jedem Wort mit.

«Und es funktioniert wunderbar.»

«Ja, das schon ...»

«Hast du denn bis jetzt etwas vermisst?», fragte Philip.

Ich schüttelte den Kopf. «Eigentlich nicht.»

«Na siehst du. Lass dich doch nicht von so einem oberflächlichen Franzosen durcheinanderbringen. Unser Leben ist perfekt, so wie es ist. Wir haben uns.»

«Eigentlich ist er Belgier», verbesserte ich ihn.

«Pralinenbäcker, Froschsuppenkasper, was auch immer! Das kann dir doch egal sein. Außerdem weiß ich schon, welche nahestehende Person deine Trauzeugin wird. Sie ist nahezu perfekt! Ach, was sag ich! Sie IST perfekt!»

«Wer?» Neugierig sah ich Philip an.

«Meine Mutter!»

«Was?!» Erschrocken löste ich mich aus Philips Arm. «Ist das dein Ernst?»

«Warum denn nicht? Liz steht uns so nahe wie sonst niemand, und sie betont wirklich immer, wie gerne sie mehr Zeit mit dir verbringen würde. Ich glaube, sie weiß, dass sie sich keine bessere Schwiegertochter wünschen könnte. Als ich ihr von unserer Verlobung erzählt habe, hat es ihr glatt die Sprache verschlagen.»

«Ich dachte, wir sagen es ihr zusammen?»

Philips Vorgriff ärgerte mich. Solche Nachrichten überbrachte man doch nicht zwischen Tür und Angel, und vor allem nicht allein.

«Na ja, sie war in der Mittagspause im Büro. Sie wollte mir ein paar Snacks bringen, du kennst sie ja, immer darauf bedacht, dass ich bloß genügend Vitamine zu mir nehme.» Philip lachte laut auf. «Sie ist wirklich eine Göttin. Sie hatte da schon 40 Minuten hartes Cardio-Training hinter sich und eine Stunde Yoga. In ihrem Alter sieht wirklich niemand so blendend aus, findest du nicht?»

«Ich finde es schade, dass wir es ihr nicht zusammen gesagt haben», erklärte ich bedauernd. «Wie hat sie denn genau reagiert?»

«Na ja, überrascht eben. Also, im Großen und Ganzen sagte sie nicht viel. Sie war natürlich ... erstaunt. Das musst du verstehen, Schatz, ich bin ihr einziges Kind. Bis jetzt waren wir immer ein Zweier-Team, nachdem mein Erzeuger sich von heute auf morgen in Luft aufgelöst hatte. Pech und Schwefel, das weißt du ja. Aber selbstverständlich hat sie sich gefreut und sofort mit dem Pläneschmieden für unsere Hochzeit begonnen.»

«Was?»

Ich saß auf einmal kerzengerade auf dem Sofa. «Sie hat noch

kein einziges Wort mit mir darüber gesprochen und schmiedet bereits Pläne?»

«Na ja, nur so kreatives Brainstorming, denke ich. Also, was hältst du von dem Vorschlag?»

Philip nahm sein Smartphone von der Sofalehne und suchte unter *Favoriten* die Nummer seiner Mutter. Seine Favoriten-Adressliste umfasste genau drei Nummern: *Büro*, *Liz* und *S. B.*, das war ich: Sarah Bender. Warum er mich unter meinen Initialen abgespeichert hatte, blieb mir ein Rätsel. Er meinte mal, dass er anfangs alle Bekanntschaften so abspeichere und später einfach zu faul gewesen sei, es zu ändern. Dass er es in vier Jahren nicht geschafft hatte, zwickte immer noch wie ein kleiner Stein im Schuh, aber ich wollte ihm damit nicht auf die Nerven gehen.

Schnell legte ich meine Hand über das Display. «Nein!»

«Was? Wieso denn nicht?»

«Nie und nimmer wird Liz meine Trauzeugin!», schoss es aus mir heraus. Ich war so ruckartig aufgestanden, dass ich um ein Haar den Tisch mit den Gläsern gerammt hätte.

«Was ist denn auf einmal los mit dir?» Philip sah mich entgeistert an. «Du bist doch sonst nicht so schwierig. Was spricht denn bitte gegen meine Mutter?»

«Nichts, nichts», versuchte ich zu schlichten. «Nur sieh mal, sie muss dich ja schon zum Altar führen, sie ist schließlich die Einzige, die dafür in Frage kommt. Und da will ich ihr nicht noch einen Job aufhalsen.»

Das war gelogen. Es war vielmehr so, dass die Vorstellung, meine eigene Schwiegermutter – die meine Existenz höchstens tolerierte, weil sie ihren Sohn nicht verlieren wollte – zur Trauzeugin zu machen, einer emotionalen Katastrophe gleichkam. So dürftig konnte mein Leben nicht sein. Oder? Ich war kein gefühlsmäßig gesteuerter Mensch, aber was zu viel war, war zu viel.

«... finden Sie den perfekten Partner bei der Online-Suche. Sie geben an, was Sie suchen, und wir machen das perfekte Match für Sie!»

«Mach das doch bitte etwas leiser, ja?», sagte ich, als die Sportsendung von Reklame unterbrochen wurde. «Ich werde nie verstehen, warum Werbung immer lauter ist als der Rest des Programms.»

Philip nahm die Fernbedienung vom Tisch und schaltete den Fernseher leiser.

Das perfekte Match ... echote es in meinem Kopf.

«Was hältst du eigentlich von Online-Dating?», murmelte ich eher vor mich selbst hin als Richtung Philip.

«Online-Dating? Was meinst du?» Unruhig rutschte er auf dem Sofa hin und her.

«Ich meine, wenn sie ein perfektes Match für Paare anhand von Vorlieben und Eigenschaften bilden können, dann müsste so was doch auch für gleichgeschlechtliche Beziehungen gehen, oder?»

«Lesben und Schwule werden sicher auch auf ihre Kosten kommen», stimmte Philip fachmännisch zu und wirkte schon wieder etwas ruhiger.

Ich schüttelte den Kopf. «Nein, ich meine, wenn man so was sucht wie ich. Eine Trauzeugin.»

«Du willst eine Trauzeugin per Online-Dating suchen?» Philip sah mich entgeistert an. «Aber du meinst doch nicht über diese Agentur da, oder?» Unsicher deutete er auf den Flachbildschirm, auf dem mittlerweile Werbung für kalorienreduzierten Sahneersatz lief.

«Doch. Genau die meine ich.» Ich schwang mich energisch

vom Sofa auf. «Für alles im Leben gibt es Strategien. Und diese hier wird meine für die Mission: Trauzeugin gesucht!»

Zielstrebig lief ich nach oben in Richtung Arbeitszimmer und setzte mich vor den Laptop, der 24 Stunden sieben Tage die Woche angeschaltet da stand. Ich würde eine Trauzeugin finden. Und zwar eine, die ganz genau zu mir passte. Eine, wie sie perfekter nicht sein könnte. Eine, die alle Kriterien einer guten Trauzeugin erfüllte.

Da erst fiel mir ein, dass ich mir über diese Kriterien noch nie Gedanken gemacht hatte. Ich klappte den Laptop auf und öffnete eine Excel-Tabelle. Es wäre doch gelacht, wenn ich nicht in spätestens dreißig Minuten eine konkrete Liste mit den wichtigsten Eigenschaften einer Trauzeugin erstellt hätte.

Ich wusste genau, wie sie sein sollte.

So wie ich.

✿

«Und Sie suchen also eine Freundin?»

«Ehrlich gesagt, eher eine ... Trauzeugin.»

Ich ließ meinen Blick über die ganz in Schwarz gekleidete Frau mir gegenüber schweifen. Sie trug eine Art Catsuit, der in der Taille von einem eng geschnürten Lackgürtel zusammengehalten wurde. Ihre Nägel waren ebenfalls schwarz lackiert, und ihr Make-up konnte man ohne Übertreibung als karnevalistisch bezeichnen.

Es war nicht sonderlich schwer gewesen, nach der Anmeldung Kontakte zu knüpfen. Ich hatte angegeben, dass ich ausschließlich platonischen Kontakt zu Frauen suchte, und schon nach wenigen Stunden bekam ich die ersten Anfragen. Natürlich waren auch einige Männer dabei, die mir freundlich ihre Hilfe bei der Suche anboten oder mir netterweise die Zeit vertreiben wollten, aber die ignorierte ich einfach.

Vier Tage später hatte ich drei Verabredungen nacheinander und war deswegen sogar etwas früher aus dem Büro gegangen.

«Trauzeugin, wie niedlich. Also eine *Bondage*-Braut. Na ja, Heiraten ist ja auch total *hardcore*.»

«Bitte?»

Mein Gegenüber setzte ein geheimnisvolles Lächeln auf.

«Sie haben da etwas auf Ihrem Schneidezahn», erklärte ich und zeigte auf ihren Mund. «Lippenstift.»

«Das wird nachher abgeleckt ...»

«Ich verstehe nicht ganz?»

«Komm einfach mit, Baby, du wirst es nicht bereuen.»

«Ich glaube, wir verstehen uns nicht richtig. Ich hatte doch angegeben, dass ich eine platonisch orientierte Frau suche.»

«Die suche ich auch.»

Die Frau, ich schätzte sie auf Anfang vierzig, sah mich auffordernd an. Sie trug aufgeklebte Wimpern, wie ich jetzt feststellte, und ihre stark hervortretenden Augen erinnerten mich an einen Kugelfisch, den ich einmal während eines Tauchgangs mit Philip auf den Malediven gesehen hatte.

«Dann verstehe ich die Andeutungen nicht», erklärte ich und verschränkte die Arme vor meiner Brust. «Wenn man das überhaupt noch so nennen kann.»

«Keine Angst, Baby. Ich will nicht mit dir schlafen. Ich suche nur jemanden an meiner Seite, als Verstärkung, wenn du so willst. Ich bin bis September ausgebucht und schaffe das alleine nicht mehr. Wie stehst du zu BDSM?»

«Bitte?»

«Die meisten Kunden stehen auf softe Sachen, die kann ich dir schnell zeigen. Bei den Hardcore-Geschichten müsste ich dich anlernen. Aber wenn ich mir dich so anschaue, glaube ich nicht, dass du mit den härteren Sachen Probleme haben wirst.»

Ich bin im falschen Film, dachte ich.

«Kann es sein, dass Sie eine ... Prostituierte sind?», schoss es aus mir heraus.

«Na, na, na. Wer wird sich denn hier gleich so ordinär ausdrücken? Man kennt mich als Meisterin Rose. Domina meines Zeichens. Eigentlich gelernte Fleischfachverkäuferin, hab beim besten Metzger der Stadt gelernt. Na ja, und beim Fleisch bin ich dann ja auch irgendwie geblieben. Hahaha!»

«Verstehe.»

«Also, was ist jetzt? Ich mach dir deine Hochzeit nett und versohle deinem Angetrauten vor versammelter Mannschaft mal so richtig den Hintern. Und dann steigst du bei mir im Studio ein. Deal?»

Nachdem ich den Kaffee für Meisterin Rose, ihres Zeichens Fleischfachverkäuferin, übernommen und ihr versichert hatte, dass ich ganz sicher nicht umsatteln wolle, steckte sie mir dennoch ihre Karte zu. Es war die außergewöhnlichste Visitenkarte, die ich je gesehen hatte: komplett schwarz mit einem durchsichtigen Überlack, goldener Schrift und einer geprägten roten Rose. Ihre Dienste kamen wohl eher nicht in Frage. Wobei der Gedanke, dass Philip vor Liz' Augen direkt am Altar den Hosenboden versohlt bekam, mich immerhin zum Schmunzeln brachte.

Ein weiteres «Date» hatte ich nach nur zehn Minuten abgebrochen, weil mein höchst depressives Gegenüber, komplett in einem Grau-in-grau-Zwiebel-Look gehüllt, nach nur zwei Minuten angefangen hatte zu weinen. Nach der Trennung ihres Freundes vor acht Jahren war sie noch immer allein. Ganz offensichtlich suchte sie ein weibliches Ohr in der Größe Afrikas, um ihr Herz mal so richtig auszuschütten.

Lustlos saß ich am Tisch, um meine letzte Verabredung für heute abzuarbeiten.

«Hi.»

Ich sah auf. Vor mir schwang sich eine junge Frau auf den Stuhl, warf ihre langen, glänzenden Haare über die Schultern und streckte mir ihre Hand entgegen. «Ich bin Tine.»

«Oh, hallo!»

Fester Händedruck. Auch sonst wirkte Tine toll. Sie war spontan, witzig und schlagfertig, sportlich, und sie war weder depressiv noch an BDSM interessiert, was mich am nachhaltigsten überzeugte.

Schließlich blieb mein Blick an dem nicht zu deutenden Tattoo auf der Innenseite ihres Unterarms hängen.

«Was bedeutet das?», fragte ich nach dem dritten Kaffee. Wenn wir uns weiter so gut unterhielten, würde ich einen Koffeinschock erleiden.

«Open mind», sagte Tine und lächelte versonnen. «Das ist mein Lebensmotto: Lebe offen und wild.»

«Und wie lebt man ‹wild›?»

«Na ja, es ist mehr so ein übergeordnetes Motto. Ich fahre gerne Motorrad, ich liebe Sport, Rugby insbesondere, ich mag Boote, Autos und alles, was schnell ist.»

Mich überkam spontan das Gefühl, Philips Zwillingsschwester säße mir gegenüber.

«Ich mag ja keine Boote», erklärte ich. «Mir wird darauf

immer schlecht. Und Sportsendungen finde ich langweilig. Aber mein Verlobter liebt all das. Ihr würdet euch sicher gut verstehen.»

Mir war es wichtig, dass ich eine Trauzeugin wählte, die auch Philip mögen würde. Immerhin sollte sie an unserem wichtigsten Tag dabei sein.

«Warum suchst du eigentlich eine Trauzeugin?», fragte Tine und sah mich ungläubig an. «Ich meine, das ist schon irgendwie seltsam.»

«Wieso?», fragte ich. «Heutzutage sucht doch jeder alles Mögliche maßgeschneidert im Netz. Und ich dachte mir, das wäre der einfachste Weg, jemanden zu finden, der perfekt zu uns passt.» Dann stützte ich mein Kinn auf meine Hand. «Und warum bist du hier?»

«Ich lasse mich gerne auf neue Dinge ein, erweitere meinen Horizont. *Open minded*, eben.»

«Dann wird es wohl Zeit, dass ich das auch mal versuche», lachte ich, und Tine stimmte mit ein.

«Aber allerhöchste Zeit!»

✿

«Ich glaube, ich habe jemanden gefunden!», eröffnete ich das Gespräch am nächsten Abend, nachdem ich Philip eine Portion Salat aufgetan hatte.

«So schnell? Ich bin baff.»

Ich nickte. «Ich hätte es nach den ersten zwei Treffen auch nicht mehr für möglich gehalten, stell dir vor, eine Domina, die sich *Meisterin Rose* nannte, suchte Verstärkung für ihre BDSM-Praxis. Und die zweite war so eine verschreckte Depri-Maus, die sich besser einen neuen Psychologen suchen sollte als eine Freundin.»

«Studio», sagte Philip und kaute lautstark auf einem Stück Paprika herum.

«Was?»

«Es heißt BDSM-*Studio.* Nicht Praxis.»

«Ah. Na, meinetwegen.» Dann stutze ich. «Woher weißt du so was?»

Philip aß weiter, ohne mich anzusehen. «Ach, so was weiß doch jeder. Jetzt erzähl schon von deinem tollen Date.»

«Eine wirklich nette Frau. Sportlich, witzig, frisch. Du würdest sie mögen. Sie nennt sich *open minded*, was ich ein wenig übertrieben finde, aber mit dem einen Kompromiss könnte ich leben. Ich meine, Tine hat da so ein Tattoo auf der Innenseite des Unterarms, direkt ...»

«Tine? Öhhhöhhöhhöö!» Philip hustete ein paar Schnipsel Salat in seine Serviette.

«Oh, Schatz, hast du dich verschluckt?» Ich klopfte ihm dreimal stark auf den Rücken, bis er sich beruhigt hatte. «Du musst wirklich langsamer essen», ermahnte ich ihn, «oder willst du, dass am Ende ein Stück Paprika unsere Hochzeit verhindert?»

«Natürlich nicht, du hast ja recht, Maus», krächzte Philip und nahm einen großen Schluck Wasser.

«Du sagst, sie heißt Tine und trägt ein Tattoo hier unter der Hand, auf der Innenseite?»

«Ja. Es ist irgendeine Geheimschrift oder so. Es bedeutet lebe wild oder so was. Angeblich ihr Lebensmotto.»

Er räusperte sich. «Hört sich ... total bescheuert an.»

«Findest du?»

«Ja. Passt überhaupt nicht zu uns, so eine. Diese Mädchen

sind doch nur auf Spaß aus und nehmen nichts wirklich ernst. So jemand passt nicht in unsere Art von Leben.»

Enttäuscht legte ich mein Besteck zur Seite. «Also, ich hatte wirklich ein gutes Gefühl. Sie wirkte sehr klar. So als wisse sie genau, was sie will. Und das schätze ich an Menschen am meisten, wie du weißt.»

«Sie hört sich unpassend an. Ganz und gar.» Philip wischte sich mit der Serviette den Mund ab. «Ich habe irgendwie keinen Appetit mehr. Sowieso muss ich noch dringend etwas arbeiten, ich setze mich oben an den Laptop, ja, Schatz? Warte nicht mit dem Schlafengehen auf mich.»

Es wunderte mich, dass Philip mir Tine so engagiert ausreden wollte. Dass er Dinge so pessimistisch anging, kannte ich bis jetzt gar nicht von ihm. Aber ich würde ihm beweisen, dass ich bei Tine richtiglag.

Kurzerhand schnappte ich mir mein Smartphone und schrieb sie an.

Liebe Tine,

ich fand den Nachmittag mit dir sehr schön und würde dich zwecks besseren Kennenlernens gerne morgen Abend noch mal treffen. Ich kenne ein passendes Lokal in der Nähe. Hast du Zeit?

Beste Grüße, Sarah.

Ich drückte auf *absenden* und war sicher, noch heute eine Antwort zu erhalten. Philip würde sich schnell überzeugen lassen, spätestens wenn er mit Tine über Sport und Boote sprechen konnte. Ich legte das Handy beiseite und begann, den Tisch abzuräumen. Schade um das Putenbrustfilet, dachte ich, das keiner von uns angerührt hatte. Philip hasste Aufgewärmtes, das wusste ich, deswegen packte ich es mir für morgen für die Arbeit ein. Ich konnte kein Essen wegwerfen – ein

Überbleibsel einer Vergangenheit, die ich weitestgehend ausgeblendet hatte. Es war das einzige Mal, an das ich mich erinnern konnte, dass Philip und ich so richtig gestritten hatten. Es war viel von einem Fischauflauf mit Spinat übrig geblieben, den ich wegzuwerfen nicht übers Herz gebracht hatte. Philip hatte sich damals echauffiert, dass sich beim Aufwärmen das im Spinat harmlose Nitrat in giftiges Nitrit umwandelte, und mir mitten in unserer Diskussion die Auflaufform aus der Hand gerissen, um sie, so wie sie war, in die Mülltonne zu stopfen. Den Rest des Abends war die Stimmung dahin gewesen. Dass ich mitten in der Nacht heimlich aufgestanden war, um die Form samt Inhalt wieder aus dem Hausmüll zu holen, hatte ich ihm nie erzählt.

Eine zweite Verabredung mit Tine würde schon ans Licht bringen, ob sie zu mir passte und zu unserem Leben.

3. Kapitel

Ich verstehe das einfach nicht», erklärte ich ratlos, «ich habe Tine ganze dreimal angeschrieben und sogar einmal angerufen. Kein Lebenszeichen von ihr, als wäre sie vom Erdboden verschluckt.»

«Ich habs dir doch gesagt», antwortete Philip, setzte den Blinker und bog in eine Seitenstraße. «Auf mich wirkte sie von Anfang an total unzuverlässig.»

«Du wusstest doch gar nichts von ihr.»

«Warum verteidigst du sie auch noch? Sie hat dich versetzt, das ist alles.» Philips Blick war stur auf die Straße gerichtet, während er mit mir sprach.

«Aber ...» Ich verstummte. Philip hatte recht: Warum sollte ich mich für eine völlig fremde Frau rechtfertigen, die mich auch noch sitzengelassen hatte?

Es fühlte sich eher an, als müsse ich mich selbst verteidigen.

«Du hast recht», sagte ich resigniert. «Ich werde mich heute Abend abmelden. Das war eine alberne Idee mit der Trauzeuginnensuche übers Internet.»

«Richtig so», stimmte Philip zu und parkte den Wagen vor der Fensterfront des Friseurladens, in dem ich verabredet war. Oder besser gesagt, verabredet worden war, denn Philip hatte mit Liz einen Termin ausgemacht und wollte mich nun hier absetzen.

«Ich finde es toll, dass ihr mehr Zeit miteinander verbringen wollt», sagte er. «Ihr solltet euch wirklich besser kennenlernen. Du wirst ihre Art noch zu schätzen wissen, vor allem ihre Hartnäckigkeit, mein Schatz.»

Ich lächelte gequält. «Sicher. Ich finde es auch nett, dass sie mich eingeladen hat.»

«Also, macht euch einen tollen Mädels-Nachmittag. Ich wette, es gibt Champagner.» Philip zwinkerte mir zu und scheuchte mich quasi aus dem Wagen. «Das wird toll. Meine beiden liebsten Frauen zusammen. Glaub mir, Liz wird eine phantastische Trauzeugin sein!»

Es schien mir in diesem Moment klüger, nicht darauf zu antworten. Philip gab mir den obligatorischen Abschiedskuss auf die Wange, dann stieg ich aus.

In der glänzenden Fensterfront des Friseurs betrachtete ich mein eigenes Spiegelbild. Ich zog mein enges Jackett glatt und strich mir durch die Haare. Liz und ich alleine – das war bis jetzt so gut wie nie vorgekommen. Höchstens ein- oder zweimal in ihrer Küche, wenn ich ihr beim Abräumen half. Und selbst dann dauerte es meist nicht lange, bis Philip dazukam. Ich konnte es nicht klar benennen, aber es herrschte eine angespannte Stimmung zwischen Liz und mir, die ich nie richtig zu deuten wusste. Wann immer wir uns sahen, schien sie jede meiner Bewegungen mit einer frostigen Präzision zu beobachten, dass ich mir vorkam wie ein Insekt unter einem übergroßen Mikroskop.

Ich atmete tief durch und betrat den Laden.

✿

Liz saß neben mir auf dem Friseurstuhl, vor uns standen zwei Gläser Champagner, und wir sahen uns in dem Spiegel frontal ins Gesicht. Es war seltsam, aber mich überkam der Gedanke, dass das Ganze etwas von einer Gegenüberstellung hatte.

«Ach, Kindelchen, ist das schön, dass wir endlich einmal Zeit dafür finden, an unserer Beziehung zu arbeiten.»

Ich wunderte mich über Liz' freundlichen, fast schon überschwänglichen Tonfall, den sie sonst nur Philip gegenüber anschlug. Die Einladung war insgesamt ungewöhnlich, da Liz und ich praktisch nie Zeit alleine verbrachten. Salvatore war ihr Haus- und Hoffriseur, sein Geschäft ein angesagter Laden für die oberen Zehntausend. Man munkelte, dass sich hier schon Kate Hudson die Haare hatte föhnen lassen. Das Interieur bestach durch eine stilvolle Kühle – alles war in Beige, Bronze und Gold gehalten. Aufwendig verzierte Spiegel hingen vor jedem Stuhl, und in der Mitte des Raumes prangte ein runder Tisch mit Tatzenfüßen, auf dem eine riesige Vase prall gefüllt mit Lilien stand, die dem Raum einen besonderen Duft verliehen. Liz hatte Geschmack, das konnte man ihr nicht nehmen.

«Apropos arbeiten: Dein Haar sieht grauenhaft aus. Wie Sojasprossen! Du musst unbedingt den Conditioner probieren, den Salvatore verwendet. Siehst du, wie weich und strahlend mein Haar damit fällt? Und wie koordiniert die Strähnen liegen?»

Liz machte eine schnelle Kopfbewegung. Tatsächlich bewegte sich ihr blonder Bob dabei keinen Millimeter. Er erinnerte mich an einen goldenen Helm. Vor der Verhelmung hatte sie ihre Haare ähnlich wie ich getragen. In schwachen Momenten kam mir manchmal der Gedanke, Philip habe sich mich als eine Art jüngere Ausgabe seiner Mutter ... Ach, nein! So was wollte und durfte ich nicht denken.

Liz hielt mir ihr Glas zum Anstoßen hin.

«Danke für die Einladung», erklärte ich. «Ich war ganz überrascht.»

Als unsere Gläser klirrten, lächelte Liz mit einem derart aufgerissenen Mund, dass ich mindestens zwei goldene Kronen entdecken konnte. Spontan erinnerte sie mich an Cruella De Vil, die irre Entführerin aus *101 Dalmatiner*. Es war erstaunlich, dass Philips Mutter eine einzige stumme Geste reichte, damit ich mich wie einer der entführten Dalmatinerwelpen fühlte.

«Gleich wirst du noch viel überraschter sein, Kindelchen.»

Liz holte einen kleinen Stapel Papiere aus ihrer Louis-Vuitton-Tasche und legt sie mit sanftem Händetätscheln in meinen Schoß.

«Was ist das?»

«Das ist ein Ehevertrag.»

«Oh, ich wusste gar nicht, dass Philip einen aufgesetzt hat. Eigentlich wollten wir gar keinen.»

«Ich war so frei.»

Irritiert sah ich sie an. «Aber ... Das hätte ich doch machen können, ist ja schließlich mein Job.»

«Ach, du beschäftigst dich vor Gericht ja eher mit Gesindel. Mörder und solche verrückten Sachen. Das hier ist einfach nicht so ganz dein Gebiet. Nicht wahr, Kindelchen?»

«Also, es sind eher Zivilklagen ...»

«Na, dann wirst du auch sicherlich verstehen, warum ich gezwungen war, einige unwesentliche Punkte zum Wohle meines einzigen Kindes zu entscheiden.»

Ich überflog den Vertrag, während sich Salvatore hinter Liz stellte und begann, in ihren Haaren herumzuwuseln. Er selbst sah aus wie ein explodiertes Frettchen, dessen Turmfrisur durch Tonnen von Haarspray sicher dreißig Zentimeter vom Kopf abstand. Seine Augenbrauen waren dunkel nachgezogen, und er trug Lidstrich. Wenn ich es nicht besser gewusst hätte, hätte ich der erzkonservativen Liz einen so extraordinären Friseur gar nicht zugetraut.

«Liz, Liz, Liz, isch kanne nicht fasse, dass du immer noch bist so schöne Frau. Die Schönste von alle!»

Liz weidete sich sichtlich geschmeichelt in ihrem Spiegelbild.

«Und jetzte wirst abgelöst von eine genauso schöne Frau!»

Das Lächeln, das eben noch Liz' Gesicht dominiert hatte, war blitzartig verschwunden.

«Nur junger!»

Liz' Blick, den sie meinem Spiegelbild frontal entgegenwarf, traf mich wie ein Feuerball. Obwohl ich schnell wegsah, konnte ihn am ganzen Körper spüren.

«Fantastico, si?»

Ich legte den Vertrag auf meinen Schoß. «Also, Liz ... ich weiß wirklich nicht, was ich hierzu sagen soll. Du verlangst ein Mitspracherecht bei so ziemlich allem. Ein weibliches Enkelkind soll *Liz* heißen? Falls ich nicht in der Lage bin, zu gebären, werde ich vom Pflichtanteil von Philips Erbe *befreit*? Was sind das für absurde Klauseln? Ich meine, du hast dich hier überall als Rechtssprecher eingetragen. Als Schiedsrichter für unsere Ehe!»

«Wie schön, mein Kind, dass du das verstehst.» Sie richtete sich auf. «Siehst du, Philip ist die einzige Familie, die ich habe. Ich muss ihn natürlich vor hinterlistigen Schlampen, die ihn mit Haut und Haaren verschlingen und sich sein enormes Erbe unter den Nagel reißen wollen, beschützen.»

Liz tätschelte meine Hand so heftig, dass es fast weh tat. «Um

Himmels willen, damit bist natürlich nicht du gemeint, Kindchen. Wie du siehst, ist das ja auch ganz allgemein formuliert.»

«Aber ... Das kann ich nicht unterschreiben, Liz. Das ist paragraphischer Selbstmord!»

Liz seufzte tief und begutachtete dabei ihre Fingernägel. «Salvatore, sei so lieb und hol doch eine deiner wunderbaren Nageldamen her. Eine Eintagsfliege war so dreist, auf meinem Lack zu sterben, das kann man doch sicher wieder in Ordnung bringen, hm? Ihr mit euern Zauberhänden!»

Dann drehte sie sich zu mir. «Natürlich musst du das nicht unterschreiben, Kindelchen. Du musst ja Philip auch nicht heiraten.»

«Was soll das heißen?»

«Das hast du schon ganz genau verstanden.»

Ich war fassungslos. «Erpresst du mich gerade etwa?»

Liz winkte ab. «Ach was, Kindchen. Sei doch nicht so furchtbar engstirnig. Ich bin für Philip nun mal sein ein und alles.» Theatralisch fasste sie sich an die Brust und stöhnte. «Ich merke es schon: Meine Herzrhythmusstörungen fangen wieder an. Der Arzt hat gesagt, ich darf mich auf keinen Fall aufregen. Und mein Philip würde nie riskieren, dass es mir schlecht geht.»

Sprachlos blickte ich in den Spiegel. Wie versteinert und mit offenem Mund saß ich da. Ausgerechnet ich, die immer genug Worte hatte, wenn es um die Verteidigung anderer ging, konnte nicht für mich selbst einstehen.

Mir schossen Tränen in die Augen, die ich schnell zu unterdrücken versuchte. Ich wusste, dass Liz es ernst meinte und dass das eine Kampfansage war. Denn es stimmte, was sie sagte: Philip würde nie riskieren, seine Mutter zu verlieren. Meine Karten waren also denkbar schlecht, egal, wie ich sie spielte.

Mit verschleiertem Blick suchte ich nach einem Montblanc-Kugelschreiber in meiner Handtasche.

Liz nickte mir vielversprechend zu. «Du triffst die richtige Entscheidung, Kindelchen, glaub mir.»

Als ich den Stift über den Vertrag hielt, fühlten sich meine Finger steif an. Ich wusste, wenn ich das unterschrieb, war ich praktisch erledigt.

Liz tätschelte meine Schulter und sah mich derart eindringlich an, als wolle sie mich hypnotisieren. Tatsächlich erinnerte sie mich jetzt an die Schlange Kaa aus dem Dschungelbuch. Meine Hand mit dem Stift zitterte. Ich senkte die Hand und –

«Ich glaub, hier braucht jemand ganz dringend 'ne Wartung.»

Ohne Vorankündigung war eine junge Frau mit Dreadlocks und Latzhose zwischen unsere Stühle getreten. Mit einer ölverschmierten Hand stützte sie sich an Liz' Friseursessel ab, ging in die Knie und legte sich darunter. Erst jetzt registrierte ich, dass der andere Arm in einem Verband steckte.

Als wir sie fragend ansahen, fügte sie hinzu: «Da knirscht es ja schon auf drei Metern Entfernung im Getriebe.»

Dann begann sie pfeifend, an dem Pumpmechanismus des Friseurstuhls herumzuschrauben.

Liz verdrehte die Augen. «Können Sie dieses schrille ... Geräusch abstellen?»

«Sorry.» Die junge Frau tippte mit ihrer ölverschmierten Hand an Liz' Bein und hinterließ sofort einen Fleck auf der weißen Designerhose. «Ich muss da mal ran.»

Liz zog ihr Bein erschrocken zurück, als hätte sie ein fieses Insekt gesichtet. Ein dicker schwarzer Ölfleck prangte auf der Höhe der Wade ihrer schneeweißen Hose.

Irgendwie überkam mich das Gefühl, dass das nicht unabsichtlich geschehen war.

«Aaaah! Ein Fleeeck!» Liz' kreischende Stimme und ihre aufgerissenen Augen gaben ein seltsames Bild ab – als läge nicht eine junge Frau unter ihrem Stuhl, sondern eine handtellergroße Tarantel.

Die Mechanikerin ließ sich nicht aus der Ruhe bringen. «Ich hoffe, ich habe Sie nicht in Ihrer Unterhaltung gestört. Hörte sich ja alles enorm wichtig an.»

So unauffällig wie möglich wischte ich mir die feuchten Augen ab. Den Kugelschreiber musste ich dafür samt Vertrag auf die Ablage vor mir legen.

Liz war auf hundertachtzig. «Lassen Sie das, in Herrgottsnamen! Sie haben das schon richtig erkannt. Sie stören uns! Das ist ein privates Gespräch. Machen Sie Ihren Bastelkram woanders!» Ihr Ton war scharf wie eine Rasierklinge, aber die Frau zu ihren Füßen schien sich nicht verunsichern zu lassen.

«Sie meinen die Erpressung gerade eben?»

Ich schreckte auf und sah, dass auch durch Liz' Oberkörper ein Rucken ging.

«Das verbitte ich mir!»

«Den Ratschlag würde ich mir selber mal zu Herzen nehmen. Ich meine, ich würde ja nie mit Absicht lauschen, aber hier war's unmöglich wegzuhören.»

«Also wirklich!»

«Schon gut», intervenierte ich schnell, um die unangenehme Situation zu entschärfen. Ich war nicht gut darin, peinliche Situationen auszuhalten, und vermied sie, wann immer ich konnte. «Das klang sicher viel schlimmer, als es ist.»

«Oh, ich glaube, es wird noch viel, viel schlimmer», antwortete die junge Frau wissend.

«Ich wüsste nicht, was Sie unsere Unterhaltung anginge», zeterte Liz. «Und nun seien Sie so freundlich und wenden Sie sich anderen lebenswichtigen Dingen zu. Reparieren Sie einen Toaster!»

Salvatore kam mit einer seiner Nageldesignerinnen zurück, die sich sofort an Liz' Fingernagel machte. Er nickte der Mechanikerin zu und begann, Liz' Haarspitzen zu schneiden.

An meinem Kopf machte sich jetzt eine Kollegin von ihm zu schaffen. Ich hatte mich für die Auffrischung meiner blonden Strähnchen entschieden.

Die Frau mit den Dreadlocks ignorierte Liz' Aufforderung und schraubte weiter an der Höheneinstellung ihres Stuhls.

«Das hier riecht nach einem echten Stück Arbeit.»

Liz schnaufte. «Ich weiß nicht, was Sie an meiner Ansage nicht verstanden haben, Sie impertinente Person! Aber vielleicht müssen Sie es in Ihrer Sprache hören, damit es ankommt: Ver-pi-ssen Sie sich!»

Die Frau ließ den Stuhl ruckartig nach unten sinken, woraufhin Salvatore erschrak und Liz aus Versehen die komplette rechte Haarseite an der Wange abschnitt. «Dio mio!» Salvatore war schlagartig erblasst.

Ich schlug mir die Hände vors Gesicht.

Ein winziger Blutstropfen landete auf Liz' weißer Bluse. Salvatore hatte ihr im Eifer des Gefechts ins Ohr geschnitten.

«OH! MEIN! GOTT!» Ungläubig starrte Liz ihr Spiegelbild an, dann fiel ihr Blick auf die Frau zu ihren Füßen. «Was fällt Ihnen ein?», schrie sie.

Die junge Frau hingegen schraubte unbeeindruckt weiter

und deutete lässig auf ihren verbundenen Arm. «Bin leider ’n bisschen eingeschränkt zurzeit.»

Salvatore quittierte ihren Spruch mit einem strafenden Blick, zumindest versuchte er es. Aber sie schenkte ihm ein entwaffnendes Lächeln. Dann sah sie zu mir hoch und zwinkerte mir verschwörerisch zu.

«Hilfe! Meine Haare!» Liz versuchte panisch, die kahle Stelle mit ihrer flachen Hand zu bedecken.

«Oi, Liz, dasse wir machen in Ordnung, keine Problem!» Mit einem Schnitt hatte es Salvatore der anderen Seite gleichgetan. Jetzt sah Liz aus wie nach einem Unfall.

«Machte dische gleich viele, viele, viele Jahre junger, si?»

«Ein *viele* hätte gereicht!», kreischte Liz schrill.

«Isch besorge Pflaster.» Salvatore zog beleidigt ab, um einen Verbandskasten zu holen.

«Das war ein Angriff auf meine Haare! Auf meinen Körper! Auf meine Person! Ich verklage Sie! Ich mach Sie fertig, Sie ... Subjekt!»

Kurz schoss mir durch den Kopf, dass Liz dafür einen Anwalt engagieren müsste. Ich stünde dafür allerdings nicht zur Verfügung. Ohnehin konnte ich einen Anflug von Schadenfreude kaum noch verbergen.

«Ach, echt?» Die junge Frau setzte sich aufrecht in den Schneidersitz.

«Und wie! Sie kriegen keinen Fuß mehr auf den Boden in dieser Stadt. Und Ihre illegalen Minijobs können Sie auch vergessen!»

«He, Salvatore! Arbeite ich hier illegal?», rief sie durch den gesamten Laden.

«No, no illegale!» Salvatore kam wild gestikulierend zurück.

«Pippa ist wie eine Schwester zu mich!» Dann fügte er noch hinzu: «Keine Pflaster. *Scusi!*»

Liz zuckte abfällig mit den Schultern und wandte sich wieder an die junge Frau. «Ich mache Sie trotzdem fertig!»

«So wie Ihre Schwiegertochter in spe gerade, hm?»

«Was soll das heißen?»

«Die Arme erpressen, damit sie Ihnen nicht den Sohn wegnimmt! Ihr sogar mit Entlobung drohen!» Sie redete sich in Rage. «Aus Ihren Augen springt einem doch die blanke Angst entgegen, nicht mehr die Nr. 1 Ihres Muttersöhnchens zu sein. Gegen Sie ist Schneewittchens böse Stiefmutter ja ein echtes Mauerblümchen!»

Ein Glucksen brach unbeabsichtigt aus meiner Kehle. So hatte bestimmt noch niemand mit Liz geredet!

Hektisch begann Liz, in ihrer Tasche nach etwas zum Schreiben zu kramen. «Sie sagen mir jetzt auf der Stelle Ihren Namen, und dann hören Sie von ...» Sie blickte kurz zu mir, aber als ich ihr nicht zu Hilfe kam, fuhr sie fort: «... von meinem Anwalt!»

«Pippa.»

«Was?»

«Sie wollten doch meinen Namen wissen: Pippa. P wie P, I wie I, P wie P, P wie ...»

«Das werden Sie noch bereuen!» Liz war rot angelaufen im Gesicht.

Pippa lachte laut auf. «Wenn alles gut läuft – ja!»

Liz sprang mit weit aufgerissenen Augen auf und rannte wutentbrannt aus dem Laden. Durch das Fenster sahen wir, wie sie sich fluchend den Friseurumhang vom Körper riss und auf den Boden warf.

«Dio mio!» Salvatore schlug die Hände vors Gesicht und erstarrte zu einer Salzsäule.

«Sie erinnert mich an diese debilen Handlanger von den Disneybösewichten», kommentierte Pippa das abstruse Schauspiel.

«Ja, das war ganz schön ... filmreif», antwortete ich nachdenklich.

Sie streckte mir ihre Hand entgegen. «Pippa!»

Immer noch ein wenig perplex beugte ich mich zu ihr und schüttelte ihre Hand. «Ich bin Sarah.»

Dann fiel mein Blick auf den Vertag auf der Ablage.

«Ich glaube, du hast mich gerade davor gerettet, etwas sehr Dummes zu tun.»

«Oh, auf dem Gebiet bin ich Expertin.» Pippa erhob sich und sah mich verschmitzt an. «Ich meine nicht im Retten, sondern im Dummes-Tun.»

Sie stand da in ihrer dreckigen Latzhose, eine Hand bis zum Oberarm hin ölverschmiert, die andere mit einem Verband, der bereits so zerfleddert wirkte wie ein Relikt aus dem Ersten Weltkrieg. Sie war von Kopf bis Fuß eine sehr ungewöhnliche Erscheinung: mit ihren roten Turnschuhen und den Haaren, bei dem ein Friseur wie Salvatore eigentlich einen Herzinfarkt bekommen müsste. Woher nahm sie bloß ihr Selbstbewusstsein? Sie schien schließlich keinerlei Skrupel zu haben, eine Frau wie Liz, die ihr in Auftritt und Gebaren auf den ersten Blick überlegen war, in die Flucht zu schlagen. Und sie schien es nicht zu bereuen, denn sie lächelte mich aufmunternd an.

«Lieber auch mal eine dumme Sache tun als gar nichts wagen.»

Ich nickte und griff aus einem Impuls heraus nach dem Ehevertrag.

«Ich denke, das hier zu unterschreiben», erklärte ich und riss das Papier in zwei Hälften, «wäre eine sehr dumme Sache gewesen.»

Trotz der vielen Seiten, die der Vertrag umfasste, schaffte ich es, ihn mit einer einzigen Bewegung zu zerteilen. Ich tat es einfach und wunderte mich im selben Augenblick über mich selbst.

«Darf ich dich als Dankeschön vielleicht auf einen Kaffee einladen?», fragte ich.

«Ehrlich gesagt habe ich ganz schön Kohldampf», entgegnete Pippa und rieb sich den Bauch.

«Na gut», schlug ich zögerlich vor, «das ginge natürlich auch.»

«Nach Diskussionen bin ich immer so hungrig», erklärte sie, «und nach dieser schrägen Begegnung schiebe ich erst recht einen Mordskohldampf.»

«Ich kenne ein gutes Lokal in der Nähe.»

«Na dann mal los!»

4. Kapitel

Nachdem meine Strähnchen endlich ausgewaschen und meine Haare aufgeföhnt waren, kam mir der Gedanke, dass Pippa ja hier arbeitete und höchstwahrscheinlich noch gebraucht wurde.

«Kannst du überhaupt einfach so weg?», fragte ich sie.

«Klar. Ich kann kommen und gehen, wann ich will. Salvatore und ich sind zusammen zur Schule gegangen. Na ja, bevor ich geflogen bin, zumindest.»

Ich war gerade dabei, mir die Haare locker mit den Händen aufzuschütteln, hielt dann aber abrupt inne. «Du bist von der Schule ...?»

Pippa starrte mich im Spiegel an. «Ist dir eigentlich mal aufgefallen, dass ihr euch ziemlich ähnlich seht, du und die böse Schwiegermutter?»

«Wie bitte?»

Doch Pippa warf sich schon ihre Tasche über und winkte Salvatore zu. «Ciao, Sal! Ich bin weg!»

Ohne seine Antwort abzuwarten, verschwand sie durch die Tür.

Hastig suchte ich meine Sachen zusammen, legte das Geld für Salvatore auf die gläserne Theke und folgte ihr. Ich musste ihr nachlaufen, um sie einzuholen.

«Du machst ja Riesenschritte», prustete ich außer Atem.

Pippa zeigte auf ihre ausgeleierten Turnschuhe. «Damit isses leichter als mit deinen Zahnstocherschühchen.»

«Stimmt», schnaubte ich und bog in eine Seitenstraße ein. «Hier entlang.»

Ohne lange zu überlegen, hatte ich das *Edel*, eines der besseren Restaurants der Stadt, als Dankeschön für meine sprichwörtliche Rettung ausgewählt. Ich ging schließlich oft hin und wusste, dass es gut war.

Als wir den schweren, roten Samtvorhang zur Seite schoben, der hinter der Eingangstür als Windfänger diente, begrüßte mich das Personal wie immer freundlich-zurückhaltend. Der Raum war von angenehmem Hintergrundgemurmel erfüllt – eine Atmosphäre, die ich in solchen Lokalitäten sehr schätzte.

«Hi!», rief Pippa vom Eingangsbereich durch das gesamte Restaurant. «Schicker Schuppen hier!»

«Ähm», räusperte sich einer der Kellner, der blitzartig neben uns stand. «Ein Tisch für zwei?»

«Gern», antwortete ich und lächelte Pippa verlegen zu. Erst jetzt, als sie mitten im Raum stand, fiel mir auf, wie unpassend sie gekleidet war. Ihr gesamtes Erscheinungsbild ließ sie wie ein Alien in dieser fein abgestimmten und bis ins letzte Detail durchdachten Umgebung wirken. Auf einmal war es mir peinlich, mit ihr hier zu sein, und ich fühlte mich schuldig, sie in eine derart unangenehme Situation gebracht zu haben.

«Ist dieser Platz genehm?» Der Kellner deutete eine Verbeugung an.

«Vielen Dank.»

Ich wollte mich gerade setzen, als Pippa sich umdrehte und lauthals erklärte: «Das hätt ich heute Morgen auch nicht geglaubt, wenn das mal einer erzählt hätte. Ich in so 'nem Edelschuppen, und das ganz ohne Reservierung!»

Auf einmal waren alle Augen auf uns gerichtet.

«Setz dich doch», zischte ich ihr bestimmend zu.

«Warum flüsterst du?», fragte sie und schob den Stuhl mit ihrem Fuß zur Seite, sodass er ein lautes Schleifgeräusch machte.

Wieder spürte ich die Blicke der anderen Gäste, aber diesmal, ohne dass ich aufsehen musste.

«Warum zur Hölle flüsterst du?», fragte Pippa erneut, während der Kellner uns die Menükarte reichte. «Warum flüstert sie?», fragte sie nun ihn.

«Wir empfehlen heute die Barbarie-Ente mit Cognac-Kruste, davor das leichte Spargelcremesüppchen mit Haube und zum Dessert –»

«Warum flüstert der jetzt auch noch?», unterbrach Pippa den Kellner. «Und wieso antwortet hier keiner?»

«Wir wollen die anderen Gäste nicht mit unseren Belangen belästigen», erklärte ich leise und nickte dem Kellner zu. «Gerne nehmen wir die Tagesempfehlungen. Damit war ich bis jetzt immer sehr zufrieden. Oder was meinst du?»

«Kann ich nicht sagen», erklärte Pippa und hob die Schultern, «ich war ja noch nie hier.»

«Ich meine, was hältst du von Barbarie-Ente mit Cognac-Kruste?»

«Also, das letzte Mal, als ich Ente gegessen habe, war ich fünf Jahre alt. So eine, die es im Supermarkt zum Einkauf dazugab. Aus Schokolade. Wahrscheinlich weil Ostern war oder so, ich kann mich nicht mehr genau erinnern.»

«Sie machen die Ente hier ganz wunderbar, du wirst sehen», erklärte ich.

«Sicher», antwortete Pippa. Dann sah sie den Kellner auffordernd an. «Ich hoffe, es gibt hier auch vernünftige Drinks?»

«Wir hätten da einen Juwel im Angebot, einen 1996er Château Meyney, Cru Borgois, Saint Estèphe. Wunderbar reife Cuvée aus Cabernet Sauvignon, Merlot und Cabernet Franc. Sehr viel Raffinesse, schmeckt leicht nach roten Früchten mit sanfter Gewürznote.»

«Ach du Scheiße», stöhnte Pippa, «geht das auch in einfach? Halt irgendwas mit Alkohol drin, was uns beiden hier richtig Dampf unter der Haube macht! Wie wär's mit 'nem Kurzen?»

«Wir nehmen den Wein», antwortete ich den Ausführungen des Kellners.

«Natürlich.» Leicht irritiert zog er ab, und ich wandte mich wieder Pippa zu.

«Entschuldige, ich habe nicht darüber nachgedacht, dass das Lokal vielleicht nicht so ganz passend für den Anlass ist.»

«Du meinst, *ich* bin nicht so ganz passend für den Schuppen hier?»

«Nein, nein, so meine ich es gar nicht», winkte ich ab. Aber im Grunde hatte Pippa recht: In dieser Umgebung wirkte sie wie ein buntes Zirkuspferd, das man auf eine sagrotanreine Bühne gestellt hatte. Mir tat meine unbedachte Auswahl auf der Stelle leid.

«Klar meinst du das so. Aber nur damit du's weißt: Ich geh in solchen Läden ein und aus. Wenn ich will.»

«Sollen wir woanders hinge-»

Schon stand der Kellner wieder bei uns. Diesmal brachte er das obligatorische Wasser, das ich hier schon nicht mehr zu bestellen brauchte.

«O Mann, warum kommen Sie denn immer so angeschlichen?», fragte Pippa, nahm ihm die Flasche ab und goss sich ihr Glas randvoll.

«Warte, das ist das Weinglas!», protestierte ich, aber es war bereits zu spät.

Pippa sah mich eindringlich an. «Also, jetzt mal zu was wirklich Wichtigem. Was hat es mit der bösen Schwiegermutter auf sich?», fragte sie und trank das Glas in einem Zug leer, während sie mich weiter mit ihrem Blick taxierte. «Mann, hatte ich ’n Brand!»

«Ach», seufzte ich, «das mit Liz ist eine lange Geschichte.»

Wieder war der Kellner lautlos an den Tisch gekommen. Er hielt uns die Flasche Wein zur Begutachtung hin, aber Pippa ergriff erneut die Initiative.

«Her damit.» Und zu mir gewandt, fügte sie hinzu: «Lange Geschichte – und wir haben viel Wein. Also, schieß los!»

Kurzerhand erzählte ich Pippa von Liz, von Philip und meinem Dilemma, aus dem ich nach seinem Heiratsantrag (den genauen Verlauf und wie er zustande kam, ließ ich allerdings weg) nicht so schnell wieder herauskommen würde. Pippa hörte aufmerksam zu, und ich merkte, wie gut es tat, einfach sprechen zu können, ohne dass jemand das Gesagte sofort bewertete. Wenn Pippa meine Ausführungen unterbrach, dann immer mit irgendwelchen verrückten Anekdoten von Menschen, die sie mal gekannt hatte oder irgendwo erlebt hatte und denen es ähnlich ergangen war. Auch wenn es sich anhörte, als würde sie sich an einem riesigen Schubladenschrank voller fremder Geschichten bedienen, fühlte ich mich irgendwie verstanden. Von sich selbst erzählte sie fast gar nichts, aber das störte mich nicht, denn ich war fasziniert von ihren Erzählungen und Erlebnissen, woher sie auch immer kamen.

Ich merkte, wie der Wein uns gesprächig machte.

«Da haste mit deinem Philip ja echt 'n Hauptgewinn gezogn, hm?», resümierte Pippa schlussendlich meine Ausführungen.

Sie sah mich ein wenig verklärt an, und auch mir hatte der kräftige Wein trotz der guten Grundlage in Form von einem wunderbaren Stück Ente zugesetzt.

Nachdem der Kellner das Dessert gebracht hatte, legte Pippa beide Ellbogen auf den Tisch und stützte ihren Kopf auf die Hände. Ihr üppiges Dekolleté lag jetzt fast komplett auf dem Tisch und gab den Blick auf einen Teil ihres roten BHs frei.

Ich bemerkte, wie einige Gäste immer wieder zu uns rübersahen. Ein älterer Herr schüttelte den Kopf und murmelte etwas von: «Tischmanieren kennen die Gören von heute auch nicht mehr ...»

Ich versuchte, die Situation zu entschärfen. «Lass es dir schmecken.»

«Dein Nachtisch sieht irgendwie besser aus als meiner.» Mit diesen Worten streckte Pippa ihren Zeigefinger aus, bohrte ihn durch die Karamellkruste meiner Crème brûlée und zog ihn einmal quer hindurch, um ihn sich anschließend genüsslich in den Mund zu stecken. «Mhhhmmm!»

«Äh ...» Mir war der Appetit auf meine zerstörte Creme schlagartig vergangen.

Dem mahnenden Blick unseres Nachbarn setzte Pippa ohne zu zögern etwas entgegen: «Ey, Opi, glotz nicht so! Oder willst du mit mir in die Kiste? Für 'n Hunni geht das klar. Das Doppelte, wenn deine Alte zusieht – aber nur die Hälfte, wenn sie uns das Frühstück ans Bett bringt! Haha!» Sie sah mich an. «Meine Güte, Sarah, jetzt guck doch nicht, als hätte dir jemand eine Birke in den Arsch geschoben. War ja nur ein kleiner Scherz! Winzig kleiner Scherz!»

Mit weit aufgerissenen Augen starrte ich sie an. «Und ... du arbeitest also bei Salvatore?», wechselte ich hektisch das Thema.

Pippa schüttelte den Kopf. «Ich repariere nur ab und zu was für ihn. Ich kenne Sal schon mein halbes Leben.»

«Und was ist dein ... echter Beruf?», bohrte ich weiter und merkte, wie investigativ das klang.

«Dies und das.» Pippa winkte ab. «Wenn die Lücke im Lebenslauf größer ist als die Auflistung der Jobs, die man gemacht hat, dann muss man eben kreativ sein.»

«Kreativ?», fragte ich und begutachtete mein zerstörtes Dessert.

«Na ja, also eigentlich hatte ich nur einmal ein richtiges Bewerbungsgespräch. So mit Einladung und allem Drum und Dran. Das war so 'n Projektding, was Kreatives.»

«Und?»

«Tja, da hat der Schnösel von der Personalabteilung irgendwann gesagt: ‹Sie haben da eine Lücke im Lebenslauf!› Und da habe ich geantwortet: ‹Ja, da habe ich alle Folgen von *The Walking Dead* geguckt! Hammer-Serie!›»

«Das hast du wirklich geantwortet?», fragte ich ungläubig, nachdem ich mich beinahe an meinem Dessert verschluckt hatte.

Pippa sah mich fragend an. «Man soll doch die Wahrheit sagen. Na ja, ich glaube, das hat mich rausgehauen.» Sie nahm den letzten Schluck Wein. «Aber eigentlich wollte ich den Job gar nicht. Viel zu spießig.»

«Und dann? Was hast du gemacht?»

«Ich war zu der Zeit viel unterwegs. Unter anderem auf

einem Rockfestival in Budapest. Na ja, ich hab da wen kennengelernt und bin einfach hängengeblieben. Und schwupps, wurden ein paar Monate draus. So ist das eben.»

Ich schwankte zwischen Irritation und Bewunderung für die Art, wie Pippa ihr Leben führte. Sie schien sich immer von ihren aktuellen Emotionen leiten zu lassen. Das war genauso simpel wie ... wahnsinnig. Im Grunde genommen lag es außerhalb meiner Vorstellungskraft.

«Ich glaube, ich bestelle jetzt mal die Rechnung», erklärte ich und winkte dem Kellner. «Ich lade dich natürlich ein.»

«Nichts da, ich zahle selber», widersprach Pippa, obwohl ich schon meine Kreditkarte auf den Tisch gelegt hatte. Sie begann, in den zahlreichen Hosentaschen ihrer Latzhose herumzukramen. Es gab Taschen an der Hüfte, eine große an der Brust, Gesäßtaschen, sogar an den Knien waren welche aufgesetzt.

«Verflixt noch mal, ich hatte doch Bares dabei ...»

Pippa fischte etliche verwaschene Zettel, Münzen, ein Rubbellos und Uraltbonbons heraus und legte sämtliche Errungenschaften in die Mitte des Tisches. Sogar ein Tampon war dabei. Dann grinste sie mich schief an. «Nur Bares is Wahres!» Mit diesen Worten knallte sie einen zerknitterten Zwanzig-Euro-Schein mit der flachen Hand auf den Tisch. «Na siehste!»

Als der Kellner die Rechnung in einem Klappetui aus feinem Leder auf unseren Tisch legte, zog ich sie schnell an mich und legte meine Karte hinein. «Hundertfünfzig, bitte», rundete ich auf.

«Waas?» Pippa sah mich entgeistert an. «Das bisschen Ente mit Orangensaft? Und der olle Fusel? Ich meine, dieser Wein macht ja noch nicht mal richtig betrunken, der ist sein Geld überhaupt nicht wert!»

«Psssst», machte ich und wagte nicht noch mal nach unseren Nachbarn zu sehen. «Ich lade dich gerne ein. Das war doch der Deal. Du hast mich vor Liz' Klauen bewahrt, und ich wollte mich bedanken.»

Pippa schüttelte den Kopf, dass ihre Dreadlocks nur so tanzten. «Aber nur, wenn ich dich gleich auf einen vernünftigen Drink einladen kann. In eine echte Bar. Mit echten Dri- Hicks!»

Ich nickte. «Okay. Einen Drink, und dann nehme ich mir ein Taxi.»

Der Kellner begleitete uns zur Tür. Als Pippa nach mir hinausgehen wollte, nahm er ihre Hand, schüttelte sie kurz und legte dann seine zweite Hand flach darüber. Dann beugte er sich zu ihr vor und flüsterte: «Danke für Ihren Besuch. Bitte beehren Sie uns nicht wieder.»

✿

Die *Bulldog Bar* hatte ich noch nie zuvor wahrgenommen. Sie lag in einem Viertel genau auf der anderen Seite der Stadt, durch das ich bis jetzt lediglich durchgefahren war. Schon beim Anblick von der Straße musste ich zugeben, dass ich den Laden selbst vermutlich nie betreten hätte. Er wirkte nicht nur durch das alle paar Sekunden aufflackernde *B* im beleuchteten Schriftzug ziemlich heruntergekommen. Ein Eindruck, der sich beim Hineingehen bestätigte. Eine große dunkle Holztheke, die derart ramponiert war, dass man glauben konnte, die Dreharbeiten zu *Coyote Ugly* hätten hier vor zwanzig Jahren stattgefunden, zog sich längs durch den gesamten Raum. Zahlreiche Gäste standen oder saßen auf Barhockern daran. Tische gab es keine, genauso wenig wie Fenster. Als sich die Tür hinter uns schloss, überkam mich das Gefühl, wir würden von der Welt ausgeschlossen werden. Als existierte hier, in diesem winzigen, heruntergekommenen Kosmos ein anderes, in sich abgeschlossenes Universum. Ich war in eine Art Parallelwelt geraten. Auch die Gäste sahen anders aus als ich. Sie sahen aus wie Pippa.

«Hey Bo! Machste uns zwei Bier?» Pippa lehnte seitlich an der Theke und hielt dem Barkeeper mit beiden Händen jeweils zwei Finger hin.

Der Kerl war ein untersetzter Mann mit Vollbart, dessen Tätowierungen an Armen und Hals aus dem T-Shirt herausragten, das er nicht die erste Nacht in dieser Woche zu tragen schien. Er nickte Pippa zu und stellte zwei Flaschen *Bulldog's Beer* und zwei Genever auf die Theke.

Pippa wirkte zufrieden mit der Lieferung und nahm sich eine Handvoll Pistazien aus der Schale vor uns.

Ich ekelte mich.

«Ich habe mal in einer Studie gelesen, dass solche Nüsse in Bars voll von Bakterien sind», erklärte ich. «Weil sich die Leute nicht richtig die Hände waschen und dann immer wieder hineingreifen.»

Pippa schien das nicht zu beeindrucken. Sie aß die Nüsse und ließ die Schalen einfach auf den Boden fallen.

«Du wirfst den Müll hier einfach so hin?», hakte ich nach.

«Wohin denn sonst damit?», fragte Pippa.

Ich sah mich um. Es gab tatsächlich nirgendwo ein zweites Schälchen für den Abfall.

«Entschuldigen Sie», rief ich dem Barkeeper zu, «hätten Sie vielleicht was für die Schalen?»

Der Barkeeper, den Pippa kumpelhaft Bo genannt hatte, wandte uns sein rotes, bärtiges Gesicht zu und sah uns fragend an. «Was willste? 'ne zweite Schale? Vielleicht mit Zitrone und Wasser drin?»

«Das nicht gerade, aber ...»

«Hört mal, die Lady hier will 'ne Schale für ihre Nussschalen!»

Sofort brachen die Gäste, die unmittelbar neben uns an der Theke standen, in schallendes Gelächter aus. Auf einmal war ich das Alien in einer fremden Welt, und Pippa die Brücke.

«Bei dem Geruch, den unser Bo hier verströmt», rief sie, «brauchen wir hier eher 'ne Badewanne voll Zitronenwasser.»

Das Lachen wurde lauter. Bo winkte ab.

«Schon gut», sagte Pippa und prostete mir zu. «Also, wo waren wir stehengeblieben? Du wolltest mir erklären, warum man überhaupt eine Trauzeugin braucht.»

Ich seufzte. «So eine Hochzeit erfordert nun mal viel Organisation, Abstimmung und Auswahl. Man muss ständig Entscheidungen treffen: Einladungskarten, Blumen, Arrangements, Tischdeko, Musik ... Ach, überhaupt den passenden Ort für die Feier zu finden, ist schon eine Herausforderung. Das kann ich nicht alles allein bewerkstelligen. Philip ist einfach nicht so der Typ für rosa Tischkärtchen, wenn du verstehst, was ich meine.»

«Aha. Eine zweite Meinung, also. Unterstützung. Das, was eine ... Trauzeugin eben so macht. Richtig?»

«Genau.»

«Und da gibt es sonst niemanden, der das machen könnte?»

Ich schüttelte den Kopf. «Ich weiß, es hört sich bescheuert an, aber ich bin wohl nicht so der Freundinnen-Typ.»

Pippa hielt mir erneut ihr Bier zum Anstoßen hin. «Ich auch nicht.»

«Nicht?», fragte ich erstaunt.

Sie zuckte mit den Schultern. «Weiß nicht. Könnte daran liegen, dass ich mit allen Männern meiner Freundinnen geschlafen habe.»

Ich setzte das Bier ab, weil ich mich beinahe verschluckt hätte.

«Sche-herz!»

«Du hast einen seltsamen Humor.»

«Ja, das sagen die meisten.»

Ich sah sie ernst an. «Also, warum dann?»

«Ich weiß es wirklich nicht genau.» Pippa hob erneut die Schultern. «Ich denke nicht viel über so was nach.»

Ihr Blick ging ins Leere. Gedankenverloren drehte sie die Bierflasche in ihrer Hand.

Auch ich wusste nicht, was ich sagen sollte. Es war merkwürdig, aber die Stille zwischen uns störte mich nicht im Geringsten.

«Hey, was hältst du von folgendem Vorschlag?», sagte Pippa plötzlich und klang wie auf Knopfdruck euphorisch. «*Ich* helfe dir!»

«*Du*?»

«Ja! Ich helfe dir bei den Vorbereitungen und dem ganzen Krimskrams. Ich mach so was gerne! Und ich steh auch total auf Rosa. Also, fast.»

Mir schossen gleich mehrere Bilder durch den Kopf: Die ölverschmierte Pippa im Brautmodengeschäft. Pippa beim Sommelier. Um Himmels willen, da sind ja direkt zwei Kisten weg, bevor wir einen passenden Wein finden! Und bei Pippas Musikauswahl könnte ich mir von Heavy Metal bis Alternativ alles vorstellen.

Aber vor allem ein Gedanke überlagerte alle anderen: Liz würde es hassen.

«Warum nicht», sagte ich zögerlich. «Okay.»

«Auf die Entscheidung!» Pippa hob ihre Flasche.

«Welche Entscheidung?»

Pippa vertrug deutlich mehr als ich, denn ich konnte kaum mit ihrer Bestelltaktung mithalten. Irgendwann gab ich auf.

«Ich kann nicht mehr», sagte ich, bemüht nicht zu lallen. «Das war zu viel.»

«Ach, das war doch noch gar nichts!», erwiderte Pippa und hielt ihren Arm zu einer erneuten Bestellung hoch.

Doch ich zog ihn zurück. «Ich muss wirklich los. Wir haben schon nach elf, und ich will morgen früh ins Büro.»

«Morgen ist Samstag!», entgegnete Pippa mit hochgezogenen Augenbrauen.

«Ja, und?», fragte ich. Als wir uns erhoben, merkte ich, wie der Boden unter meinen Füßen schwankte. «Ich danke dir jedenfalls für deine Einladung. Und auch für das ... Angebot.»

Pippa zog den Zwanzig-Euro-Schein aus ihrer Brusttasche und legte ihn auf die Bar. «Stimmt so!», rief sie dem Barkeeper zu.

Bo allerdings machte keinen zufriedenen Eindruck. «Heyheyheyho, mal langsam mit den jungen Pferden!»

Trotz seiner Körpermasse hatte er sich blitzschnell über die Theke gebeugt und zog Pippa am Arm zurück. Er hielt sie so fest, dass sie nicht mal vom Barhocker rutschen konnte. «Dein Deckel ist fünfmal so hoch. Heute ist Zahltag, Liebelein!»

Pippa versuchte, ihren Arm ruckartig wegzuziehen, doch Bo hielt seinen Griff.

«Also, rück raus die Kohle. Ich warte seit drei Monaten. Vorher verlässt du meinen Laden nicht.»

«Ich zahl morgen», murrte Pippa, ihren Blick von mir abgewandt. «Hatte ich dir doch gesagt, dass ich morgen extra komme.»

«Nix da», erwiderte Bo lautstark, «du zahlst heute. Ich lass mich doch nicht verarschen. Du hast mich lange genug hingehalten. Außerdem hast du deine Deckel in der halben Stadt verteilt. Ich krieg mein Geld zuerst, damit das klar ist!»

Seine Stimme klang entschieden und fast schon aggressiv, sodass ich es mit der Angst zu tun bekam. Noch immer hielt er Pippa fest.

«Lassen Sie sie los, in Herrgotts Namen», ging ich dazwischen. «Sie wissen sicherlich, dass das an Körperverletzung grenzt?»

«Was willst du denn?», fragte Bo und sah mich entgeistert an. «Du hast hier gar nichts zu kamellen. Pippa schuldet mir 'ne Menge Kohle. Es sei denn, du zahlst für sie. Und zwar jetzt sofort.»

Pippa riss sich aus dem Klammergriff los. «Ich hab doch gesagt, ich komme morgen wieder!»

«Ja, klar, und dann lässte dich wieder monatelang nich blicken. Ne, ne, so nich, Liebelein. Du bleibst hier, bis die Kohle auf dem Tisch liegt. Oder ich rufe die Bullen. Ich hab's endgültig satt, von dir hingehalten zu werden.»

Der Barkeeper griff nach einem uralten Kabel-Telefon, das hinter der Theke hing.

«Nicht die Bullen!», rief Pippa. Etwas leiser fügte sie noch hinzu: «Bitte nicht.»

Mir reichte es endgültig. «Ich übernehme das», mischte ich mich in die prekäre Situation ein. «Wie viel macht das, sagten Sie?»

Bo holte einen Zettel unter der Theke hervor, auf dem unzählige Striche und Kritzeleien vermerkt waren.

«Summa summarum: hundertsieben. Und mit Zinsen mindestens hundertdreißig. Aber ich bin ja nicht so. Ein Hunni, und die Sache ist gegessen.»

Zum zweiten Mal an diesem Tag zog ich meine Kreditkarte, um die Rechnung für eine eigentlich völlig Fremde zu begleichen. Ich sah mich um. «Kann ich hier auch mit Karte zahlen?»

«Du kannst hier sogar mit Goldkronen zahlen», erwiderte Bo sichtlich erfreut, «solange du zahlst. Dir steht die Kohle ja ins Gesicht geschrieben.»

«Na dann», sagte ich und schob meine Karte in das mir hingehaltene Gerät.

«Ich bin wohl ziemlich nah am Wodka gebaut», versuchte Pippa zu scherzen, aber das Lachen schien ihr im Hals stecken zu bleiben. «Es tut mir leid», flüsterte sie, ohne mich anzusehen. «Irgendwie ist es immer so.»

«Was ist immer so?», fragte ich und verstaute meine Karte wieder, nachdem der Barkeeper mir den Zahlungsbeleg auf die Theke gelegt hatte.

«Ich will es ja gar nicht ... Also, ich meine, ich lege es nie drauf an, weißt du? Aber am Ende mache ich immer Ärger.»

«Quatsch.» Ich winkte ab und nahm meine Tasche. «Du warst super heute mit Liz, und ich habe dir zu danken.»

«Nein, ich glaube, es ist besser, wenn du dich von mir fernhältst», sagte Pippa in einem merkwürdig klanglosen Ton. «Ich bin nicht gut für dich.» Sie richtete sich auf. «Aber das Geld zahl ich zurück, versprochen!»

«Ja, natürlich.» Ich zog meine Visitenkarte hervor. «Meld dich einfach bei mir, wenn es passt. Hier ist meine Nummer.»

«Uiui, Frau Anwältin!», gluckste Pippa. «Hätte ich fast drauf gewettet.» Im matten Licht der Bar begutachtete sie die Visitenkarte von nahem, als wäre sie kurzsichtig. «Schickes Papier. Richtig edel, was?»

Dann steckte sie die Karte in die Brusttasche zu den Uraltbonbons und dem Tampon. So schlagfertig ich Pippa bis dahin erlebt hatte, so kleinlaut war sie jetzt.

«Es war das Mindeste, was ich für dich tun konnte», sagte ich beim Rausgehen. «Wer weiß, was ich in meinem Schockzustand heute beinahe alles unterschrieben hätte. Du hast mich wirklich gerettet.»

Pippa lachte, aber es war ein ironisches Lachen. «Ich und jemanden retten, das klingt wie blanker Hohn! Wie wenn du einem Feuerwehrmann sagst, er soll dein Haus abfackeln!»

5. Kapitel

Besuch für Sie, Frau Bender.»

Celine steckte ihren Kopf in mein Büro. Das Klopfen und das Öffnen der Tür erfolgten bei ihr immer zeitgleich, was Ersteres damit völlig überflüssig machte. «Celine, wie lange arbeiten Sie schon für mich?»

«Oh, ich weiß nicht so genau, etwas über elf Monate?»

«Das heißt, Sie sind aus der Probezeit raus, nicht wahr?»

Celine sah mich mit ihren kleinen Mäuschenaugen irritiert an. Sie hatte wirklich etwas Mäuschenartiges, das mich einerseits beruhigte, mich aber andererseits oft fast wahnsinnig machte, weil ich diese verhuschte Art nicht mochte. Celine war aschblond, hager und weckte sicher bei vielen Männern den Beschützerinstinkt. Bei mir nicht. Aber ich war ja auch kein Mann.

«Ja, das bin ich.»

«Und hatten wir nicht ein Probezeitendgespräch?»

Sie nickte.

«Und was haben wir da besprochen?»

«Dass Sie sehr zufrieden sind mit meiner Arbeit, denke ich.»

«Das bin ich, Celine. Aber ganz am Ende des Gesprächs, da hatten wir noch ein Thema.»

«Oh, Sie meinen das Klopfen?»

«Ganz genau. Inwiefern meinen Sie, dass das Klopfen an einer Tür Sinn macht, wenn man sie gleichzeitig öffnet?»

Celine sah betreten zu Boden. «Es tut mir –»

«Natürlich macht das Sinn», fuhr eine Stimme dazwischen, «so weiß man immerhin, dass man sich schnell auf den Boden werfen muss, falls eine Superheldin eintritt! Tadaaa!»

Was ich sah, hatte tatsächlich etwas von einer Superheldin. Im Türrahmen stand Pippa mit ausgebreiteten Armen in einem Minirock, der eher wie ein Gürtel aussah, dazu Overknees, halboffene Boots, ein enges Tank Top, ein XL-Baumfällerhemd wie einen Umhang um die Hüften geschnürt und mit 80er Jahre Sonnenbrille auf der Nase. Ihr verletzter Arm war diesmal mit einem knallroten Verband umwickelt, der irgendwie zu ihrem verrückten Look passte.

«Du hast mich gerade schwer an meine Mutter erinnert, Sarah», sagte sie und lächelte kurz Celine zu, die unsicher zurücklächelte und dann wieder wie versteinert dastand. Noch bevor ich antworten konnte, trat Pippa an meinen Schreibtisch, schob einen Berg Akten zur Seite und setzte sich mittendrauf. «Und, was steht heute an?»

«Guten Tag, Pippa», antwortete ich perplex. «Habe ich etwas verpasst oder waren wir verabredet?» Ich deutete Celine an, zu gehen, und sie kam dem Wunsch lautlos nach.

«Wir haben eine Verabredung, schon vergessen?» Pippas Dreadlocks standen wild vom Kopf ab.

«Nun, also eigentlich hatte ich darüber nachgedacht und war zu dem Schluss gekommen, dass es ein wenig ... übereilt war.»

«Du hast nicht damit gerechnet, dass ich hier auftauche, stimmt's?», fragte Pippa und lächelte mich herausfordernd an.

«Wenn ich ehrlich bin, nein. Du hast recht.»

Es stimmte. Ich bereute den gestrigen Abend nicht direkt,

aber nach ein paar Stunden Schlaf sah meine Welt eben wieder ganz anders aus.

Warum auch immer ich Pippa meine Karte gegeben hatte – wenn ich jetzt darüber nachdachte, musste ich unwillkürlich mit dem Kopf schütteln. Es machte keinen Sinn, genauso wie ihr Vorschlag, mir zu helfen. Wir hatten nicht nur grundsätzlich verschiedene Lebenseinstellungen, mehr noch, wir waren der jeweils komplette Gegenentwurf der anderen. Wobei sollte eine Frau wie Pippa mir helfen? In ihrer schmutzigen Latzhose ein Brautkleid von Vera Wang auswählen? Es womöglich noch vor der Anprobe mit ihren Ölfingern ruinieren? Womit kannte eine Frau wie sie sich aus? Wohl eher mit Rohrzangen und Schraubendrehern als mit einem 250-teiligen Silberbesteck. Ich ertappte mich dabei, dass einige meiner Gedanken gemein waren, aber ihre Hilfe anzunehmen, wäre nun mal eine Schnapsidee. Ich hatte gestern mehr getrunken, als ich vertrug, deshalb saß meine Zunge lockerer. Innerlich schüttelte ich wieder den Kopf.

Natürlich hatte Pippas Erscheinen mich davor bewahrt, mich kampflos in Liz' Klauen zu werfen, aber es ließ sich nicht abstreiten: Pippa passte nicht in meine Welt. Selbst ihr Auftritt vor Celine war mir irgendwie unangenehm. Pippa wirkte, wann immer sie irgendwo auftauchte, wie der Clown, der aus einer Torte springt. Damit konnte ich nicht gut umgehen. Und gleichzeitig funkelten mich ihre Augen so voller Lebensfreude an, dass ich mich im selben Augenblick für meine eigenen Gedanken schämte.

«Warum hast du mir dann deine Karte gegeben? Mit der Büro-Adresse drauf?» Pippa wirkte beinahe traurig.

Ich hob die Schultern. «Das ist so eine Angewohnheit. So wie die Hand geben. Man tauscht Karten aus und ...»

«... und sieht sich nie wieder», beendete Pippa meinen Satz.

Ich nickte. «Oftmals ist das so, ja.»

«Ich finde das schwachsinnig. Denk mal an die ganzen Bäume, die wegen der ganzen Karten sterben müssen!» Pippa beugte sich über meine Aktenberge und nahm eine der oberen Mappen in die Hand. «Sieht ganz schön wichtig aus.»

«Das ist vertraulich!», griff ich ein, und sofort ließ Pippa die Mappe fallen und nahm ihre Hände hoch, als hätte ich sie mit einer Waffe bedroht.

«Is ja schon gut!» Sie rutschte von meinem Schreibtisch. «Also, wo fangen wir an?»

«Wie meinst du das?»

«Na, die Hochzeitsliste. So jemand wie du hat sicher eine fein säuberlich notierte Checkliste irgendwo angelegt, thematisch sortiert oder farblich oder so was Irres.»

«Nach Monaten gelistet», antwortete ich und fühlte mich irgendwie ertappt. «Ich zähle zwölf Monate runter und fange mit den langwierigsten Organisationspunkten an.»

«Krass.» Pippa stellte sich direkt vor mich. «Aber gut. Worauf warten wir?»

«Ich weiß wirklich nicht, ob das so eine schlaue Idee ist», gab ich zu. «Ich will ehrlich sein: Wir beiden haben ...» Ich blickte erst an mir, dann an ihr herunter. «So gut wie nichts gemein. Das lässt sich nun mal nicht leugnen.»

«Stimmt», sagte Pippa. «Aber ich bin immerhin besser als Schneewittchens böse Stiefmutter!»

Ich atmete tief durch. Liz. Natürlich hatte sie einen riesigen Aufriss wegen der Friseursache gemacht und Philip einen halben Herzinfarkt vorgespielt. Zum Arzt wollte sie dann aber doch nicht, sondern ließ sich den gesamten Abend von ihm umsorgen und bläute ihm ein, dass das alles selbstverständlich nur meine Schuld war.

Ich hatte gar nicht erst versucht, Philip von den Erpresserqualitäten seiner Mutter zu erzählen – er hätte es mir sowieso nicht geglaubt und nur vermutet, dass ich sie schlechtmachen wolle. So lief es wie es immer lief: Liz ließ sich von ihrem eigenen Sohn bemuttern (sie taten das erfolgreich abwechselnd), und ich stand außen vor.

«Ich weiß», erwiderte ich seufzend.

«Na, siehst du. Dann doch lieber eine Chaotin wie mich. Außerdem habe ich versteckte Talente, falls du's wissen willst. Ziemlich viele sogar.»

Ein Lächeln huschte über mein Gesicht. «Und wo hast du die versteckt?», fragte ich und deutete auf ihren Minirock. «In der Tasche von deinem Gürtel da?»

Pippa grinste. «So gefällst du mir schon viel besser.»

Ich konnte nicht genau sagen, was es war, das Pippa an sich hatte, aber etwas hatte mich schon gestern fasziniert und tat es auch jetzt wieder. Vielleicht war es ihre Leichtigkeit, ihre Art, die Dinge, die sich einem in den Weg warfen, mit offenen Armen anzunehmen. Mir war das vollkommen fremd.

«Also, wo ist deine Liste?»

Ich deutete auf mein iPad vor mir.

«Und kann man die auch ausdrucken? Für Normalsterbliche wie mich?»

«Ja, schon», antwortete ich zögernd.

«Was denn?»

«Na ja, sie hat einundzwanzig Seiten.»

«Einundzwanzig Seiten? Ernsthaft? Was steht denn da alles drin? Wann du dir die Beine wachsen musst?»

Eifrig griff ich nach dem iPad. «Oh, das könnte ich noch eintragen.» Als ich es ausgesprochen hatte, merkte ich, wie lächerlich es klang.

Pippas Blick war eine Mischung aus Spott und liebevollem Mitgefühl. Wir mussten beide lachen.

«Okay», erklärte ich, «wir sollen es also wirklich versuchen?»

«Jap», sagte Pippa und stützte die Arme in die Hüfte. «Was hast du schon zu verlieren? Außer einer bösen Schwiegermutter, meine ich.»

Es stimmte: Was hatte ich zu verlieren? Ich war niemand, der gerne Risiken einging, und wenn, dann nur, wenn sie gründlich kalkuliert waren. Ich wusste, dass sich das manchmal widersprach, aber so tickte ich nun mal. Pippa aber aktivierte eine ganz verborgene Seite in mir, die vermutlich vor allem etwas mit Liz zu tun hatte. Und mit der Vorstellung, wie Liz grün vor Ärger anlief, dass ich sie nicht als Unterstützung brauchte.

«Und ich habe Spaß!», fügte Pippa hinzu.

Einen Moment zögerte ich noch, dann nickte ich ihr zu. «Also gut.»

«Wo starten wir?»

«Bei Monat zwölf.»

«Zwölf Monate Orgakram?»

Ich nickte.

«Jetzt weiß ich, warum ich nie geheiratet habe.» Pippa sah mich nachdenklich an. «Ich meine, in zwölf Monaten kann viel passieren. Da ändert sich mein Leben mindestens fünfmal.»

«Meins nicht. Das ist perfekt so, wie es ist», gab ich zu Protokoll.

«Na dann», antwortete Pippa, «starten wir mal mit dem Projekt ‹in Stein meißeln›.»

«Das hört sich ziemlich negativ an.»

«Du hast doch gesagt, bei dir ändert sich nichts.»

«Aber wenn du es sagst, klingt es wie etwas Schlechtes.»

«Im Gegenteil», entgegnete Pippa, «ich wünschte, mein Leben wäre so strukturiert. Ganz ehrlich, das wäre ein Traum. Zu wissen, wo man in zehn Jahren ist und so. So was, was sie einen bei Vorstellungsgesprächen immer fragen.»

«Du weißt nicht, wo du in zehn Jahren sein willst?», hakte ich nach und dachte an meinen Vor-40-Masterplan, den ich bereits mit dreißig geschrieben hatte.

«Ach, ich weiß doch noch nicht mal, was morgen ist», sagte Pippa und schob mich Richtung Tür. «Aber immerhin weiß ich, dass du jetzt Feierabend machst und wir mit deiner Monsterliste anfangen. Und eins kann ich dir versprechen: Mit mir zusammen brauchst du keine zwölf Monate.»

«Nicht?»

Pippa schob mir ihre Hand über die Schulter. «Ich wette, am Ende dieses Sommers steht deine Hochzeit.»

Verrückt, dachte ich. Hätte mir gestern um diese Zeit jemand gesagt, dass ich heute drauf und dran sein würde, mit jemandem wie Pippa meine Hochzeit zu planen, ich hätte ihn für verrückt erklärt. Gut, wer wusste schon, wie lange es gut gehen würde zwischen uns. Vielleicht merkten wir schon nach ein paar Stunden, dass es wirklich eine Schnapsidee gewesen war – im wahrsten Sinne des Wortes. Denn ich konnte mir beim besten Willen nicht vorstellen, wie der Sommer mit Pippa aussehen sollte. Dass es chaotisch werden würde, stand außer Frage. Aber das war auch schon alles, was ich wusste.

Pippa stand mit schräg gelegtem Kopf im Eingang zur Kanzlei. «Kommst du jetzt?»

Würde sie nicht so liebenswert und herzlich dabei lächeln, hätte das Ganze ein wenig was von einer Zwangsrekrutierung, dachte ich.

«Ich komme», antwortete ich und schnappte mir meine Tasche. Dann rief ich meiner überraschten Assistentin zu: «Celine, nehmen Sie sich den restlichen Samstag frei.»

Ein unbestimmtes Kribbeln machte sich in meiner Magengegend breit. Das war das Aufregendste, was ich in letzter Zeit unternommen hatte.

Und es fühlte sich seltsam gut an.

✿

«Ich muss noch mal kurz zum Geldautomaten», erklärte ich, setzte den Blinker und hielt nach einem Parkplatz Ausschau.

«Das geht auch einfacher», sagte Pippa und drückte den Warnblinkknopf. «Zweite Reihe. Macht doch jeder in Köln.»

«Das wäre dann aber dritte Reihe», entgegnete ich besorgt.

Pippa hob sorglos die Schultern. «Noch besser. Man muss ja nicht tun, was jeder tut!» Dann zwinkerte sie mir zu.

Irgendwie fiel es mir seltsam schwer, ihr zu widersprechen. In allem, was sie sagte oder tat, lag eine Mischung aus Euphorie und einem gewissen Protest, sich nicht unterordnen zu wollen. Zu meinem eigenen Erstaunen faszinierte mich das erneut.

Natürlich parkten wir in der 3. Reihe. Und als wir lachend zum Geldautomaten auf der anderen Straßenseite rannten, kam ich mir total verwegen vor.

Mit meiner Courage war es allerdings kurz darauf schon wieder vorbei.

«Ihhh!», schrie ich auf, als ich direkt vor dem Display des

Geldautomaten im Vorraum der Bank eine Spinne hängen sah. Sie war so groß wie eine Ein-Euro-Münze.

Pippa lehnte sich entspannt an die Wand daneben. «Man sollte grundsätzlich Spinnen vor Geldautomaten positionieren. Dann würden viel mehr Leute sparen.»

Ihr trockener Kommentar ließ mich für eine Sekunde meine Spinnenphobie vergessen, und ich musste schmunzeln. Wo sie recht hatte, hatte sie recht.

«Trotzdem», erklärte ich ängstlich. «Das ist ekelhaft!»

«Das ist eine winzige Spinne, die sicher mehr Angst vor dir haben sollte als du vor ihr. Du weißt schließlich, dass sie dir nichts tut.»

«Ich - kann - da - nicht - dran!» Allein der Gedanke daran, mich ihr zu nähern, ließ mich erschaudern. «Nein, nein, nein!» Ich hielt mir die flache Hand vor die Augen.

«Du Mädchen», lachte Pippa, öffnete ihre Hand, schloss die Spinne darin vorsichtig ein und trug sie durch die Glasschiebetür des Vorraums nach draußen, wo sie sie etwas abseits des Eingangs aus der Hand krabbeln ließ.

Ich beobachtete das Ganze mit Gänsehaut.

«Guck mal, ich bin nicht gestorben», sagte Pippa, als sie wieder vor mir stand und ihre leeren Handflächen präsentierte.

«Ich aber. Fast.» Schnell tippte ich meine Geheimzahl ein. Der Ort war mir nicht geheuer. «Leider werde ich dir niemals wieder die Hand geben können.»

«Macht nix», sagte Pippa, «ich mag den Handschlag ohnehin nicht. Meistens wird damit etwas versprochen, was sowieso nicht eingehalten werden kann.»

«Also, ich weiß ja nicht, was du für Leute kennst. Aber ich halte meine Versprechen. Immer.»

Ich nahm mein Geld aus dem Schacht und drehte mich um. Aber Pippa war bereits zum Auto gegangen.

Mir schwebte ein Café mit Rheinblick oder etwas in der Nähe der Altstadt vor, um ungestört in der ausgedruckten Hochzeitsvorbereitungsliste lesen zu können.

«Ich habe eine Idee, wo wir hinfahren», sagte ich. «Das ist zwar schick, aber nichts, wo du auffallen würdest.»

«Das hast du aber nett ausgedrückt», feixte Pippa, und mir waren meine Worte sofort peinlich. Pippa schien das zu merken: «Ich weiß doch, wie du es gemeint hast», beschwichtigte sie. «Na, dann mal los!»

Die Rheinterrassen waren im Sommer besonders schön. Wir setzten uns nach draußen an einen kleinen, runden Zweiertisch, dessen Platte aus pastellfarbenen und weißen Mosaiken zusammengesetzt war. Darauf stand eine winzige Vase mit Wiesenblumen, wie auf jedem der anderen Tische. Immer wenn ich hier war, versetzte mich das Ambiente und der Blick aufs Wasser in eine Kurzurlaubsstimmung, und ich freute mich, dass wir den sonnigen Tag noch so wunderbar nutzen konnten. Ich hatte uns ungefragt mit einem Blick bei einer der Kellnerinnen Milchkaffee bestellt, den ich hier immer trank.

Pippa blätterte systemlos in meinen Unterlagen.

«Vorsicht, die Blätter sind sortiert», intervenierte ich.

«Oh.» Pippa grinste. «Natürlich.» Dann runzelte sie die Stirn, weil die Kellnerin zwei Milchkaffee vor uns abstellte. «Was ist das denn?», fragte sie.

«Milchkaffee.»

«Den habe ich nicht bestellt.»

«Das war ich», erklärte ich, «ich dachte, den mag doch jeder.»

«Jeder, der unter neun Jahre alt ist oder Calcium-Mangel hat.»

«Okay», lenkte ich ein, «was trinkst du also?»

«Doppelter Espresso», bestellte sie bei der Kellnerin, die ein wenig beleidigt abzog, da ihre weltmeistertitelverdächtige Schaumkronenkreation verschmäht wurde.

Aber Pippa widmete sich schon wieder der Liste. «Standesamt, kirchlich oder beides oder freier Theologe ...», las sie laut vor. «Freier Theologe klingt doch gut!»

Ich schüttelte den Kopf. «Nein, das war nur der Vollständigkeit halber. Natürlich heiraten wir erst standesamtlich und dann kirchlich.»

«Schade», maulte Pippa, «das hätte ich mir toll vorgestellt. Ein Alt-68er als Redner, Blumenkränze, lange bunte Kleider ...»

Ich lachte. «Ja, das wäre eine Hochzeit, die vielleicht zu dir passen könnte. Ich bin da eher traditionell veranlagt.»

«Spieß-», schoss es aus ihr heraus, doch dann biss sie sich auf die Lippe.

«Wenn du so willst, dann gerne auch spießig», führte ich ihren Satz nüchtern zu Ende.

Sie lächelte. «Wann soll die große Sause eigentlich stattfinden?»

«Ich hatte mir unseren Jahrestag vorgestellt», sagte ich, «der vorgestern war, also ziemlich genau ab jetzt in einem Jahr. Das passt ganz gut, denke ich.»

«Hm», murmelte Pippa, «romantisch. Und was sagt dein Verlobter dazu? Wie hieß er noch mal?»

«Philip.»

«Mein Namensvetter also.» Pippa schien amüsiert. «Dann werden wir uns sicher gut verstehen, wenn ich jetzt regelmäßig bei euch auflaufe.»

Mit großen Augen starrte ich sie an.

«Ich heiße nämlich eigentlich Phillipa. Aber so nennt mich natürlich keiner. Zumindest keiner, der mich wiedersehen will.»

«Also, ich finde den Namen schön, er hat so etwas Royales.»

«Das ist ja das Schlimme. Aber egal, was sagt denn mein Namensvetter zu dem Termin? Gebongt? Dann könnte ich hier schon ein Häkchen hinmachen. Auch wenn ich das eigentlich nicht mag. Ich meine, du musst wissen, ich hasse Häkchen. Überhaupt Listen. Aber wenn ich das hier sehe ...» Pippa stöhnte theatralisch. «Dann werde ich wohl schnell die Seiten wechseln müssen, wenn wir weiterkommen wollen.»

Ich lachte. «Also, Philip ist es bestimmt recht», erklärte ich.

«Das heißt, du hast ihn nicht gefragt?» Pippa sah mich erstaunt an.

«Na ja, er ist nicht gerade der Typ, der auf Hochzeitsvorbereitungen steht», rechtfertigte ich mich und fragte mich im selben Moment, vor wem. «Ich meine, er lässt mir da freie Hand, und das ist mir auch ganz recht so.»

Pippa richtete sich auf. «Übersetzt: Es ist ihm egal?»

«Natürlich nicht!», ereiferte ich mich. «Ich rede ja heute Abend mit ihm darüber. Nur einige Dinge werde ich sicher alleine entscheiden. Oder hast du schon mal einen Unternehmensberater Mitte dreißig gesehen, der gerne rosa Tischkärtchen aussucht?»

«Sie *müssen* ja nicht rosa sein», sagte Pippa und riss die Augen auf. «Oder?»

«Das war nur metaphorisch gemeint», entgegnete ich. «Wobei – was spricht gegen rosa?»

✿

Nach ihrem doppelten Espresso schien Pippa richtig im Listenfieber zu sein.

«Also, wenn du das Wunschdatum schon hast, folgt hier der nächste Punkt: beim Standesamt anmelden.»

«Das mache ich Montag direkt», antwortete ich und kreiste den Punkt ein. «Nur was ist, wenn der Termin weg ist? Ich bräuchte noch eine Alternative.»

«Wieso sollte er weg sein? Das ist noch ein Jahr hin!»

«Das ist in Hochzeitszeit gar nichts, glaub mir. Ich habe schon oft gehört, dass das sogar eine knapp kalkulierte Vorbereitungszeit ist.»

«Dann ist das also optimistisch?», schmunzelte Pippa.

«Ach, man sagt doch: Optimisten sind auch nur Leute, die die Tagesschau verpasst haben.»

Pippa lachte. «Dann habe ich wohl jede Menge Sendungen verpasst!»

Ich entgegnete nichts, sondern schmunzelte ebenfalls. Es war immer noch seltsam, mit dieser mir eigentlich völlig fremden Frau hier am Tisch zu sitzen und im Grunde intime Details meiner Lebensplanung zu besprechen. Es hatte etwas Surreales, und ich fragte mich, ob es überhaupt Sinn machte. Zudem war Pippa mein genaues Gegenteil und schien eine Art Spring-ins-Feld zu sein – ein Charakterzug, für den ich für gewöhnlich weniger als null Verständnis besaß. Aber immer wieder drängte sich mir die Vorstellung auf, dass mir statt Pippa jetzt Liz gegenübersitzen könnte. Und die würde mich in ihrem ockerfarbigen Twinset in einer für sie typischen Mischung aus Mitleid und Verachtung anlächeln, sodass mein Milchkaffee blitzartig zum Eiskaffee werden würde. Ich brauchte nicht lange zu überlegen: Pippa war die bessere Alternative. Wenn auch die einzige.

«Ich weiß eigentlich gar nichts von dir», sagte ich unvermittelt. «Nicht mal, wie alt du bist. Also ich bin fünfunddreißig. Und du?»

Als ich es ausgesprochen hatte und Pippas verständnislosen Blick sah, kam mir meine Klein-Mädchen-Frage ziemlich albern vor.

«Auch was mit Zahlen ...», murmelte sie. «Ist doch egal.»

«Ah.»

Es war offensichtlich, dass Pippa ein anderes Verhältnis zu Zahlen hatte. Und zum Alter. Aber irgendwie war es mir plötzlich wichtig vorgekommen, mehr über sie zu erfahren. Was war also falsch an ein paar Eckdaten?

«Ich hatte überlegt, für die Hochzeit Collagen anzufertigen, die wir dann an die Wand projizieren können. Kinderbilder von Philip und mir, von damals bis heute, jedes Jahr eins, dann unser Kennenlernen. Unsere ganze Geschichte.»

«Ich schätze, das passt zu dir», sagte Pippa. «Hast du denn so viele Bilder?»

«Natürlich. Diese Kinderalben hat doch jeder.»

Pippa sah einer Mutter mit Kinderwagen nach, die gerade die Straße überquerte. «Ich glaube, die Bullen haben mehr Bilder von mir, als meine Mutter je hatte.» Ihr Blick wirkte seltsam verloren.

«Was?!»

Ich wusste nicht, welche Frage ich zuerst stellen wollte. *Die Bullen? Was ist mit deiner Mutter?* Ich entschied mich für keine.

«Das klingt nicht gut.»

«Keine Angst, ich bin nicht vorbestraft. Also nicht so richtig.»

«Und was versteht man unter *nicht so richtig*?»

Pippa hob die Schultern. «Na ja, ein, zwei Sachen. Nichts Wildes.»

Besonders auskunftsfreudig war meine neue Bekanntschaft nicht gerade. Ich ahnte, dass ich viel Geduld beweisen müsste, wenn ich mehr über sie erfahren wollte. Aber wollte ich das überhaupt? Ich war hin und her gerissen. Einerseits war es für mich selbstverständlich, meinem Gegenüber Fragen zu stellen, schon rein beruflich, aber erst recht wenn es darum ging, mit jemandem meine Hochzeitsplanung zu machen. Andererseits war ich jedes Mal wieder irritiert, wenn Pippa Andeutungen machte, dass sie ein nicht ganz so konventionelles Leben führte, wie ich es tat.

Auf einmal war mir die Stille zwischen uns unangenehm, und ich wollte etwas tun, um sie aufzulockern.

«Schau mal», sagte ich und zückte mein Smartphone. «Das sind Phil und ich. Da waren wir gerade im Urlaub auf Sardinien.»

Pippa sah erst das Bild und dann mich erschrocken an. «Oh mein Gott, zusammen seht ihr aus wie der Vorstand der Welt-Gen-Datenbank!»

«Wie meinst du das denn?», fragte ich leicht angesäuert.

«Sogar deine Haare liegen perfekt und werden nur an den Spitzen leicht vom Winde verweht. Das ist ja schlimmer als Photoshop. Hier, sogar seine Bauchmuskeln schimmern im Abendlicht!» Pippa prustete unvermittelt los. «Das ist ja kaum auszuhalten!»

Beleidigt wollte ich ihr das Handy wieder abnehmen, doch Pippa hielt es fest.

«Gib zu, dass ich recht habe!»

Ihre großen braunen Bambi-Augen sahen mich verschmitzt

an. Ich konnte mir vorstellen, dass sie damit schon so einiges, was schwer klang, leicht durchgesetzt hatte.

«Was hast du gegen Wind in den Haaren? Oder gegen Bauchmuskeln? Ich mag das Bild einfach.» Meinem Ton hörte man deutlich an, dass ich gekränkt war.

«Gar nichts habe ich gegen Wind oder Bauchmuskeln.»

«Warum machst du dich dann über uns lustig?»

Pippa schüttelte den Kopf und tippte auf das Bild. «Das wollte ich nicht. Tut mir leid, wenn es so rüberkam.»

«Was ist es dann, was dich so stört?»

«Die Perfektion.»

«Bitte? Was hast du gegen Perfektion?», fragte ich immer noch leicht verärgert.

Pippa senkte den Kopf, schob mir das Handy zu und antwortete leise: «Sie existiert nicht.»

6. Kapitel

Irritiert steckte ich mein Handy weg. Philip und ich waren nun mal perfekt füreinander. Und wir würden eine perfekte Hochzeit feiern. Den Termin auf unseren Jahrestag zu legen, fand ich nicht nur passend, sondern auch doppelt praktisch, da Philip sich so nur ein Datum zu merken brauchte. Es war perfekt.

«Wenn das Terminliche geklärt ist, kommt die Suche nach einer passenden Kirche», erklärte ich bemüht geschäftig.

«An welche hattest du denn gedacht?», fragte Pippa und nippte an ihrem dritten Espresso.

Ich zog meine Liste mit den «10 schönsten Kirchen Kölns» aus der Mappe, die ich mir online zusammengesucht hatte.

«Ich habe mich mal auf zehn Kirchen beschränkt. Man kann ja schließlich nicht alles anschauen. Also, die St. Andreas hat eine dreischiffige Basilika mit Langchor und besticht wohl durch Dutzende von Gewölbekonsolen. Dafür ist die St. Aposteln von außen hübscher und liegt auch näher. Und die St. Kunibert hat diesen hübschen Brauch mit dem Brunnenschacht. Frauen mit Kinderwunsch haben bis ins 19. Jahrhundert daraus getrunken, um ihre Fruchtbarkeit zu erhöhen und –»

«Ah ja», sagte Pippa wenig überzeugt.

«Was stimmt denn jetzt wieder nicht?», entgegnete ich ratlos. Irgendwie hatte Pippa plötzlich an allem etwas auszusetzen.

«Ich habe die Liste wirklich gründlich recherchiert. Es sind alle hübschen Kirchen der Stadt drauf.»

«Ich hatte da an etwas anderes gedacht», erklärte Pippa. «An etwas mit ein bisschen mehr ... Gefühl? Ich meine, vielleicht eine Kirche, in die du immer gehst. Oder die, in der du getauft worden bist?»

Kopfschüttelnd erklärte ich: «Ich kenne keine Kirchen in Köln.»

«Du bist gar nicht von hier? Jetzt bin ich aber gespannt. Lass mich raten ...» Pippa rieb sich die Hände, als gäbe es etwas zu gewinnen. «Irgendwas Weltstädtisches in jedem Fall. Oder was mit adeligen Vorfahren. In jedem Fall eine Gegend, in der man hochdeutsch spricht. Hannoveraner Adel oder so was Abgefahrenes. Richtig?»

«Eher nicht», antwortete ich auf das unliebsame Thema. «Aber das spielt auch keine Rolle.»

«Natürlich spielt das eine Rolle. Stell dir vor, du heiratest in der Kirche, in der du getauft worden bist. Womöglich werdet ihr noch vom selben Pfarrer getraut! Das wäre der Anfang einer großartigen Tradition. Hab ich schon mal gesagt, wie toll ich Traditionen finde? Ich liebe Traditionen. Und Rituale! Die sollte man wirklich nicht verkommen lassen!» Pippa wurde ganz aufgeregt. «So wie Kate und William, die ihre Tochter mit zweiten Namen nach Lady Di benannt haben. Ist das nicht herzzerreißend? Also sag schon, wo wurdest du geboren?»

Ich zögerte. «In der Eifel.»

«Oh.»

«Ja.»

«Das tut mir leid.»

«Mir auch.»

«Landschaftlich sicher ... schön!»

«Sicher.»

«Und die Menschen sollen da ja alle sehr hilfsbereit und freundlich sein ...»

«Ich war länger nicht mehr dort.»

«Das erklärt die Kirchen-Liste aus Köln.»

«Also», begann ich und krempelte meine Ärmel hoch, «was hältst du von einem Chorstuhl in Kleeblattform?»

✿

Nachdem wir uns auf die ersten drei Kirchen geeinigt hatten, beschlossen wir, erst einmal ohne Termine hinzufahren und uns vor Ort von den Gegebenheiten zu überzeugen. Wir verabredeten uns für den nächsten Nachmittag und verabschiedeten uns.

Nachdenklich fuhr ich nach Hause. Ich war noch immer nicht vollends überzeugt, ob Pippa wirklich die richtige Wahl für mich war. Ich hatte nämlich keine Lust, mich für alle Dinge, die ich so oder so entschied, zu rechtfertigen. Es war seltsam – sie forderte das zwar nicht direkt ein, aber irgendwie entstand eine Art Druck bei mir, den ihre fragenden Augen oder ihr kritischer Blick hervorriefen. Andererseits war es schließlich meine Hochzeit. Und da brauchte ich mich mit niemandem abzustimmen.

Außer vielleicht mit Philip.

«Hallo mein Schatz!» Überschwänglicher als geplant umarmte ich meinen Verlobten, als er zur Tür reinkam. «Wie war dein Tag?»

«Frag besser nicht», antwortete Philip genervt und drückte

mir einen flüchtigen Kuss auf die Nase. «Manche Kunden denken wirklich, sie seien Halbgötter.»

«Dabei bist *du* das doch schon», feixte ich.

Philip lächelte mich verliebt an. «Du strahlst, als wäre dein Tag besser gelaufen.»

«Ja, schon ...»

Ich wusste nicht genau, wie ich anfangen sollte. Dass Philip nach Liz' Berichterstattung nicht gut auf Pippa zu sprechen sein würde, war mir bewusst.

«Na ja ... Also, ich hatte dir doch von Pippa erzählt.»

«Von wem?»

«Na, der jungen Frau, die ich im Friseursalon kennengelernt hatte.»

«Ach, du meinst dieses seltsame Geschöpf, das meine Mutter fast in den Wahnsinn getrieben hätte? Ich habe Liz wirklich noch nie so aufgebracht erlebt. Sie klang am Telefon so aufgelöst, dass ich beinahe hingefahren wäre. Sie will diese Person verklagen.»

Skeptisch sah ich ihn an. «Liz' Friseur hat sich verschnitten, das war alles. Da fehlt völlig die Grundlage für rechtliche Schritte.»

«Aber so wie ich dich kenne, mein Schatz, findest du schon einen Grund.» Er schob mich ins Wohnzimmer. «Ich meine, du würdest es sogar schaffen, Winnie Puuh zu verklagen, wenn er dir den Honig weggegessen hätte. Da mache ich mir keine Sorgen. Wer wenn nicht du würde meine Mutter am besten vertreten?»

«Also, genau genommen geht das nicht.» Ich klang leiser, als ich wollte, fast zerknirscht.

«Wieso?»

«Na ja, die Dinge liegen ein wenig anders. Liz' Position ist eher subjektiv zu bewerten. Sie war an dem Tag nicht wirklich ... nett zu mir.»

Ich überlegte, den Ehevertrag anzusprechen, wusste aber nicht, wie. Ich wollte keinen Streit vom Zaun brechen, schließlich hatte Philip von den miesen Machenschaften seiner Mutter sicher nicht den blassesten Schimmer. In dieser Sache musste ich behutsam vorgehen.

«Hat Liz mal etwas ... Schriftliches erwähnt?», arbeitete ich mich langsam vor.

«Was meinst du?» Philip entledigte sich erst seiner Krawatte, dann warf er sein Jackett auf einen Stuhl am Esstisch.

«Na, so was in der Art wie ein ... Ehevertrag?»

«Ach so. Nun, sie hat da mal was erwähnt, aber ich habe ihr gesagt, dass ich keinen will. Da war sie allerdings nicht von abzubringen. Ich denke aber, das ist reine Formsache, nicht wahr? Liz würde das nur zu unserem Besten machen. Das weißt du.»

«Na ja, es ist nicht ganz so zu *unserem* Besten», machte ich zaghaft weiter. Doch Philip zog mich mit einem Arm durch das Wohnzimmer zum Treppenaufgang, während er sein Hemd mit der anderen Hand aufknüpfte.

«Ich wüsste allerdings, was *jetzt* zu unserem Besten wäre», flüsterte er verschwörerisch und führte mich die Treppe zum Schlafzimmer hoch.

«Philip», startete ich einen erneuten Versuch, «deine Mutter hat sich da was ausgedacht, das wirklich sehr speziell ist ...»

«Liz war schon immer eine besondere Frau, das weißt du. Und du weißt, wie abgöttisch sie mich liebt. *Uns* liebt! Ich bin so froh, dass ihr euch so gut versteht. Etwas anderes könnte ich nicht ertragen. Ihr beide seid alles für mich!»

Sanft schob er mich durch die Schlafzimmertür, streifte sich das Hemd ab, schlang seine Arme um mich und drückte seinen nackten Oberkörper an meinen Rücken. Dann dreht er mich zu sich um, sodass wir uns direkt in die Augen sahen. Ich liebte seine wasserblauen Augen, die in solchen Momenten immer noch ein wenig heller leuchteten als sonst.

«Aber sie ...»

«Schschscht!», flüsterte er und legte seinen Zeigefinger behutsam auf meinen Lippen.

«Lass uns lieber über uns reden», sagte er, «oder noch besser gar nicht reden.»

Ich seufzte. Mit ihm über Liz und meine Bedenken zu sprechen, würde schwer werden. Ich brachte es kaum übers Herz, davon überhaupt anzufangen. Wie sollte ich ihm Liz' wahres Gesicht und ihre Intentionen offenbaren, wenn er immer wieder betonte, wie wichtig ihm seine Mutter und unser Verhältnis war? Es schien mir ein Ding der Unmöglichkeit zu sein. Es würde ihm das Herz brechen. Aber nicht nur das - ich hatte schlicht Angst, diesen Kampf zu verlieren.

Mein Strafrechtsprofessor Dr. Schuldt hatte uns seit der ersten Vorlesung eine Sache immer wieder eingebläut: *Wählt eure Schlachten weise und kämpft nicht an zu vielen Fronten*. Diese Worte hatte ich mir gemerkt, und sie haben mich seitdem gut durchs Leben geführt. Ich kämpfe dort, wo ich mich auskenne, mit der größtmöglichen Aussicht auf Erfolg. Doch bei Liz war es anders. Der Preis, Philip womöglich zu verlieren, war zu hoch. Ich würde eine andere Strategie wählen müssen. Und die hatte vielleicht etwas mit Pippa zu tun.

Philip zog mich an sich und bedeckte mein Gesicht mit sanften Küssen. Ich schloss die Augen und atmete seinen süßherben Duft ein, den ich über alles liebte. Dann sanken wir auf das Bett. Und wie immer war ich ihm hoffnungslos verfallen.

✿

Pippa hatte mir ihre Adresse gemailt. Trotzdem wunderte ich mich, denn als ich zu ihr fuhr, leitete mich das Navi mitten ins Industriegebiet in Köln-Niehl. Hier konnte sie doch unmöglich wohnen!

Ich überprüfte die Adresse in meinem Handy und verglich sie mit der eingegebenen Straße im Navi. Es stimmte, ich war richtig – wenn Pippa mich nicht zum Narren gehalten und sich einen Scherz mit mir erlaubt hatte, selbstverständlich. Und das konnte ich mir bei ihr sogar vorstellen.

Ich stieg aus dem Wagen und sah mich um. Ich befand mich auf einem staubigen Schotterplatz, auf dem eine große Halle stand. Zwei rostige Metalltüren, die halb geöffnet waren, führten in das Innere der Halle, in das ich jetzt vorsichtig eintrat, um meine Pumps nicht zu ruinieren.

«Pippa?», rief ich erst vorsichtig, dann ein wenig lauter. «Bist du hier?»

Als keine Antwort kam, ging ich ein paar Schritte weiter. Die Halle schien riesig, hier hatten sicher zwanzig Autos Platz. Und es standen auch einige ramponierte Exemplare herum. Ein uralter roter Pick-up, bei dem der Lack schon überall abblätterte, ein Mercedes, vielleicht aus den 90er Jahren, sogar ein auseinandergenommener Opel stand da, dessen Einzelteile sich überall im Raum wiederfanden. Es gab auch eine Hebebühne, auf der ein hellblaues Cabriolet schwebte. Da sich das Auto mindestens zwei Meter über dem Boden befand, konnte ich die Marke nicht genau erkennen, tippte aber auf einen Chevrolet. Er sah exakt so aus wie der Wagen, den Philip und ich während eines Cuba-Urlaubes gemietet hatten. Mitsamt Reiseleiterin Cannel, genannt Chanel, und Fahrer Louis hatten wir in dem Schätzchen unsere Tour nach Havanna gemacht. Ich erinnerte mich genau daran, wie stolz Louis uns seinen Wagen vorgeführt hatte – ein 55er Chevrolet in Babyblau. In Havanna selbst hatten Philip und ich dann eine Kutschfahrt gemacht, bei der er den Kutscher mitten im romantischen Stadtpark in der Nähe des Kapitols anhalten ließ. Unruhig war Philip hin und her gerutscht. Ich hatte sofort auf einen Heiratsantrag getippt, und wäre vor Nervosität beinahe vom Kutschsitz gekippt. Aber Philip musste lediglich pinkeln.

Die Erinnerung an diesen Urlaub war trotzdem schön, und mir kam sofort der Gedanke, Philip vorzuschlagen, unsere Hochzeitsreise wieder dorthin zu machen.

Wenn das vor mir auf der Hebebühne das gleiche Model war wie der Wagen von Louis aus Havanna, dann hatte Pippa hier einen echten Schatz stehen.

Die anderen Autos hatten auf den ersten Blick eines gemeinsam: Es waren allesamt Schrottkarren. Manchen fehlten ganze Kühlerhauben, Türen oder Reifen, und zwischen den Autos stapelte sich allerlei Zeug. Von Waschmaschinen über Kühlschränke, Fahrräder und ein altes Moped, sogar ein uralter, grauer Kastencomputer war dabei.

Ich hatte Pippa nie nach ihrem Beruf gefragt, aber bei diesem Anblick drängte sich mir unweigerlich der Gedanke auf, dass sie vielleicht eine Art Schrotthändlerin war. Ich stellte mir Liz' konsterniertes Gesicht vor, wenn sie erfuhr, was Pippa beruflich machte. Das würde meinem Plan noch die Krone aufsetzen und versetzte mich augenblicklich in gute Stimmung.

«Sarah!»

Pippa stand in ihrer ölbeschmierten Jeans-Latzhose vor mir, ihre schweren Leder-Boots trug sie offen, auf dem Kopf ein türkisfarbenes Bandana-Tuch und in der Hand einen Schmierlappen, der so dreckig war, dass man die Ursprungsfarbe nicht mehr erkennen konnte. Sie passte perfekt in diese seltsam-skurrile Kulisse, die irgendwie aus der Zeit gefallen schien.

«Hey», begrüßte ich sie und wusste nicht, ob ich ihr die Hand reichen - unwillkürlich musste ich an die Spinne denken - oder sie umarmen sollte. Das obligatorische Küsschen rechts, Küsschen links fand ich unpassend. Nach kurzem Zögern streckte ich ihr meine Hand hin. Etwas zu unsicher wohl, denn Pippa ignorierte sie und schlang ihre schmutzigen Arme um mich, die unter dem hochgekrempelten Männerhemd hervorschienen. Sie drückte mich so fest an sich, dass mein Oberkörper sich nach vorne beugte, der Rest meines Körpers aber blieb stocksteif stehen. Gerne hätte ich wenigstens ihre Schulter getätschelt, aber die Angst vor einem dicken Ölfleck hielt mich zurück. Also fuchtelte ich mit einer Hand die Luft über Pippas Schulter, was mir im selben Moment ungeheuer albern vorkam.

«Ich dachte schon, du hättest dich verfahren!», sagte sie und ließ von mir ab.

Zur Sicherheit blickte ich schnell prüfend an mir herunter, konnte aber keinen Fleck entdecken. Dann sah ich sie etwas verlegen an.

«Nett hier. Irgendwie speziell. Aber es passt zu dir. Ist das eine Art Schrottplatz?»

Pippa lachte laut auf. «Willkommen in Pippas Paradies! Das ist genau genommen das Gegenteil von einem Schrottplatz.»

Sie deutete auf die Autos um uns herum. «Ich mach die Babys hier wieder fit für den heißen Asphalt.»

«Du bist also Automechanikerin?» Komisch, dass ich fast zwei ganze Nachmittage und einen Abend mit Pippa verbracht hatte, aber ihr Beruf nie zur Sprache gekommen war.

Pippa kippte ihren Kopf von rechts nach links. «Na ja, so was in der Art.»

Ich sah sie fragend an.

«Ich hab das mal gelernt, ja. Aber irgendwie war mir die Ausbildung zu dröge, wenn du verstehst, was ich meine. Ich bin einfach nicht so der Prüfungstyp. Du stehst bestimmt auf Prüfungen, oder?»

«Nicht direkt, nein. Aber sie gehören ja nun mal dazu», antwortete ich, immer noch unwissend, womit Pippa eigentlich ihr Geld verdiente. «Das heißt also, du reparierst Autos ...?» In Gedanken fügte ich das Wort *illegal* hinzu.

Pippa warf sich ihren Schmierlappen über die rechte Schulter und verschränkte die Arme. «Im Grunde genommen repariere ich so ziemlich alles. Egal ob Auto, Waschmaschine oder Kühlschrank. Geräte ticken doch alle gleich: Sie haben etwas, das sie antreibt. Ist das mit der Zeit abgenutzt, erneuert man es oder ersetzt einzelne Teile.»

«Das klingt ... kompliziert», antwortete ich und schaute mich weiter um. «So viele verschiedene Geräte, Marken, Motoren, Techniken. Das könnte ich nicht.»

«Im Gegenteil», widersprach Pippa. «Mit Geräten ist es viel einfacher als mit Menschen. Es gibt immer einen ganz bestimmten Grund, warum etwas nicht funktioniert, und die Art und Weise, das herauszufinden, ist immer gleich. Dann ersetzt man das Teil, und das Gerät ist wie neu. Behandelt man ein Gerät gut, hält es lange. Bei Menschen ist alles komplizierter. Selbst wenn du alles richtig machst, ist es manchmal falsch.»

Pippas Stimme hatte sich während der letzten Sätze verändert. Die anfängliche Euphorie der Begrüßung war einer nachdenklichen, leiseren Stimmung gewichen. Doch dann sah sie mich wieder an, riss die Augen auf und strahlte über das ganze Gesicht. «Ich freu mich so, dass du da bist!»

«Ich mich auch», entgegnete ich automatisch. Dann sah ich zweifelnd an ihr herab. «Das ist aber nicht dein Kirchenoutfit, oder?»

Pippa lachte. «Keine Sorge, ich zieh mich schnell um.»

Mit diesen Worten verschwand sie hinter einer angerosteten Trennwand, auf der ein Graffito prangte. Es zeigte eine Art Superheldin in einer hautengen, goldenen Korsage vor einem nächtlichen Großstadtpanorama, die ein Hochhaus vor dem Einsturz rettete. Ihre feuerroten Haare wehten dramatisch im Wind und vermischten sich mit dem Stoff des Capes, das sie trug. Es wirkte völlig übertrieben, aber dennoch passte es hierher, als würde es an keinen anderen Ort der Welt gehören.

Ich hörte Pippa unverständliches Zeug vor sich hin murmeln.

«Wie bitte?», fragte ich nach.

«Bin gleich so weit. Ich such nur noch das passende ... Ah! Da ist es!», rief Pippa hinter der Trennwand hervor, und ihre Stimme hallte durch den gesamten Raum. «Meinen Kleiderschrank müsste ich auch mal wieder aufräumen. Aber wie sagt man so schön: Der Kleiderschrank einer Frau ist so undurchsichtig wie ihr Herz. Oder so.»

«Du wohnst hier also auch?», rief ich ungläubig Richtung Trennwand und stellte mich albernerweise auf die Fußspitzen und hielt meine Handflächen trichterförmig über den Mund, damit Pippa mich besser hören konnte.

«Nein, hier ist ein Tunnel, der zu meiner Südstadt-Villa führt ...!»

«Entschuldige», antwortete ich verlegen. «Ich dachte irgendwie nur, eine Wohnung spiegelt ja die eigene Persönlichkeit wider und –»

«Das hier spiegelt meine Persönlichkeit wider. Außerdem hab ich hier wenigstens meine Ruhe.»

Ich konnte mir nicht vorstellen, was sich hinter der Trennwand befand – ein Designer-Loft sicher nicht –, und war neugierig.

«Darf ich mir deine *Wohnung* mal ansehen?», fragte ich vorsichtig.

«Klaro», flötete Pippa, «komm rüber.»

Ich hatte recht: Es versteckte sich kein hippes Loft hinter der Trennwand, keine Designermöbel, die vermeintlich wahllos arrangiert waren. Der Bereich hinter der Trennwand war gerade mal so groß, dass ein Bett – oder eher eine Art Pritsche –, ein winziger Bauernschrank und ein Waschbecken Platz hatten. Auf dem Bett lag eine Tagesdecke, die aus vielen verschiedenen Stoffstücken zusammengenäht worden war. Unter dem Bett standen eine Reihe Schuhe – Boots, Turnschuhe und Flipflops. High Heels entdeckte ich nicht. Insgesamt hatte das Ganze etwas knastartiges, weil es so reduziert wirkte. Nur der bunte Quillt und der alte Bauernschrank hellten den ansonsten kühlen Anblick ein wenig auf.

«Optisch durchaus ... reizvoll.» Das war alles, was ich bei dem Anblick rausbrachte.

«Klein, aber fein!», pfiff Pippa, die sich bereits in ein neues

Outfit geschmissen hatte. Sie trug Hot Pants aus Jeansstoff mit einem Gürtel, der von einer großen, silbernen Schnalle zusammengehalten wurde, und ein tief ausgeschnittenes, weißes Rippshirt, unter dem man ihren schwarzen BH erkennen konnte. Ob man uns damit in die Kirchen lassen würde?

«Und wo ist dein Badezimmer?» Die Frage klang ausgesprochen bescheuert, aber seltsamerweise interessierte es mich.

«Draußen», entgegnete Pippa. «Da ist so ein Holzhäuschen, das ein Camper mal gebaut hat, der auf dem Gelände wohnte. Er hieß Charly und machte sich hier furchtbar breit. Das hab ich natürlich nicht zugelassen, und nach einem Zoff ist er über Nacht weitergezogen – ohne sein Badehäuschen. Zu meinem Glück.»

Noch bevor ich etwas antworten konnte, spürte ich plötzlich einen nahen Luftzug wie von einem Fächer. Im nächsten Moment flog etwas Grünes nur knapp an meiner Stirn vorbei, sodass ich meinen Kopf reflexartig einzog. Dann hörte ich eine Art Platschen und sah, dass das grüne Etwas sich fledermausartig auf Pippas Gürtelschnalle festgekrallt hatte und nun unkoordinierte Bewegungen vollführte.

«Igor!» Pippas Stimme klang überraschend streng. «Nicht die Schnalle vögeln!»

Irritiert sah ich genauer hin: Auf Pippas Gürtelschnalle klebte ein grüner Wellensittich, der ganz offensichtlich Placebo-Sex mit der Schnalle hatte.

Pippa ließ sich davon aber in keiner Weise beirren. Sie schloss ihre Hände liebevoll um den Vogel, zog ihn von der Schnalle ab, was ein leichtes Schnalzgeräusch verursachte, und hob ihn hoch.

«Iggi, Iggi! Was bist du nur für ein ungezogener Vogel! Wie

oft hab ich dir schon gesagt, dass du meine Schnalle nicht vögeln sollst! Ach, Iglivigli! Aber jetzt bist du brav, hörst du? Was soll nur unser Besuch von uns denken! Igor lieb bissu, lieb bissu!»

Völlig perplex beobachtete ich das seltsame Spiel.

Pippa schien meine Irritation zu bemerken. «Keine Sorge, Igor tut nichts. Er fährt nur leider total auf alles ab, was silber ist und glänzt.»

«Okaaay ...», sagte ich gedehnt und wusste nicht, ob ich lachen oder einfach nur weiter mit aufgerissenen Augen dastehen sollte.

«Am Anfang hat sich seine Vögelei auf einen silbernen Futternapf beschränkt. Aber seit ich den ausgetauscht habe, springt er so ziemlich alles Silberne an. Letztens ist ihm sogar mein Gyros zum Opfer gefallen, weil da Alufolie drüber war.»

«Ah.» Ich versuchte, das Bild mit dem Gyros und dem hüpfenden Vogel darauf nicht in meinen Kopf zu lassen – vergebens.

Vorsichtshalber legte ich meine Hand über das glänzende Prada-Schild auf meiner Handtasche.

«Keine Sorge», erklärte Pippa, der meine Geste nicht entgangen war, «bei dir ist alles Gold, was glänzt. Da steht Iggi nicht so drauf. Mein Igor kann aber auch ein paar Worte sprechen.» Pippa wechselte wieder in den Babysprachenton: «Iglivigli, sag mal Pippa! Iglivigli, Iglivigli! Sag mal Pippa! Pippa! Pippa!»

Doch der Vogel schrie nur: «Ficken! Ficken!»

Ich riss erstaunt die Augen auf. «Hat er gerade ...?»

«Ja, er sagt das immer, keine Ahnung wieso. Ich habe es ihm jedenfalls nicht beigebracht. Ich vermute, es war mein Ex. Der hatte ständig schmutzige Gedanken, zu ihm hätte das gepasst.

Früher hat Igor immer brav *Pippa* gesagt, bis er mit diesem Schweinkram anfing. Echt 'ne Schande!»

Wieder brüllte Igor: «Ficken! Ficken! Ficken!»

Pippa sah mich grinsend an. «Kann nichts dafür, ehrlich.»

Ich musste mich kurz sammeln. «Gut, also, du wohnst auf einer Art Schrottplatz in einer Autohalle zusammen mit einem irren Vogel, der Igor heißt, badest auch bei Minus-Temperaturen draußen und reparierst alles, was dir in die Finger kommt. Außerdem redest du mit dir selbst. Das ist ... irgendwie alles ziemlich schräg.»

«Ich rede nicht mit mir selbst. Irgendjemand ist ja immer hier. Igor, zum Beispiel, oder manchmal auch Castro.» Sie setzte den Vogel ab.

«Wer ist Castro?»

«Ein Kater, der früher Fidelia hieß.»

«Fidelia?» Es wurde immer bunter.

«Ja, hier streunte immer diese Katze rum, die ich Fidelia nannte. Und wenn's besonders kalt war, blieb sie auch mal über Nacht. Dann hab ich eines Tages ein Geschwür bei ihr entdeckt und bin mit ihr zum Tierarzt. Na ja, der fand dann raus, dass es nur ein Penis war. Und so brauchte Fidelia statt einer OP nur einen neuen Namen. Von Fidelia kam ich auf Fidel, fand das aber irgendwie unmännlich, nachdem ich ihr das vorher schon mit dem falschen Geschlecht angetan hatte. Und so wurde dann Castro draus. Du weißt schon, Castro wie Castro, nur ohne Fidel.»

«Verstehe.»

Plötzlich vernahm ich ein leises Knirschen, das sich anhörte wie ein kaputter Büchsenöffner im Kampf mit einer Blechdose. «Was ist das?»

Als ich mich umdrehte, sah ich in unmittelbarer Nähe eine dreifarbige Katze entlangschleichen, deren Hinterläufe in einer Art Halbkutsche steckten. Das Wägelchen war mit zwei winzigen Rädern ausgestattet und mit Hilfe von einem Gurt um den Körper der Katze geschnallt. Die Vorrichtung schien sie in keiner Weise zu stören. Und als sie mich entdeckte, flitzte sie in einem Tempo an mir vorbei, das einer gesunden Katze kaum in etwas nachstand.

Pippa beugte sich hinunter, hielt ihre Arme auf und nahm das Tier und die seltsame Konstruktion in Empfang. Sie hob die Katze samt Wägelchen auf den Arm und begann sie zu kraulen, bis ein leises Schnurren einsetzte.

«Darf ich vorstellen? Das ist Castro. Ich muss ihn unbedingt bald mal wieder ölen. Das Geknirsche hält ja kein Mensch aus.»

Ich hätte nicht geglaubt, dass Pippas Leben noch absurder sein könnte als in meiner Vorstellung. Aber das war es tatsächlich. Wobei ich gar nicht genau wusste, was ich mir eigentlich vorgestellt hatte.

«Nach einem Unfall auf der Straße vor zwei Jahren waren beide Hinterläufe lahm», erklärte sie. «Und da hab ich ihm eine Kutsche geschweißt, mit der er sich wunderbar bewegen kann. Am Anfang fand Castro es noch komisch, immer angeschnallt zu sein, aber mittlerweile hat er sich wohl dran gewöhnt. Ich hab das Metall dann dunkelblau angestrichen, wegen Igor. Seitdem jagen sich die beiden auch nicht mehr, also hatte das Ganze auch sein Gutes.»

«Du liebst Tiere, hm?»

«Wer denn nicht?» Pippa setzte die Kutsche wieder ab, und Castro verzog sich knirschend in die andere Ecke der Werkstatt.

Ich mochte Menschen, die Tiere mochten. Solchen Menschen sagt man ja generell ein gutes Gemüt nach.

«Hast du auch Tiere?», fragte Pippa.

Ich schüttelte den Kopf. «Nein, dafür fehlt mir die Zeit. Als Kind habe ich mir immer eigene Haustiere gewünscht, nicht nur die Nutztiere, die wir auf dem Hof hatten. Aber letztlich brachte ich es nur auf einen Hamster.» Sofort überkam mich das melancholische Gefühl unerfüllter Kindheitsträume.

«Und wie hieß er?», fragte Pippa interessiert.

«Ach», winkte ich ab, «Hamster leben ja nicht besonders lange. Da fand ich einen Namen irgendwie oversized.»

Pippa lachte laut auf. «Ich glaube, es war ganz gut so, dass du keine Haustiere bekommen hast!»

7. Kapitel

Die Basilika St. Kunibert lag direkt am Rhein, was ich besonders schön fand. Wir konnten sogar ohne Verdeck fahren, weil die Sonne sich angenehm warm durch die anfänglich dichte Wolkendecke des Vormittags hindurchgekämpft hatte. Pippa war völlig aus dem Häuschen.

«Ich liebe Cabrios! Das ist Freiheit pur!»

«Ich finde die zusätzliche Sauerstoffzufuhr angenehm», erklärte ich nickend. «Vor allem wenn keine Zeit zum Spazierengehen bleibt.»

«Du bist echt crazy», antwortete Pippa lachend.

«Was denn?»

«Du bist ein Freak!»

«Sagt wer?»

Jetzt lachten wir beide.

«Ich hoffe, es ist bei unserer Hochzeit auch so gutes Wetter, dass wir mit einem Cabrio fahren können.»

«Oder einer Kutsche?» Pippa zwinkerte mir zu.

«Das muss ich tatsächlich noch entscheiden», erklärte ich, «weil Philip sich gerade ein Boot gekauft hat und wir vielleicht auch übers Wasser kommen könnten.»

«Da hab ich's hier also mit 'ner echten Bootsfrau zu tun?», entgegnete Pippa, aber es klang nicht wie eine Frage.

«Na ja», murmelte ich, «ehrlich gesagt kann ich Boote nicht

besonders leiden. Mir wird auf dem Wasser immer schlecht, egal ob auf einem Ruderboot oder einem riesigen Dampfer. Das ist wohl so eine Gleichgewichtsorgansache. Ich bin sogar schon mal auf einer Luftmatratze im Indischen Ozean seekrank geworden ...»

Wir bogen in die Kunibertsklostergasse ein, und vor uns erschien das romanische Bauwerk in seiner ganzen Pracht. Die Basilika war zu Recht eine der schönsten der zwölf romanischen Kirchen in Köln.

«Wow!», staunte Pippa und stieg mit erhobenem Blick aus. «Wirklich wunderschön. Ein Jammer, dass ich mich bis jetzt nicht für Kirchen interessiert habe.»

«Wer weiß, vielleicht heiratest du schneller, als du denkst», feixte ich und dachte an Philips speziellen Heiratsantrag, der nicht so ganz meinen Erwartungen entsprochen hatte. Trotzdem war ich froh, dass unser Leben nun in vollkommen geordneten Bahnen verlaufen würde. So, wie wir es am liebsten hatten.

«Ach was», winkte Pippa ab. «Bis ich heirate, regnet es Schweine vom Himmel.»

Während wir zum Westportal liefen, hoffte ich, dass die Kirche noch geöffnet war. Rundherum herrschte Stille, und keine Menschenseele war zu sehen.

«Da sind wir!»

Ich öffnete die schwere Bronzetür einen Spaltbreit, und Pippa quetschte sich gleich wie ein hibbeliges Kind hindurch. Ich schob mich schmunzelnd hinterher.

«Das ist wirklich wunderschön.» Pippa begeisterte sich auch beim Anblick des Inneren der Kirche und deutete auf die in allen möglichen Farben leuchtenden Chorfenster.

Ich holte meinen Zettel aus der Handtasche und begann, laut

vorzulesen, was ich über die Kirche recherchiert hatte: «Der heilige Kunibert, ein um 600 geborener späterer Bischof von Köln und Berater von König Dagobert I., stiftete der Legende nach an der Stelle der heutigen Basilika eine –»

«Also ich finde die bunten Fenster geil!», kommentierte Pippa meine Recherchen. «So was hätte ich für meine Halle auch gerne. Igor würde ausflippen vor Freude!»

«Hm», machte ich nur.

«Bist du getauft?», fragte Pippa.

Ich nickte. «Natürlich. Katholisch.»

«Ich nicht», antwortete Pippa unbekümmert, «weder evangelisch noch katholisch. Ich fand das früher immer toll, wenn alle Kommunion hatten. Obwohl ich nicht weiß, ob es nicht eher an den unverschämt großen Geschenken lag. Aber es muss schön sein, an etwas zu glauben. Also, an etwas, das größer ist als wir. Ich für meinen Teil glaube nur an mich selbst.»

Pippa steckte einen Finger in die Steinschale mit Weihwasser, die direkt neben dem Eingang stand. Dann deutete sie eine gespielte Verbrennung an und pustete ihren Finger. «Wer weiß», erklärte sie lachend, «ob das Wasser nicht brennt, wenn ein Heidenkind seinen Finger reinsteckt!»

«Die Wege des Herrn sind unergründlich», sagte plötzlich eine tiefe Stimme hinter uns. «Guten Tag, die Damen.»

Ruckartig drehten wir uns um und blickten direkt in die dunklen Augen eines Pfarrers, den wir nicht herankommen gehört hatten.

«Uh», machte Pippa, die wohl noch mehr erschrocken war als ich. «Schleichen Sie sich doch nicht so an, Mann!»

Ich verpasste Pippa einen strafenden Blick, woraufhin sie sich sofort korrigierte.

«Ich meine natürlich: Herr Pfarrer. Oder Herr Priester? Pastor? Wie war das noch mal?»

«Pfarrer ist schon richtig. Willkommen.»

Der Pfarrer, ein mittelalter Mann mit grauen Schläfen, der mich leicht an Richard Chamberlain in *Die Dornenvögel* erinnerte, allerdings in einer weitaus rundlicheren Form, reichte mir die Hand.

«Guten Tag», sagte ich, «wir schauen uns gerade Ihre wunderschöne Kirche an. Ich suche noch den richtigen Ort für meine Hochzeit.»

Der Pfarrer nickte. «Man sagt: Hochzeiten, die hier stattfinden, stehen unter einem ganz bestimmten, ganz besonders guten Stern. St. Kunibert ist –»

Er stockte und ließ seinen Blick an Pippa hinunterschweifen, die sich gerade einen Streifen *Wrigley's Extra* quer in den Mund schob, sodass ein weißliches Puder in den Mundwinkeln kleben blieb.

Ich konnte die Irritation in seinen Augen erkennen. Pippa trug ihre Hot Pants so kurz, dass wirklich keine Möglichkeit bestand, sie kürzer zu tragen. Sogar das weiße Innenfutter der Hosentaschen lugte rechts und links an den Beinen hervor. Ihr Rippshirt war eng, durchsichtig und tief ausgeschnitten. Drei Komponenten, die einzeln schon ihre Wirkung nicht verfehlt hätten. Und jetzt vergrub sie die Hände noch in den hinteren Hosentaschen und stellte sich Kaugummi kauend vor den leicht irritiert wirkenden Pfarrer.

«Ich würde Sie bitten, kurz das Gotteshaus zu verlassen», sagte er mit unterdrückter Stimme. «Sie haben draußen bestimmt noch etwas ... zum Überziehen, richtig?» Hilfesuchend sah er von Pippa zu mir, als sei ich ihre Erziehungsberechtigte. «Mit einem ... ähm, Mantel oder etwas Ähnlichem wäre uns allen geholfen. Es ist ja auch recht kühl hier drinnen. Nicht, dass die junge Dame sich erkältet.»

Noch bevor ich etwas sagen konnte, ereiferte sich Pippa: «Ich soll mir was überziehen? Aber mir ist überhaupt nicht kalt!»

«Pippa», zischte ich und deutete Richtung Ausgang.

«Was denn? Ich will nichts überziehen. Vor Gott sind alle Menschen gleich!» «Ich bitte Sie», wiederholte der Pfarrer, doch Pippa blieb stur.

«Adam und Eva waren sogar nackt! Ha! Und da sagt keiner was!»

Ich kniff die Augen zusammen, weil ich ahnte, dass sie sich mit dem Pfarrer anlegen würde, wenn wir auch nur eine Minute länger in der Kirche bleiben würden. Um Schlimmeres zu vermeiden, hakte ich mich bei ihr ein und versuchte sie zum Ausgang zu bugsieren, was mir nur leidlich gelang.

«Und hier ...» Pippa deutete auf einige der Statuen an den Säulen. «Tragen die etwa alle Mäntel? Da! Jesus hat eine ganz ähnliche Hose an wie ich!»

«Im Namen des Herrn bitte ich Sie ...»

«Schon gut, schon gut», versuchte ich ihn zu beschwichtigen und zerrte so stark an Pippas Arm, dass sie stolperte.

«Ja doch», maulte sie und zupfte ihr Outfit wieder zurecht.

«Nichts für ungut», flüsterte ich dem Pfarrer zu, der mich konsterniert ansah. «Sie ist Heidin.»

«Ganz genau», bestätigte Pippa und drehte sich beim Gehen noch einmal nach ihm um, «und ich bin glücklich damit. Obwohl der Mann beim Arbeitsamt gesagt hat, dass ich damit im Rheinland niemals einen Job kriegen würde. Und? Ich hab sogar viele Jobs! Ha!»

«Ganz toll», murmelte ich und zog Pippa weiter zu Tür. Ich drehte mich nicht mehr um, konnte mir das Gesicht des Gottesmanns aber trotzdem gut vorstellen und hoffte, er würde nicht gleich eine Reihe Vaterunser für unser Seelenheil beten.

Als sich die Tür langsam hinter uns schloss, baute ich mich vor Pippa auf. «Was um Himmels willen sollte das?»

«Um Himmels willen?» Pippa grinste.

Sofort musste auch ich schmunzeln, weil der Ausspruch tatsächlich so gut passte. Dabei wollte ich eigentlich sauer auf Pippa sein. Nein, ich wollte sogar wütend auf sie sein.

«Es war wirklich nicht nötig –»

«*Er* hat angefangen!»

Ich atmete tief durch. «Es wäre doch wirklich nicht so schwer gewesen, kurz zum Auto zu gehen.» In Gedanken fügte ich noch hinzu: «Oder sich überhaupt mal passend anzuziehen.» Langsam fühlte ich mich wirklich wie Pippas Mutter.

«Ich bin dir peinlich.» Während wir zum Auto gingen, blickte Pippa reumütig zu Boden. Dort angekommen blieb sie beinahe trotzig vor dem Wagen stehen. «Ich gehe besser zu Fuß nach Hause.»

«Ach was, ich lasse dich hier nicht stehen. Jetzt steig schon ein.»

Einerseits war ich sauer auf Pippa, weil sie mir die Besichtigung vermasselt hatte und ich die St.-Kunibert-Kirche jetzt eigentlich schon mal von meiner Liste streichen konnte. Eine weitere Begegnung mit meiner Eva in Jesus-Hot-Pants wollte ich dem geschockten Pfarrer nicht zumuten.

Anderseits brachte Pippa mich immer wieder zum Schmunzeln. Ich schaffte es einfach nicht, wirklich böse auf sie zu sein.

«Im Grunde hattest du ja recht», gab ich zu und startete den Wagen.

«Echt?» Pippas Gesicht auf dem Beifahrersitz hellte sich sichtlich auf.

Ich nickte. «Eva hatte schließlich gar nichts an, und überall gibt es Abbildungen von ihr und dem nackten Adam. Und denk mal an Maria. Die war ganz sicher keine Jungfrau mehr, als sie schwanger wurde.»

Pippa hatte ihre Boots ausgezogen und es sich im Schneidersitz bequem gemacht. Es schien sie nicht zu stören, dass dabei ein wenig von ihrer Bindegewebeschwäche auf den Oberschenkeln zum Vorschein kam. Sie hatte so ein selbstverständliches Körpergefühl, um das ich sie in dem Moment regelrecht beneidete. Ich achtete immer und überall, in wirklich *jeder* Situation darauf, wie ich aussah und wie das wirkte, was ich tat. Bei Pippa hatte ich zunehmend das Gefühl, dass sie das alles wenig kümmerte.

«Ja, genau. Absolute Pseudowirtschaft, dieses Kirchenpersonal», schimpfte sie. Dann sah sie mich von der Seite an, und wir mussten beide lachen.

Ich reichte ihr meinen Zettel. «Was steht als Nächstes an, Eva?»

«Die St.-Aposteln-Kirche auf Platz 2.»

«Aber vorher machen wir noch einen Abstecher zu mir, das liegt ja direkt um die Ecke. Ich leihe dir ein ..., ich sag mal, offizielleres Outfit, okay?»

Pippa verzog ihr Gesicht. «Ich glaube nicht, dass mir deine Spießerklamotten passen.»

«Ich denke, ich finde etwas in deiner Größe.» Ich sah sie an. «38?»

Sie zuckte mit den Schultern.

«Ich hatte bis vor zwei Jahren auch eine 38, bis ich dann die

Protein-Diät gemacht habe, um endlich wieder in die 36 zu passen. Aber ein paar Teile habe ich aufgehoben, so als Warnung.»

«Danke», erklärte Pippa gespielt beleidigt. «Und damit du's genau weißt, manchmal trage ich auch Größe 40.» Und als ob sie das rechtfertigen müsste, schob sie noch hinterher: «Und das finde ich ganz genau richtig.»

«Tut mir leid, war nicht so gemeint. Du siehst toll aus, so wie du bist.»

Es war seltsam, so etwas zu sagen. Und noch seltsamer, wie leicht es mir über die Lippen ging. Ich selbst hatte an mir immer etwas zu kritisieren. Aber es stimmte – was ich zu Pippa gesagt hatte, meinte ich so: Pippa war eine Art Gesamtkunstwerk, das ich mir anders gar nicht vorstellen konnte.

«Nur ein bisschen mehr Stoff könnte dir wirklich nicht schaden», ergänzte ich.

«Aber nur für dich und deine Hochzeitstour», gab Pippa klein bei. «Ich hoffe, du weißt das zu schätzen.»

Ich parkte vor Philips und meiner Wohnung. Wir bewohnten die gesamte untere Etage eines Südstadthauses im Jugendstil.

Als ich ausstieg, machte Pippa keine Anstalten, ebenfalls den Wagen zu verlassen. «Was ist? Kommst du?»

«Ziemlich schnieke, deine Hütte.» Pippa schüttelte den Kopf, als müsse sie zu sich kommen. «So was in der Art hatte ich schon befürchtet.»

✿

«Ich sehe aus wie eine Erdkunde-Lehrerin auf Safari!»

Pippa stand in meinem Ankleidezimmer vor dem großen

Ganzkörperspiegel und sah an sich herunter. Die Tageslichtbeleuchtung brachte absolut jede Schwachstelle ans Licht.

«Ich weiß gar nicht, was du hast», antwortete ich und betrachtete zufrieden Pippas Spiegelbild. «Ich finde das Ergebnis wirklich gut. Du siehst ...» Ich suchte nach dem passenden Wort. «... eloquent aus!»

«Ich sehe aus, als hätte ich siebzehn Jahre keinen Sex gehabt! Oder überhaupt noch nie! Wie kann man eigentlich heutzutage noch Bügelfalten tragen?»

Pippa deutete auf die beige Chinohose, die ich ihr rausgesucht hatte. Dazu trug sie eine weiße Bluse und einen schmalen, beigen Ledergürtel. Meine alten Sachen passten ihr perfekt.

«Entschuldige mal, ich trage doch etwas ganz Ähnliches», argumentierte ich. «Oder meinst du, ich wäre eine alte Jungfer?» Demonstrativ baute ich mich neben Pippa vor dem Spiegel auf. Ich trug eine dunkelbraune Stoffhose und eine hellblaue Bluse.

«Bei dir sieht das einfach total anders aus», entgegnete Pippa, und ihr Ton klang auf einmal zerknirscht. «Bei dir wirkt alles so furchtbar edel. Selbst wenn du einen Jutesack tragen würdest, sähe es aus wie der letzte Schrei. Und auch dieser hellgraue Nagellack hier ...» Pippa nahm meine Hand in ihre und betrachtete meine Fingernägel. «Ich hab mir auch so einen gekauft, nachdem ich das bei dir gesehen hatte. Bei dir wirkt es schick, nicht schrill. Bei mir sah es aus, als hätte ich meine Finger in einem Eimer Beton vergessen und die Reste nicht mehr abgekriegt.»

«Ach was.» Ich zog meine Hand weg und winkte ab. «Das kann ich mir nicht vorstellen.»

«Am Anfang dachte ich, es ist die Art, wie du dich bewegst, die alles so besonders wirken lässt. Aber es ist mehr, glaube ich.

Deine ganze Ausstrahlung ist so ...» Pippa machte eine Pause, als müsse sie sich überwinden, das nächste Wort auszusprechen. «... so elitär.»

«So ein Quatsch!»

Ich dachte an meine ach so elitäre Herkunft und an den Schweinehof meiner Eltern. Meine ganze Kindheit und meine halbe Jugend habe ich im Schlamm verbracht. Etwas an mir war immer schlammbespritzt. Ich habe so viele Jahre derart viel Mist weggeschaufelt, dass ich Ewigkeiten dafür gebraucht hatte, die Hornhaut an meinen Handinnenflächen wegzubekommen. An dem Tag, an dem ich mein Abitur in der Tasche hatte, war ich, ohne mich auch nur einmal umzusehen, aus der Eifel nach Köln gezogen und hatte mein altes Leben nicht nur hinter mir gelassen, sondern regelrecht weggewaschen. Ich wollte nie wieder zurück. «Doch, doch», insistierte Pippa. «Genau so ist es. Man merkt dir einfach an, dass du aus gutem Hause kommst. Ich meine», sie drehte sich einmal um ihre eigene Achse und deutete mit ausgestreckten Armen ins Zimmer, «sieh doch selbst. Alles hier ist so ... perfekt. Ich kann noch so viele Ralph-Lauren-Klamotten überwerfen, es ändert nichts daran, dass man mir ansieht, woher ich komme.»

Die sonst vor Selbstbewusstsein strotzende Pippa wirkte für einen Augenblick wie eine zusammengefallene Blume, die zu lange nicht gegossen worden war. Während ich sie jetzt näher betrachtete, musste ich zugeben, dass sie tatsächlich ein wenig verkleidet aussah. Der Business Look passte einfach nicht zu ihr, und das lag nicht an ihren Dreadlocks, die sie heute zum Pferdeschwanz zusammengebunden trug. Es war etwas anderes, das nicht stimmte. Pippa wirkte in meinen Klamotten wie ein bunter Paradiesvogel, dem man die Farbe geklaut hatte. Sie hatte recht.

Ich nahm ihre Hände. «Ich sag dir jetzt mal was, das nicht viele Menschen wissen. Ich bin auf einem Schweinehof in der Eifel aufgewachsen. Meine gesamte Kindheit habe ich in Gummistiefeln verbracht und mich schlammbespritzt durch Schweinemist gewühlt. Ich habe Jahre gebraucht, um den Gestank in meiner Nase loszuwerden. Seit ich in Köln bin, habe ich mich nicht mehr nach meinen Eltern umgedreht. Ich bin alles andere als elitär aufgewachsen.»

Pippa sah mich erstaunt an. «Das hätte ich jetzt wirklich nicht gedacht. Und was ist mit deinen Eltern? Leben die noch dort?»

Ich sah auf den Boden. «Soweit ich weiß, ja ... Ich habe nicht mehr so viel Kontakt zu ihnen, seit ... na ja, damals eben. Sie würden mein Leben hier nicht verstehen.»

«Na, spätestens zur Hochzeit werden sie ja kommen», sagte Pippa und klang voller Vorfreude.

Ich nickte, obwohl ich wusste, dass ich die «Save the Date»-Karte für die Hochzeit an meine Eltern niemals abschicken würde.

«Ich glaube, ich habe hinten im Schrank noch eine Blue Jeans, die gehen könnte», sagte ich und legte eine Hand auf Pippas Schulter. Dann zwinkerte ich ihrem Spiegelbild zu. «Zur Not kannst du ja ein Loch ins Knie machen.»

Pippa strahlte mich an. «Wenn schon, dann mache ich direkt zwei rein. Oder drei, am Hintern auch noch eins!»

«Du musst ja nicht gleich übertreiben», feixte ich, «sonst können wir die St. Aposteln auch direkt von der Liste streichen.»

«Na gut, dann eben nur zwei.»

«Eins!», verhandelte ich. «Und nur am Knie!»

8. Kapitel

Die Besichtigung der St.-Aposteln-Kirche verlief tatsächlich reibungslos, sodass wir im Anschluss direkt noch die St. Gereon und die St.-Andreas-Kirche in Angriff nahmen.

Ich war schnell sicher, dass die St. Aposteln am besten zu der Hochzeit passte, die ich mir vorstellte, und machte mit dem Sekretariat des Pfarramtes für den darauffolgenden Tag einen Termin aus.

Es war auf eine ungewöhnliche Weise schön, die ganze Zeit jemanden an meiner Seite zu haben. Bis jetzt war ich immer der Typ «Alleinentscheider» gewesen, doch in dieser Angelegenheit dachte ich zum ersten Mal anders. Ich brauchte eine Stimme an meiner Seite, die mir half, die Entscheidungen für einen der wichtigsten Tage meines Lebens zu treffen. Auch wenn diese Stimme das eine oder andere Mal ruhig ein wenig leiser hätte sein können.

«Fünfhundert Euro für eine Hochzeitstorte?» Pippa blickte entgeistert auf meinen Kostenkalkulationsplan.

Wir saßen in unserem Wohnzimmer, ich auf der Couch, Pippa auf dem Boden vor mir, mit dem Rücken an einige Kissen gelehnt. Inmitten der weiß-beigen Wohnlandschaft wirkte sie wie ein karibischer Singvogel in der Arktis.

«Meinst du, das reicht nicht?», fragte ich nach. «Wir können es auch in *fünfhundert bis achthundert* ändern.»

«Für Mehl, Zucker, Milch und ein paar Eier?»

«Na ja, da wird ja wohl noch ein bisschen mehr drin sein als das.»

«Ich mach dir eine für zehn!», ereiferte sich Pippa. «Ich bin zwar keine gute Köchin, eigentlich überhaupt gar keine, aber ein bisschen Teig kriege ich noch zusammen.»

«Für hundert Leute?», fragte ich nach.

«Meine Güte, hundert Gäste wollt ihr einladen?» Pippa pfiff anerkennend. «So viele Freunde hatte ich nie. Und meine Familie ist auch noch nicht besonders groß. Na ja, eigentlich bestand sie immer nur aus meiner Mutter und mir. Und nachdem sie dann ... Also, ich würde nicht mal die ersten zwei Kirchenbänke vollkriegen.»

Ich zog die Gästeliste aus der Hochzeitsmappe, die ich extra für Pippa ausgedruckt hatte, und überflog die Namen: *Gruber & Partner, Netzer und Sohn, Weiland GmbH Geschäftsführer und Vize, Kanzlei Berger & Söhne (alle außer Sekretariat), Lars Weidemann & Begleitung, Claire und Paul Fischer ...*

«Im Grunde genommen sind es ja nicht *alles* Freunde», erklärte ich. «Ein paar Geschäftspartner sind auch dabei. Wenn man so viel arbeitet, ist Privates und Berufliches schwer zu trennen. Dann gehört es eben dazu.»

«Hmm.» Pippa beugte sich über die Liste und strich mit ihrem Zeigefinger über die Namen. «Liest sich ein bisschen wie 'ne Steuererklärung.»

«Oh, gut, dass du mich daran erinnerst: Ich wollte meinen Steuerberater noch anrufen. Vielleicht können wir die Torte absetzen.»

«Ist das dein Ernst?», fragte Pippa und sah mich an, als hätte ich gerade ein Hundebaby ausgesetzt.

«Wieso nicht?», hakte ich nach.

«Äh, weil das *total* unromantisch ist?!» Pippa sprach das Wort total besonders betont aus, eher wie *to-tal*.

«Die ganze Organisation ist auch nicht romantisch. Darauf kommt es ja auch nicht an.»

«Worauf denn?»

«Na darauf, dass am Ende alles perfekt ist», antwortete ich etwas genervt. Ich legte die Liste auf den Couchtisch und stand auf. «Willst du auch einen Kaffee?»

Anstatt mir zu antworten, blätterte Pippa weiter in der Liste herum. Schulterzuckend ging ich in die Küche und stellte die Kaffeemaschine an.

«Wo sind deine Eltern?», rief sie quer durch die Wohnung.

«In der Eifel», rief ich zurück.

«Ich meine auf der Liste!»

Mechanisch drückte ich die entsprechenden Tasten, und sofort machte die Maschine ein ratterndes Mahlgeräusch.

«Wir haben eben nicht besonders viel Kontakt», versuchte ich den Lärm zu übertönen, kam aber kaum dagegen an. Leise schob ich hinterher: «Sie passen einfach nicht so ganz in mein neues Leben.»

Als ich mit einem Latte macchiato und einem doppelten Espresso zurück ins Wohnzimmer kam, hörte ich den Schlüssel im Haustürschloss.

«Das ist Philip! Schön, könnt ihr euch noch kennenlernen.»

«Hallooooho, ich bin da-ha!», rief Philip in den Flur.

«Wir sind hier», rief ich zurück. «Pippa will dich unbedingt kennenlernen.»

Philip trat ein, legte seinen Blazer wie immer über einen der

Stühle am Esstisch und gab mir einen verhaltenen Kuss. Dann wandte er sich an Pippa.

«Ich habe schon viel von dir gehört», sagte er. «Nur nicht viel Gutes.»

Ohne ihr die Hand zur Begrüßung zu reichen, lehnte sich Philip lässig an den Wandschrank hinter ihm.

Ich seufzte. Kein so perfekter Einstieg. Aber Pippa ging nicht auf die Provokation ein.

«Ich habe von dir leider noch nicht so viel gehört», entgegnete Pippa.

Ich kannte Pippa erst ein paar Tage, wobei das Wort «kennen» hier wohl auch zu viel gesagt war. Aber sie überraschte mich immer wieder. Natürlich kannte ich Pippa noch nicht wirklich gut, um wirklich einschätzen zu können, ob sie Philips Bemerkung einfach nicht ernst nahm oder ob sie gerade gute Miene zum bösen Spiel machte. Ich wusste, dass sie einen verrückten Vogel hatte, eine behinderte Katze, viele halbseidene und der Steuerbehörde sicher nicht unbedingt bekannte Jobs, die anscheinend nicht besonders lukrativ waren. Dass sie einen speziellen und in jedem Fall auffälligen Kleidungsstil hatte, der ähnlich provozierend auf Leute wirkte wie das, was sie mehr oder weniger beabsichtigt von sich gab.

Aber wer war Pippa wirklich? Was verbarg sich hinter diesem ganzen Auftritt, der immer ein wenig zu viel von allem war? Pippas äußere Erscheinung wirkte wie eines dieser Bilder in Malbüchern, die man als Kind ausmalen durfte. Nur war ihre eigene Vorlage wohl viel zu klein geraten, und sie malte immer bis über den Rand.

Nun war es an Philip, das Ruder rumzureißen.

«Na, dann werden wir das schleunigst ändern», antwortete er.

Er nahm es sportlich, was ich gut fand.

«Sarah hat mir erzählt, dass du ihr bei der Planung hilfst», sprach er weiter, «das klingt im ersten Moment etwas überraschend. Aber ich verlasse mich da ganz auf Sarahs Urteilsvermögen.»

Es wirkte ernst gemeint, obwohl ich wusste, dass Philip daran zu knabbern hatte, dass ich Liz kurzfristig aus allen Hochzeitsplanungen rausgeschmissen hatte. Aber er liebte mich nun mal, und wenn es mir gut ging, ging es ihm gut, und andersrum. Dafür liebte ich ihn umso mehr.

«Da bringst du mich auf eine gute Frage», entgegnete Pippa, die mittlerweile aufgestanden war und sich vor Philip aufgebaut hatte. Sie war größer als ich, das wusste ich, aber dass sie so groß war, dass sie Philip beinahe direkt in die Augen sehen konnte, hatte ich nicht vermutet.

Ihr Blick wirkte herausfordernd, und ihre Augen blitzten förmlich auf, als sie fragte: «Warum hilfst du eigentlich nicht mit?»

«Ich?» Philip lachte laut auf. «Das ist nicht so ganz meine Baustelle.»

Pippa zog die rechte Augenbraue abschätzig hoch und setzte gerade zu einer Erwiderung an. Da fügte Philip noch hinzu: «Apropos Baustelle: Ihr beiden habt sicher noch viel vor. Ich will euch gar nicht weiter stören. Ich muss noch ein paar Sachen erledigen, und dann geht's für meine müden Knochen ab zum Sport.»

Er legte seinen Arm um mich und musterte Pippa erstaunt. «Sarah hatte dich ganz anders beschrieben.»

«Wie denn?», fragte Pippa neugierig.

«Irgendwie ... spezieller.» Pippas Art schien ihn anzustacheln.

«Aber wenn ich dich so ansehe, siehst du eher gewöhnlich aus.» Er lächelte. «Ist natürlich nicht negativ gemeint. Aber nach ihren ausschweifenden Beschreibungen hatte ich mir dich doch anders vorgestellt. Eher wie einen Popstar oder eine Künstlerin. Bis auf deine Frisur ist dein Look aber doch recht - bitte nimm es mir nicht übel - ausdruckslos.»

«Das sind meine Sachen, die Pippa da trägt», sagte ich mit versteinerter Miene.

«Oh.»

«Es gab da einige Differenzen bei der Besichtigung einer Kirche.»

Philip zwinkerte mir zu. «Die du sicherlich zu schlichten wusstest, mein Liebling, nicht wahr?»

Bevor ich etwas erwidern konnte, mischte sich Pippa ein. «Ich finde Sarahs Look jedenfalls ganz und gar nicht *ausdruckslos*», sagte sie und blitzte Philip herausfordernd an. «Wohingegen manche Leute sicherlich noch an ihrem Ausdruck arbeiten könnten.»

Philip ließ sich in keiner Weise von ihrer Angriffslust beirren.

«Hat mich gefreut», sagte er, ohne Pippa weiter anzusehen. Dann gab er mir einen Kuss auf die Stirn. «Warte nicht auf mich, mein Schatz.»

✿

«Läuft das immer so ab?», fragte Pippa, während wir in der Küche standen und ich uns einen Pinot grigio aufmachte.

Ich hatte sie überredet, zum Abendessen zu bleiben, damit ich nicht alleine essen musste. Wobei ich Pippa gar nicht zu überreden brauchte, denn sie hatte es sich schon recht schnell gemütlich gemacht und fühlte sich offenbar wie zu Hause. Gerade hatte sie ungefragt die Vitrine geöffnet, um uns zwei Weingläser herauszuholen.

«Was meinst du damit?» Ich stellte die entkorkte Flasche auf die Arbeitsplatte und begann, Basilikumblätter zu zupfen, die ich in die leise vor sich hin köchelnde Tomatensugo geben wollte.

«Na, das vorhin. Diese Art, wie Philip mit dir redet. Oder über dich.»

«Was war daran ungewöhnlich?» Ich warf einige der Blätter in den Topf und legte den Deckel wieder halb auf.

«Na, dieser arrogante Von-oben-herab-Ton!», ereiferte sich Pippa. «Dein Look ist» – sie zeichnete mit den Fingern zwei Anführungszeichen in die Luft «ausdruckslos!» Dann warf sie ihre Haare zur Seite. «Schwachsinn!»

«Das hat er ja gar nicht gesagt. Er war nur verwundert, weil ich dich anders beschrieben hatte. Das hätte mich vermutlich auch irritiert. Und vielleicht hätte ich etwas ganz Ähnliches gesagt.»

«Hättest du nie. Du bewahrst immer deine ... Wie heißt das noch? Contedings?»

«Contenance, meinst du das?»

«Genau.»

«Ach was. Ihr müsst euch nur besser kennenlernen, das ist alles. Ihr werdet euch sicher gut verstehen.»

«Ich weiß nicht», sagte Pippa und nahm einen Schluck Wein, «mich stört es total, dass er sich gar nicht für die Hochzeit interessiert. Ich meine, er hat noch nicht mal gefragt, welche Kirche in die engere Auswahl gekommen ist.»

«Weil das ja auch noch nicht entschieden ist», wiegelte ich

ab. «Und jetzt hör auf, dir einen Kopf über Philips Interesse an unserer Hochzeit zu machen. Wenn das eine machen sollte, dann ja wohl ich.»

«Ganz genau», antwortete Pippa und sah mich eindringlich an.

✿

Zugegeben, das Kennenlernen von Pippa und Philip hatte ich mir anders vorgestellt. Als ich an diesem Abend im Bett lag, mit einem riesen Teller Nudeln und noch mehr Wein im Bauch, fühlte ich mich schlecht. Ich aß ja sonst fast nie Kohlenhydrate. Aber vielleicht lag es auch an der viel zu großen Portion, die Pippa mir aufgetan hatte.

Ich hatte mir gewünscht, dass das erste Zusammentreffen besser verlaufen würde. Wenn Philip doch nur zum Essen geblieben wäre! Wenn er ein wenig Wein mit Pippa und mir getrunken hätte, dann wäre es sicher ganz nett geworden ... Mein Blick fiel auf den Radiowecker. 23:43 Uhr. Philip war immer noch nicht zu Hause.

Er und sein dämlicher Sport, flüsterte ich in Gedanken. Langsam waberten die Worte durch meinen weinumnebelten Kopf. Sein blöder Sport, sein blödes Boot ...

Ach, was sollte das denn jetzt? Irgendwie hatte Pippa mich mit ihrer kritischen Sicht angesteckt. Dabei mochte ich mein Leben doch, ich liebte Philip. So etwas Gemeines sollte ich also gar nicht denken. Ich drehte mich auf die andere Seite und umschloss Philips Kopfkissen mit meinen Armen.

Bis er nach Hause kommen würde, konnte ich wenigstens seinen Geruch einatmen.

Als ich das nächste Mal aufwachte, bewegte sich das Bett.

«Hmmmm.» Ich drehte mich auf den Rücken.

«Schlaf weiter, mein Liebling», flüsterte Philip, der sich gerade unter die Bettdecke legte. «Ich wollte dich nicht wecken, tut mir leid.»

«Wie viel Uhr ist es?»

«Ist ein bisschen später geworden. Ich hab noch ein paar Kollegen beim Sport getroffen.»

Ich blinzelte in Richtung Radiowecker, der verschwommen 01:02 Uhr anzeigte. «So spät schon?»

«Wie gesagt, wir haben uns verquatscht. Du hast morgen wieder einen langen Tag, also schlaf weiter, mein Schatz.»

Philip küsste mich sanft auf die Nase und kuschelte sich in Löffelchenstellung an mich. Ich genoss seine wohlige Körperwärme und schloss die Augen.

«Ich liebe dich», murmelte ich.

«Und ich liebe dich», flüsterte Philip.

Sofort sank ich in einen ruhigen, traumfreien Schlaf.

✿

Der nächste Tag in der Kanzlei begann hektisch, weil ich gleich zwei Krisensitzungen mit Klienten am Telefon hintereinander hatte. Dr. Krebs hatte sich überlegt, dass er lieber von einem männlichen Kollegen vertreten werden wollte.

«Männer sind nicht emotional», sagte er. «Und ich brauche in diesem Fall reine Ratio.»

«Das weiß ich, Dr. Krebs. Und glauben Sie mir, ich lasse mich nie von Emotionen leiten. In Ihrem Fall zählen für mich – wie in jedem anderen im Übrigen auch – reine Fakten.»

«Ich sehe schon den Richter vor mir, am besten noch eine Richterin! Dann heißt es sicher: der arme Fahrradfahrer, der böse Autofahrer, blablabla! Der vermeintlich Schwächere wird immer bevorteilt, das kennen wir ja schon. Dabei war meine Ampel noch hellorange, das weiß ich ganz sicher. Und selbst wenn sie rot gewesen wäre, hätte der Blödmann noch eine Sekunde warten können. Der Depp ist einfach viel zu schnell drübergefahren!»

«Sie wissen, dass Verkehrsrecht gar nicht zwingend in das Gebiet unserer Kanzlei fällt, und trotzdem vertrete ich Sie, weil Sie für uns ein wichtiger und treuer Klient sind. Glauben Sie mir, das alles hat mit Emotionen nichts zu tun.»

«Sind Sie sicher?»

«Aber natürlich. Apropos: Wie geht es dem Radfahrer denn?»

«Keine Ahnung, er ist, glaube ich, von der Intensivstation runter.»

«Wird es bleibende Schäden nach den Frakturen geben?»

«Das tut hier doch nichts zur Sache!»

«Ich werde das für Sie in Erfahrung bringen, denn wir müssen für alles gewappnet sein. Und glauben Sie mir, ich bin die Richtige für Sie.»

«Das hoffe ich doch», antwortete Dr. Krebs.

Ich notierte mir *Radfahrer, Krankenhaus, Zustand abfragen* auf den Block, der immer neben meinem Telefon lag. «Ich werde Sie wissen lassen, wie es weitergeht», erklärte ich. «Und dann besprechen wir das weitere Vorgehen. Es wird eine Art Drehbuch geben, was Sie wann sagen können und an welchen Stellen ich sprechen werde. Aber das kennen Sie ja schon.»

«Ah, Ihre berühmte Rollenverteilung. Man spricht bereits davon.»

Jetzt fraß er mir wieder aus der Hand.

«Sie verlieren nicht oft, Frau Bender, stimmt's?»

Ich nickte, obwohl Dr. Krebs mich nicht sehen konnte. «Ich verliere nie. Egal, wie aussichtslos der Fall zu sein scheint. In Ihrem Fall ist es so, dass der Radfahrer noch gar nicht Grün hatte, als er losfuhr. Glasklar also. Die Schuld liegt allein bei ihm.»

«Dann hoffen wir mal, dass die Richtermeinung ganz genau so aussehen wird», ächzte Dr. Krebs und atmete lautstark aus.

«Das wird sie.»

«Dann bin ich ja beruhigt.»

«Das können Sie sein.»

«Wunderbar.»

Nachdem wir uns verabschiedet hatten, wartete bereits die nächste Klientin in der Leitung. Sie hatte die Gewissensbisse wegen ihrer Klage gegen einen Getränkehersteller. Ich brauchte erwartungsgemäß nicht lange, um ihr das schlechte Gewissen auszureden. Ich hatte noch nie verstanden, wie jemand, dem aus seiner Sicht offensichtlich Unrecht getan wurde, Gewissensbisse hegen konnte. Und das kam gar nicht so selten vor. Da waren mir anspruchsvolle Klienten wie Dr. Krebs, die alle Gefühle außen vor ließen, doch weitaus lieber.

Denn eines hatte ich in all den Jahren gelernt: Unrecht war eine Sache der Perspektive. Und wenn ich einen Klienten vertrat, nahm ich automatisch seine Perspektive ein. Eine andere existierte für mich ab dem Moment nicht mehr. Das war mein Schlüssel zum Erfolg. Ich hatte in den letzten drei Jahren in dieser Kanzlei noch keinen einzigen Fall verloren. Und das hatte ich auch jetzt nicht vor.

«Noch mal Telefon für Sie», quäkte Celine durch die Gegensprechanlage, als ich auch das zweite Telefonat beendet hatte. «Eine Freundin von Ihnen», fügte sie hinzu, und es klang mehr wie eine Frage als weniger wie eine Ansage.

«Wer?»

«Diese ... Pippa!»

«Stellen Sie durch.»

Als die Leitung geöffnet wurde, hörte ich Motorenlärm und ein lautes Rauschen im Hintergrund.

«Pippa? Wo bist du?»

«Hey Sarah, ich bin unterwegs. Ich hatte eine schicke alte Lady wieder zum Laufen gebracht und musste sie nach Hannover bringen. Ein Stammkunde von mir hat sie bei mir direkt gekauft und wollte bar bezahlen.»

«Wie schön», antwortete ich, sah auf die Uhr und überflog meine Notizen. Ich hatte nicht mehr allzu viel Zeit bis zu einer für heute anberaumten Telefonkonferenz.

«Ja, denn nur Bares ist Wahres!», redete Pippa weiter gegen den Lärm an. «Nur dass –»

«Du, sei mir nicht böse», unterbrach ich sie, «aber ich habe gleich eine Telefonkonferenz und gerade leider gar keine Zeit.»

«Die Sache ist die», brüllte Pippa, da der Lärm immer lauter wurde, «jetzt hat der Kerl mir aber nichts für die Lady geben wollen, weil ich ihm mal ein anderes Auto quasi mit ohne TÜV verkauft habe. Und obwohl das schon Jahre her ist, stellt er sich jetzt so affig an. Das hat er mir allerdings erst gesagt, als ich bereits in Hannover war.»

«Ich verstehe nur Bahnhof», sagte ich leicht gestresst, weil die Zeit knapp wurde.

«Bahnhof? Ja, da wollte ich auch zuerst hin.» Pippa verstand nur, was sie verstehen wollte. «Aber ich hatte ja keine Kohle mehr. Jedenfalls behauptet der Typ, ich schulde ihm sogar noch was. Na ja, weil die Plakette gefälscht war damals, und er sich da wohl ein bisschen Ärger eingehandelt hatte ... Aber er übertreibt sicher, und es war gar nicht so wild. Gut, der Wagen war 'ne Schrottkarre, ja, aber das wusste er eigentlich auch und –»

«Pippa, was willst du mir eigentlich sagen?», unterbrach ich sie.

«Ich stehe an der Raststätte Wülferode-West.»

«Was?»

«Na ja, was ich eigentlich sagen will, ist, dass ich zurück nach Köln trampe. Und was ich noch eigentlicher sagen will, ist, dass ich den Termin in der Kirche heute wohl nicht schaffen werde. Es sei denn, ein Porschefahrer nimmt mich mit.»

Ich hörte Pippa über ihren eigenen Scherz lachen, obwohl eigentlich gar kein Grund dazu bestand. Es hörte sich alles so an, als ob sie in einem astreinen Schlamassel steckte – pippafreundlich formuliert.

«Du trampst?», fragte ich. Das hatte ich selbst noch nie getan. Mit sechzehn war ich einmal kurz davor gewesen, als ich den Schweinehof so satt hatte, dass ich nur noch abhauen wollte. Da aber der einzige Mensch mit fahrbarem Untersatz, der innerhalb der drei Stunden vorbeifuhr, die ich bei glühender Hitze am Straßenrand der nahegelegenen Schnellstraße stand, der Hühnerhofbesitzer Aldo war, der mich mit seinem Traktor sofort wieder zurück nach Hause brachte, zählt das wohl nicht.

«Aber klar. Trampen macht irre Spaß», antwortete Pippa. «Man lernt immer wieder gute Leute kennen! Nur das mit dem Termin tut mir leid. Ich bin nicht so unzuverlässig, wie es aussieht, glaub mir!»

«Glaube ich dir ja», seufzte ich ins Telefon, «kein Problem. Dann fahre ich nachher alleine hin. Aber um dich mache ich mir schon ein wenig Sorgen. Es gab mal eine Studie über LKW-Fahrer, die besagte, dass 45 % von ihnen potenzielle Straftäter sind und –»

«Ich muss Schluss machen», brüllte Pippa, «mir winkt ein Trucker! Stell dir vor, er hat ein Einhorn auf dem Führerhaus! Bis dahaaaan!»

«Pippa!», rief ich in den Hörer, doch sie hatte bereits aufgelegt.

Kopfschüttelnd legte ich das Telefon weg und suchte meine Unterlagen für das anstehende Gespräch zusammen. Dabei fiel mir auf, dass ich mich weniger darüber ärgerte, dass Pippa unseren heutigen Termin abgesagt hatte. Vielmehr machte ich mir Sorgen, Pippa könne beim Trampen etwas zustoßen. Wie war sie überhaupt zu der Raststätte gekommen? Hatte der Kerl sie dort ausgesetzt? Irgendwie schien diese Geschichte mal wieder ganz genau in die Welt zu passen, in der Pippa lebte. Alles war ein wenig anders, chaotischer, ungeplanter und ganz sicher nicht legal.

Ich würde sie direkt nach meiner Telefonkonferenz noch mal anrufen, um sicherzugehen, dass es ihr gut ging.

Unter dem Vermerk *Wohlfahrt, Akte einholen* notierte ich *Pippa anrufen & Truck-Nummer durchgeben lassen*. Dann strich ich meinen Blazer glatt, atmete tief durch und stand auf, um den Kollegen zu begrüßen, der soeben pünktlich auf die Minute zwecks Telefonkonferenz mein Büro betrat.

9. Kapitel

Mein Termin in der St.-Aposteln-Kirche verlief sehr erfolgreich. Der dortige Pfarrer, der Philip und mich trauen würde, war genau der richtige für uns. Ein gradliniger, erfahrener Mittfünfziger, der nicht viel Gewese um Unwichtigkeiten machte. Wir besprachen meine Vorstellungen und waren uns schnell einig, dass eine kurze Trauung unter fünfundvierzig Minuten passend sein würde. Natürlich würde ich zusammen mit Philip noch einmal herkommen, um Details zu besprechen und den Ablauf zu üben, denn ich wollte nichts dem Zufall überlassen. Eine kirchliche Hochzeit brauchte nun mal eine Art Drehbuch. Kein Wort, das gesagt werden würde, wäre improvisiert.

Ich wusste, dass Pippa es sicher unromantisch gefunden hätte, alles bis ins Kleinste zu planen. Aber ich wollte diesen Tag unter Kontrolle haben – nur das gab mir Sicherheit. Und das war mir das Allerwichtigste.

Ich hatte nachmittags einige Male versucht, Pippa zu erreichen, und rief sie auch am nächsten Morgen mehrfach an, doch sie ging nicht dran. Ich versuchte, mich nicht in irgendwelche Horrorszenarien hineinzusteigern – schließlich war Pippa kein kleines Mädchen mehr und solche Trips offensichtlich gewohnt. Wahrscheinlich war nur ihr Akku leer, das schien mir eine schlüssige Erklärung. Doch ab und zu kam ein sorgenvoller Gedanke hoch wie ein Korken, den man nicht allzu lange unter Wasser drücken konnte.

Ich konnte nicht leugnen, dass sie mir bei der Vorbereitung tatsächlich fehlte. Irgendwie hatte ich mich schneller an ihre schrille Art gewöhnt als erwartet.

Mittlerweile war es bereits früher Abend, und ich saß noch im Büro vor einer offenen Akte. Die meisten Kollegen waren schon weg. Als ich um 19:13 Uhr erstmals auf die Uhr sah, meldete sich prompt mein Magen.

Ich wählte die Nummer des *Hello Fresh!*-Lieferservice und bestellte einen grünen Salat mit Thunfisch und Ei. In zwanzig Minuten würde er geliefert werden, bis dahin hatte ich sicher noch zehn Seiten geschafft. Wenn ich bis 20 Uhr weiterarbeitete und dabei aß, war ich gegen 20:30 Uhr mit meinem Pensum durch und um 21 Uhr zu Hause bei Philip. Wir würden den Abend gemütlich ausklingen lassen. Ein guter Plan.

Das Klingeln des Telefons riss mich aus meinem stillen Gedankentunnel.

«Frau Bender, da ist jemand für Sie hier am Empfang.»

Die Stimme unseres Pförtners hörte ich selten, denn obwohl ich oft lange im Büro war und hier ab und an auch mal eine Nacht durchgearbeitet hatte, gab es nach 20 Uhr offiziell keinen Besuch mehr.

Vor Schreck war mir ein Stück öliger Thunfisch auf ein Urteil gefallen.

«Mist!»

«Bitte?»

«Ach, nichts, schon gut. Was sagten Sie, wer ist unten?»

«Sie sagt, sie ist eine Freundin. Wie war noch mal Ihr –»

«Pippa!», brüllte es aus dem Off. «Und jetzt lassen Sie mich endlich durch, Sie notgeiler Spanner. Glauben Sie nicht, dass ich das nicht gesehen habe, wie Sie meine Beine angeglotzt haben!»

Der Pförtner war vollkommen überfordert. «Äh, also ...»

«Ja, ja, schon gut. Schicken Sie sie hoch!»

Es war seltsam, aber ich war regelrecht erleichtert, Pippas aufmüpfige Stimme zu hören. Ihr ging es augenscheinlich gut. Mir fiel ein Stein von den Schultern, den ich dort bis gerade nicht vermutet hatte.

«Hey, hey!» Pippa baute sich vor meinem Schreibtisch auf und ließ mit einem lauten *Rumps!* zwei große Taschen rechts und links von ihren Schultern auf den Boden fallen.

Noch bevor ich etwas sagen konnte, fiel sie mir um den Hals. «Ist das schön, dich zu sehen!»

«Gleichfalls», antwortete ich immer noch erleichtert, aber auch ein wenig irritiert darüber, so überschwänglich begrüßt zu werden. «Wie war deine Reise? Ich hoffe, der Lastkraftwagenfahrer war sauber?»

«Toni? Ach, der war cool. Hat mich bis Leverkusen mitgenommen, und von da aus war's ja nicht mehr weit. Aber dann hab ich mich mit einem Tankwart verquatscht, unglaublich, was der alles schon erlebt hat. Das glaubst du nie!»

«Hm», machte ich und wischte den Thunfischklecks mit einem Taschentuch weg. Ein fettiger Ölfleck blieb zurück. «In jedem Fall bin ich froh, dass es dir gut geht. Ich habe mir wirklich Sorgen gemacht, als du nicht ans Telefon gingst.»

«Akku alle», kommentierte Pippa meinen mütterlich wirkenden Kommentar.

Bingo! Ich hatte mit meiner Vermutung bezüglich des leeren Akkus also richtiggelegen.

Pippa registrierte den Stapel Papiere auf meinem Schreibtisch. «Ich hätte wetten können, dass du noch arbeitest. Hui, das sieht wirklich nicht nach Spaß aus.»

«Arbeit muss ja auch nicht permanent Spaß bedeuten», antwortete ich.

«Nicht?» Pippa lachte mich unbekümmert an. «Also, ich finde schon. Du sag mal, apropos Spaß: Kann ich heute Nacht bei dir pennen?»

Ich sah sie überrascht an. Deswegen die Taschen?

«Da gibt's so 'ne Brandschutzsache in der Werkstatt», erklärte sie schnell. «Und bis die nicht geregelt ist, darf ich da nicht schlafen. Hab ich mir aber für morgen fest vorgenommen, ehrlich. Du merkst auch gar nicht, dass ich da bin, so mucksmäuschenstill bin ich.»

«So still wie in der Kirche?» Der Satz war mir so rausgerutscht, und ich biss mir sofort auf die Lippen. Aber Pippa schien sich in keiner Weise angegriffen zu fühlen.

«Zum Glück laufen bei euch ja keine ollen Priester rum!»

«Pfarrer», verbesserte ich sie.

«Ja, meinetwegen auch die.»

Ich überlegte. Pippa heute mit nach Hause zu bringen, war zwar nicht vorgesehen. Und es wäre Philip vermutlich auch nicht recht, zumal wir einen gemütlichen Feierabend geplant hatten. Aber Pippa hängenzulassen, kam mir auch nicht richtig vor. Außerdem war es vielleicht ganz gut, dass Philip und sie sich so bald wiedersahen. Man soll doch schnell wieder in den Sattel springen, wenn man vom Pferd gefallen ist. Also war es doch einen Versuch wert, oder?

«Okay», stimmte ich schließlich zu.

«Superklasse!» Pippa fiel mir erneut freudestrahlend um den Hals.

Doch ich war mir nicht sicher, ob ich mich ebenfalls freuen oder damit lieber erst bis zum nächsten Morgen warten sollte.

«Das wird einfach galaktisch!», erklärte Pippa überschwänglich, und ich kam nicht umhin, zu grinsen.

Diese Frau steckte einen mit ihrer Euphorie an, dachte ich, ob man wollte oder nicht.

✿

«Das ist ja mal eine Überraschung ...»

Nachdem wir im Doppelpack die Wohnung betreten hatten, sah Philip erst zu Pippa, dann zu mir, dann wieder zu Pippa.

«Damit hatte ich heute wirklich nicht gerechnet.»

«Ich auch nicht», erklärte ich, «aber Pippa braucht einen Unterschlupf wegen einer Brandschutzsache in ihrer Werkstatt. Ist auch nur für eine Nacht.» Ich bemühte mich um Schadensbegrenzung.

«Das sind doch aber überhaupt die besten Sachen, mit denen man nicht rechnet», fügte Pippa hinzu. «Überlegt doch mal, die erste große Liebe, der erste Schnee ...»

«Also, ich hasse Schnee. Völliges Verkehrschaos, jedes Jahr aufs Neue», erklärte Philip, stand auf und holte seufzend ein drittes Glas aus dem Küchenschrank. Er hatte bereits zwei Gläser mit Merlot auf dem Couchtisch platziert, die für unseren gemütlichen Feierabend gedacht waren. «Und die erste große Liebe war meine vollbusige Babysitterin Carola, die ich an einem *Wetten dass ...?*-Fernsehabend verführt habe. Und das war jahrelang geplant, das kannst du wohl glauben.»

«Ui!», pfiff Pippa anerkennend, zwinkerte mir dabei aber verschwörerisch zu.

Philip schenkte ihr einen Merlot ein, ohne sie zu fragen.

Ich ärgerte mich über seinen großspurigen Kommentar, sagte aber nichts.

«Setz dich erst mal.» Ich bot Pippa das Sofa an, aber sie setzte sich wieder im Schneidersitz auf den Teppich.

Philip reichte ihr das Glas, und wir ließen uns gemeinsam in die weichen Kissen namens Feierabend fallen. Gleichzeitig nahmen wir einen großen Schluck, als müssten wir uns Mut für den Abend gemeinsam antrinken.

Philip betrachtete sein Glas und schwenkte den Rotwein darin in sanften Kreisen. «Und Phillipa, erzähl doch mal was von dir. Bist du eher der ‹Das Glas ist halbvoll›- oder der ‹Das Glas ist halbleer›-Typ?»

Pippa lächelte und stellte ihren Wein so ruckartig auf den Couchtisch, dass er fast überschwappte.

«Vorsicht!» Reflexartig griff ich nach dem Glas, aber Pippa winkte ab.

«Scheißegal, ich trink sowieso lieber aus der Pulle.»

«Oh, wir pflegen den ganz hohen Konversationsstil», kommentierte Philip höhnisch und sah dabei in sein Glas. «Du stehst also auf Flaschen?»

«Wenn du damit meine Männerauswahl meinst, könntest du sogar recht haben», entgegnete Pippa. «Da hatte ich bis jetzt nicht so viel Glück. Obwohl das so auch nicht stimmt, ich hatte eigentlich immer ganz gute Männer. Aber irgendwie waren die Beziehungen immer zu kurz.»

«Das klingt trotzdem nach vielen Fröschen», seufzte ich und legte meine Hand auf Philips Knie. «Es ist auch wirklich nicht leicht, den Richtigen zu finden. Deswegen bin ich ja so froh ...»

Philip zog meine Hand zu sich und küsste sie liebevoll. Es

war ein winziger Moment von der Zweisamkeit, die wir für diesen Abend geplant hatten. Er wurde allerdings schnell unterbrochen.

«Man muss eben viele Frösche vögeln, um einen Prinzen zu finden», erklärte Pippa und nahm drei Schlucke hintereinander von ihrem Rotwein.

«Hm.» Ich wusste nicht, was ich darauf antworten sollte.

«Lustige Einstellung, die du da hast», sprang mir Philip amüsiert bei. «Den Prinzen auf dem weißen Pferd suchst du sowieso nicht, oder? Sarah hat erzählt, du machst was mit Autos?»

«Ach, ich repariere sie, wie so ziemlich alles andere auch. Aber in erster Linie *mag* ich Autos.»

«Ich auch», sagte Philip, und ich freute mich, dass sich das Gespräch so viel positiver entwickelte als bei unserem ersten Aufeinandertreffen. Vielleicht freundeten die beiden sich über ihre gemeinsamen Interessen sogar am Ende noch an?

«Menschen sind Autos übrigens gar nicht so unähnlich. Es hängt ziemlich viel vom Vorbesitzer ab», sinnierte Pippa. «Ich wollte eigentlich zuerst Kindergärtnerin werden, natürlich nicht nur wegen der zwei Stunden Mittagsschlaf jeden Tag ... Aber dann hab ich die Quali nicht geschafft. Heute denke ich, es war gut so für die Kinder. Ich bin vielleicht doch nicht unbedingt das allerbeste Vorbild.»

«Welchen Abschluss hast du denn?», fragte Philip.

«Der nennt sich Schulabbruch», witzelte Pippa. «Die Schule war einfach nie mein Ding. Allein das frühe Aufstehen ...»

«Wo du es sagst», grätschte ich ein, «wann musst du aufstehen?»

«Morgen.»

«Wann genau?»

«Irgendwann.»

«Du brauchst also keinen Wecker?»

Pippa lachte mich an, aber es wirkte fast so, als lache sie mich aus. «Ich bin mein eigener Chef, da brauche ich keinen schrillen Weckruf.»

«Beneidenswert», sagte Philip zu niemand Bestimmten. «So viel Freiheit und so wenig Verantwortung. Noch nicht mal sich selbst, geschweige denn der Gesellschaft gegenüber.»

«Was habe ich denn deiner Meinung nach für eine Verantwortung der Gesellschaft gegenüber?», hakte Pippa nach. Der Ton war ein wenig gekippt, was von mir nicht unbemerkt blieb.

«Na ja, Leute wie du prellen doch den Staat und damit alle Steuerzahler», haute Philip jetzt raus. In seiner Stimme lag etwas, das mich erstaunte, denn dieser Angriff kam wie aus dem Nichts.

«Entschuldige, dass ich nicht mit einem Fallschirm aus Watte geboren wurde, der so groß und weich ist, dass meine Füße nie den Boden berühren müssen», giftete Pippa zurück. «Und damit du's weißt, ich zahle Steuern!» Dann schob sie noch etwas leiser hinterher: «Wenn es geht, zumindest.»

«Fallschirm aus Watte? Bitte?» Philip war sauer, das war offensichtlich.

«Sarah hat mir nicht viel von dir erzählt, aber es reicht, um mir dein Leben als Sohn von ‹Liz der Großen› vorzustellen.»

«Unterlass mal lieber die Kommentare über meine Mutter», antwortete Philip gereizt.

Langsam fand ich es mehr als überfällig, einzugreifen. «Was ist denn in euch gefahren? Gerade eben war das noch ein nettes Geplauder und jetzt –»

«Er hat angefangen», verteidigte sich Pippa in kindlicher

Manier, wie ich es schon von ihr kannte. Wobei es mir fast schwerfiel, ihr nicht recht zu geben.

«Liz hat jedenfalls keine sehr hohe Meinung von dir», packte Philip jetzt aus.

«Das trifft sich gut», entgegnete Pippa kampflustig, «denn ich habe eine noch geringere Meinung von ihr. Es war wirklich allerunterste Schublade, wie sie Sarah beim Friseur versucht hat, zu erpressen!»

«Was behauptest du denn da?»

Ich stand auf. «Leute!» Ich fühlte mich wie mitten im Auge des Sturms. «Hört auf jetzt! Komm, Pippa, ich zeig dir das Gästezimmer. Es ist ohnehin schon viel zu spät. Zeit, zu Bett zu gehen.»

«Moment! Das lasse ich so nicht im Raum stehen», sagte Philip, der sich ebenfalls hingestellt hatte. «Was meinst du mit ‹erpressen›?»

Pippa war die Einzige, die noch seelenruhig auf dem Boden saß und an ihrem Wein nippte. Sie schwieg vielsagend.

«Nichts», mischte ich mich ein, «absolut nichts! Pippa hat sich da wohl verhört. An dem Tag war der Laden ja auch viel zu voll.»

Ich zog Pippa am Arm, weil sie keine Anstalten machte, aufzustehen. Wir mussten den Raum verlassen, bevor der Abend noch zu einer Vollkatastrophe wurde.

«Liz ist eine großartige, absolut bewundernswerte Frau – und eine grandiose Mutter. Die beste Mutter!» Philips Pulsader auf der Stirn war deutlich sichtbar, woran ich merkte, wie aufgebracht er war. «Sie ist der feinste Mensch, den ich kenne. Liz würde Sarah niemals schlecht behandeln. Ich lasse nicht zu, dass ihr jemand so was unterstellt.»

Ich musste etwas tun. «Los, Pippa. Sei so nett und steh auf.

Ich bin auch müde, und ich will dir noch dein Zimmer zeigen und das Bett machen.»

Widerwillig zog Pippa sich hoch und sah Philip direkt in die Augen.

«Wie war das noch mal mit dem Mutterkomplex? Hasst man da seine Mutter, oder will man sie heiraten?»

10. Kapitel

Es tut mir leid.»

Pippas zerknirschtes Gesicht lag wohl weniger an der Uhrzeit – es war gerade erst sieben, als ich nach meiner allmorgendlichen zehn Kilometer Laufrunde aus dem Bad kam –, denn an ihrer offensichtlich schlechten Laune.

Sie hatte mich abgepasst, um Philip nicht in der Küche zu begegnen.

«Schon gut», beschwichtigte ich sie seufzend und rubbelte meine Haare trocken. «Ich weiß auch nicht, was gestern mit Philip los war. Sonst ist er eigentlich nie so.»

Es hatte mich noch echte Überredungskunst gekostet, Philip zu beruhigen. Es war schwer für mich, zwischen den Stühlen zu sitzen, aber ich wollte die Hoffnung nicht aufgeben, dass sich Pippa und Philip vielleicht doch noch arrangierten.

«Jedenfalls wollte ich euch den Abend nicht kaputtmachen», murmelte Pippa. «Es ist wohl besser, ich verschwinde.»

«Ach was, bleib solange du willst und frühstücke in Ruhe. Später kannst du einfach die Tür hinter dir zuziehen. Oder du legst dich noch eine Runde aufs Ohr. In jedem Fall musst du nicht mit uns rausgehen, wenn du keine Termine hast.»

«Das meinte ich nicht.»

«Was denn?»

«Ich verschwinde besser ganz.»

«Ganz?» Ich sah Pippa ungläubig an.

«Aus deinem Leben.»

Ich warf das Handtuch über den Badewannenrand und legte meinen Arm um Pippa. «Nur weil der Abend gestern ein bisschen schräg verlaufen ist? Findest du das nicht ein wenig übertrieben?»

«Mein Leben ist eine einzige Vollkatastrophe», sagte sie und sah zu Boden. «Mehr musst du nicht wissen.»

«Ich finde, du solltest dir das alles nicht so zu Herzen nehmen. Der Spruch mit dem Mutterkomplex war zwar ehrlich daneben, aber irgendwie musste ich später im Bett dann doch schmunzeln.»

Wir sahen uns an, und diesmal war es mein Lächeln, das Pippa ansteckte.

«Okay.»

Es war verrückt, aber ich wollte, dass Pippa blieb. Ich hatte nicht wirklich gute Gründe dafür, rein rational gesehen. Aber es war ein gutes Gefühl, sie in meinem Leben zu wissen. So absurd dieser Gedanke auch war.

«Dann sehen wir uns später wegen der Location-Suche?»

Pippa drückte mir einen Schmatzer auf die Wange. «Bin zur Stelle!»

«Sehr gut», sagte ich und ging ins Schlafzimmer, um mich anzuziehen. «Ich hoffe, du konntest trotz allem gut schlafen.»

«Keine Sorge, ich kann überall schlafen. Meine Mutter hat mich früher immer auf ihre unzähligen Partys mitgenommen, und ich habe schnell gelernt, auf den Türmen aus Gästemänteln zu schlafen.»

Es war das erste Mal, dass Pippa von ihrer Mutter erzählte.

«Wie war sie so?», fragte ich.

«Speziell», antwortete Pippa schroff. «Partys waren das Wichtigste für sie. Ihr ganzes Leben war eine einzige Party.»

Gerne hätte ich mehr erfahren, aber ich merkte, dass sie nicht weiter über dieses Thema reden wollte.

«Dann bis später», verabschiedete ich mich und wollte mich umdrehen, hielt dann jedoch in der Bewegung inne. «Ach, und Pippa?», sagte ich leise, «Bitte sag Philip nichts mehr von Liz' Erpressernummer, ja? Ich möchte nicht, dass etwas zwischen uns steht.»

Nachdenklich sah sie mich an. «Ich fürchte, das tut es bereits.»

✿

«Unfassbar, dass du dieses impertinente Subjekt in dein Haus lässt!»

Liz' Stimme am anderen Ende der Leitung war derart schrill, dass ich den Hörer ein paar Zentimeter von meinem Ohr weghielt. Das Telefon hatte in der Sekunde geklingelt, als ich das Büro betrat.

«Kindelchen! Nicht nur, dass du mich nicht vertreten willst in dieser unsäglichen Verleumdungsgeschichte, jetzt lässt du diese Person dir auch noch bei der Hochzeitsplanung helfen! Eine Farce nenne ich das! Eine Fa-harce!»

Ich schätzte Liz' Blutdruck auf 180. Ihre Empörung war genau die Reaktion, die ich von ihr erwartet hatte, und ich konnte nicht behaupten, dass sie mir unangenehm war.

«Jetzt sieh es doch mal positiv», versuchte ich sie zu beschwichtigen. «Du hast doch genug zu tun mit deinen ganzen Wohltätigkeitsorganisationen, und mit deinem Blutdruck sowieso. Da ist es doch besser, wenn ich dich nicht auch noch mit der Hochzeit stresse. Dieses ganze Umhergefahre, Verhandeln, Durchplanen. Das ist doch nur unnötige Strapaze.»

«Pfft!»

«Ich mache das wirklich nur zu deinem Besten, Liz.»

Während ich ruhig und bedacht und mit einem Lächeln auf den Lippen sprach, ertappte ich mich dabei, wie ich mich augenblicklich in Liz verwandelte.

«So, du meinst also, deine neue Asi-Freundin ist eine bessere Hochzeitsplanerin als ich?»

Man konnte Liz wirklich nicht vorwerfen, dass sie um den heißen Brei herumredete.

«Ich würde sie jetzt nicht unbedingt meine Freundin nennen, wir kennen uns ja kaum», lenkte ich ein. «Aber asozial ist sie ganz bestimmt nicht. Sie kümmert sich beispielsweise ganz liebevoll um eine streunende, verletzte Katze. Und sie hilft mir, schnelle Entscheidungen bezüglich der Hochzeit zu treffen.» Ich dachte an den Kirchenrauswurf, der ein echter Härtetest gewesen war. «Ziemlich schnelle Entscheidungen sogar.»

«Du wirst noch sehen, was du davon hast.» Es klang fast wie eine Drohung. «Solche Flittchen kenne ich zur Genüge. Die hätte ebenso gerne einen reichen Mann an ihrer Seite wie du.»

Dass Liz mir ständig unterstellte, ich würde Philip wegen seines Status und seines Geldes lieben, tat weh.

«Du weißt, dass das nicht stimmt», sagte ich bemüht ruhig, aber innerlich kochte ich. «Und Philip weiß das auch.»

«Da wäre ich mir nicht so sicher», sagte Liz kühl.

Okay, das war eine Drohung.

«Was hast du vor?», fragte ich, wohl wissend, dass Liz mir

eine Antwort schuldig bleiben würde. Doch da hörte ich auch schon das Klack-Geräusch des aufgelegten Telefonhörers.

✿

«Es ist echt unglaublich, wie diese Schnepfe mit dir umgeht!»

Seitdem ich Pippa von dem Gespräch mit Liz erzählt hatte, regte sie sich auf dem Beifahrersitz derartig auf, dass sie ganz rot im Gesicht wurde. Bei dem Wort Schnepfe sah ich sie allerdings mahnend von der Seite an.

«Was denn? Ist doch wahr!»

Natürlich stimmte es, und Liz hätte sogar noch schlimmere Bezeichnungen verdient. Aber sie war nun mal meine zukünftige Schwiegermutter. Es musste einen Weg geben, um mit ihr klarzukommen. Und ich würde ihn finden. Wenn ich Philip heiraten wollte, hatte ich keine Wahl. Und das wollte ich so sehr wie nichts anderes auf der Welt.

«Sie wird sich schon wieder beruhigen», beschwichtigte ich Pippa. Ich glaubte mir zwar selbst nicht, aber etwas anderes fiel mir nicht ein.

«Das denke ich nicht», erwiderte Pippa trocken und öffnete mit dem Knopf auf der Mittelkonsole das Verdeck. «Lass uns offen fahren. Sonst platzt mir gleich noch der Kragen vor Wut auf diese Sch-»

«Schwiegermutter!»

«Meinetwegen. Diese böse, böse, böse Schwiegermutter!»

Wir waren an der Wolkenburg angekommen. Der Ort, an dem ich heiraten wollte, seit ich vor acht Jahren eine Firmenveranstaltung hier besucht hatte. Und Philip kennengelernt hatte. Ihm war es damals genau wie mir mit diesem Ort gegangen:

Ich wusste sofort, dass ich hier mal heiraten wollte. Und als ich mich jetzt umsah, bestätigte sich mein Eindruck von damals – die Wolkenburg war die perfekte Kulisse für unsere Frühjahrshochzeit.

Staunend schritt auch Pippa durch das steinerne Eingangstor in den Innenhof. Das historische Gebäude mitten in der Kölner Altstadt bestach schon auf den ersten Blick durch seinen barocken Stil und die beeindruckende Fassade.

«Das ist irre atemberaubend!», sagte sie.

«Es ist ein ehemaliges Kloster, das irgendwann von dem Männergesangsverein *Wolkenburg* genutzt wurde. Den Namen hat es behalten. Du stehst gerade vor etwa dreihundert Jahren Kölner Geschichte.»

«Ich will nicht wissen, was das hier kosten wird.»

«Ich auch nicht», antwortete ich lachend, aber ich wusste es bereits. Ich hatte mich vorher online informiert und mir sogar schon Menüvorschläge schicken lassen. Es bestand kein Zweifel, dass dieser Ort perfekt für unsere Feier war.

«Für die Hochzeit gibt es bestimmte Räumlichkeiten. Und draußen werden Stehtische mit langen, weißen Hussen aufgestellt. Überall sollen weiße Blumen stehen, und es soll einen roten Teppich geben, der vom Tor bis in den Innenhof zum Eingang führt», schwärmte ich. «Was meinst du?»

«Das hört sich schon ziemlich *perfekt* an», antwortete Pippa und zwinkerte mir zu. «Jedenfalls müssen wir uns über den Ort schon mal keine Gedanken mehr machen.»

Ich fand es seltsam rührend, dass Pippa immer in Wir-Form sprach. Das hatte ich – außer mit Philip – das letzte Mal als kleines Mädchen in Bezug auf eine Klassenkameradin getan.

In diesem Moment wurde mir schmerzlich bewusst, dass

eine Lücke in meinem Leben bestand, die ich vorher nie wahrgenommen hatte. Erstaunlicherweise schien Pippa sich dort hineinzuquetschen, ob sie passte oder nicht. Und mir machte es nicht das Geringste aus – im Gegenteil. Es gefiel mir. Auch wenn mein Kopf mir sprichwörtlich einen Vogel zeigte, der mindestens genauso irre war wie Igor, hatte ich ein gutes Bauchgefühl. Und das hatte ich schon lange nicht mehr gespürt.

«Frau Bender, willkommen in der Wolkenburg!» Der Veranstalter begrüßte mich überschwänglich und bedachte Pippa, die ihre obligatorische Latzhose halboffen trug, mit einem irritierten, aber nicht desinteressierten Blick. Herr Margath war ein durchaus sympathischer Endvierziger mit Zwirbelbart und festem Händedruck.

«Für Sie wäre zu dem gewünschten Zeitpunkt der Festsaal Alexiana frei», erklärte er beim Gang über den Innenhof. «Ein prachtvoller Saal, groß, aber nicht hallenartig. Vor allem besticht er durch seine opulenten Säulen, die einen schönen Mittelgang bilden.»

Ich schüttelte den Kopf, denn ich hatte mir im Internet bereits meinen Lieblingssaal ausgesucht. «Ich möchte den Amadeus-Saal haben.»

«Oh, ich fürchte, der ist zu diesem Zeitpunkt belegt», sagte Herr Margath bedauernd und führte uns ins Innere der Wolkenburg.

«Dann machen Sie ihn frei», sagte ich entschlossen und bog anstatt rechts zum Alexiana-Saal, links in den Amadeus-Saal ein.

«Aber Frau Bender, wirklich, glauben Sie mir, wenn ich Ihnen sage, dass – Moment!»

Schon hatte ich die schweren Holztüren geöffnet und war

eingetreten. Ein lichtdurchfluteter Raum mit runden Tischen und weißen Tischdecken, Kronleuchtern an der Decke und an den edlen Holzwänden tat sich vor uns auf.

«Perfekt!», flüsterte ich zu niemandem Bestimmten.

Herr Margath nickte. «Ja, das dunkle Holz wird von der hellen Ausstattung aufgehoben, sodass ein warmes Gleichgewicht entsteht. Chic, aber nicht steif, warm, aber nicht zu bunt, edel und –»

«Ich nehme ihn», sagte ich.

«Aber ...», begann Herr Margath erneut.

Pippa baute sich vor ihm auf, stemmte ihre Arme in die Hüften und wiederholte meine Worte: «Wir nehmen ihn.»

«Ich weiß wirklich nicht, ob sich da noch was machen lässt», erklärte Herr Margath ratlos.

«Es lässt sich immer noch was machen, und das wissen Sie», sagte ich und sah den armen Mann, der langsam ins Schwitzen geriet, herausfordernd an. Ich wollte diesen Raum, um jeden Preis.

«Es lässt sich ganz bestimmt noch was machen», sagte Pippa jetzt und stieß Herrn Margath mit der Hüfte an. Dann tippelte sie mit ihren Fingern über seine rechte Schulter und stupste ihn am Kinn, während sie sich nach vorne beugte, sodass er freie Sicht auf ihr beeindruckendes Dekolleté hatte.

«Bitte», zischte ich und zog Pippa zur Seite, doch sie wehrte sich.

«Wie heißen Sie eigentlich mit Vornamen, lieber Herr Margath?» Ihre Stimme war nur mehr ein Flüstern.

«U-do.» Erste Schweißperlen bildeten sich auf seiner Stirn.

«Udo ...», hauchte Pippa und schenkte Margath einen extra langsamen Bambi-Augen-Aufschlag. «So hieß meine erste große

Liebe. Seitdem kann ich mich kaum zurückhalten, wenn ich diesen Namen höre ...»

Ich verdrehte die Augen. «Pippa!»

«Ein wirklich, wirklich schöner Name ... so klangvoll und –»

«Pi-pa!»

Herr Margath war bereits verloren. «Pippa ist aber auch ein wirklich schöner Name ...»

«Finden Sie?»

Er nickte unkontrolliert in verschiedene Richtungen, und ich hatte Angst, dass mich eine Schweißperle traf.

Das Schauspiel hätte mich vielleicht amüsiert, wäre es nicht gerade um meine Hochzeit gegangen. Ich hatte mir überlegt, Margath ein saftiges Trinkgeld zu spendieren, wenn er zu meinen Gunsten umorganisierte. Aber das schien gar nicht unbedingt nötig zu sein.

«Ja, also ...», stotterte er. «Ich schätze, der Amadeus-Saal wird wohl richtig für Sie sein.» Während er das sagte, wandte er den Blick nicht von Pippa.

Sie nickte zufrieden. «Das sehe ich auch so», hauchte sie und warf ihm einen Luftkuss zu. «Ich schreibe Ihnen mal meine Nummer auf, dann können Sie mir das noch mal schriftlich geben. Vielleicht bei einem Frühstück?»

«Oh, das wäre ... wunderbar.»

Pippa regelte die Dinge eben auf ihre Art, und mir sollte es recht sein, solange wir den Saal bekamen. Sie holte einen Kuli mit Batikmuster aus der Brusttasche ihrer Latzhose auf dem *Sziget 2014* stand, legte Margaths Unterarm frei und kritzelte ihre Nummer darauf.

Ich war überrascht, wie willenlos der Kerl das alles unter kleinen Jauchzern der Verzückung über sich ergehen ließ. In einer anderen Situation hätte ich mich über derartig zustande gekommene Absprachen aufgeregt, aber Pippa hatte mein Ziel erreicht. Und das heiligte nun mal die Mittel.

Als wir den Innenhof der Wolkenburg verließen, hatten wir Margaths Zusage so gut wie in der Tasche.

«Du fandest ihn doch nicht wirklich gut, oder?», hakte ich nach, als wir ins Auto stiegen.

Pippa legte den Kopf schräg. «Irgendwie hatte seine unbeholfene Art etwas Süßes ...», murmelte sie. «Ich denke, ich werde es drauf ankommen lassen und mich mal auf einen Eiskaffee von ihm einladen lassen.»

«Unglaublich», sagte ich und startete den Wagen, «das sind unlautere Mittel, die du da angewendet hast.»

«Na und», lachte Pippa, «willst du nun deinen Amadeus-Saal oder nicht?»

Sie streckte mir die Hand zum High Five entgegen, und ich schlug lachend ein.

Wir waren wohl das seltsamste Gespann aller Zeiten, dachte ich, als ich immer noch lächelnd auf die Schnellstraße bog.

11. Kapitel

Die nächsten Wochen vergingen wie im Flug. Pippa und ich trafen uns, wann immer es die Arbeit zuließ, um Save-the-Date-Karten und die eigentlichen Einladungen auszusuchen, Hochzeitskataloge zu wälzen, Musikauswahllisten zu erstellen und insbesondere den passenden Song für den Hochzeitstanz auszuwählen. Pippa versuchte immer wieder, ein paar Rocksongs in die Musikauswahl zu mogeln, die ich dem DJ in spe nicht komplett überlassen wollte, und ich entfernte sie jedes Mal aufs Neue. *Whitesnake* und *Supertramp* mussten nicht zwingend den wichtigsten Tag meines Lebens begleiten.

Doch was bei all unseren Treffen immer unausgesprochen eingehalten wurde, war der Umstand, dass Philip und Pippa sich nicht über den Weg laufen sollten. Es war wie eine stille Vereinbarung, über die wir nie sprachen. Und so trafen wir uns in Pippas Werkstatt, in meinem Büro, in Cafés oder in den Läden, in denen wir uns etwas für die Hochzeitsplanung ansahen.

Die beiden wichtigen Punkte Kleid und Torte hatten wir noch vor uns, denn es war mir nicht gelungen, ein Kleid in einem Katalog zu finden, das meinen Vorstellungen entsprach. Auch bei der Torte wollte ich etwas Spezielles, was auch Philip gefallen würde.

Er fragte nie nach Pippa, und wenn ich von meinen Fortschritten in der Planung erzählte, sprach ich meist in der Ich-Form. Es war seltsam, Pippa einerseits so tief in mein Leben zu lassen, sie aber andererseits für Philip wieder auszuklammern. Dabei hätte ich wissen müssen, dass jemand wie Pippa sich nicht ausklammern ließ.

«Ich bin zu spät, ich weiß», keuchte Pippa vorneübergebeugt an meinem Schreibtisch, als wäre sie den ganzen Weg von ihrer Werkstatt bis zu meinem Büro gejoggt.

Sie war wie immer hereingestürmt, ohne Celine die Chance zu lassen, sie ankündigen zu können. Celine hatte sich im Gegensatz zu mir immer noch nicht an Pippas Temperament gewöhnt und stand kurz darauf so hektisch mit den Händen wedelnd vor mir, dass sich bereits rote Flecken an ihrem Hals bildeten.

«Ich wollte Ihnen Bescheid geben, aber sie war schneller», presste sie entschuldigend hervor.

Ich winkte ab. «Schon gut, Celine. Pippa hat heute anscheinend ihre ganz schnellen Schuhe an.»

Nach einem Blick auf Pippas knallpinke Chucks, die sie zu einer hautengen Leoprint-Jeggins trug, deutete ich übertrieben auf das Telefon, auf dem ich gerade die Nummer des Krankenhauses eingetippt hatte. Ich war dabei, mich nach dem Patienten zu erkundigen, der in den Fall mit Dr. Krebs verwickelt war, und hing in der Warteschleife.

Pippa schwang sich kraftvoll auf meinen Schreibtisch, sodass es ein lautes *Rums!-Geräusch* gab.

«Hören Sie?» Die Krankenschwester am anderen Ende des Telefons klang genervt. «Wenn Sie nicht zur Familie gehören, kann ich Ihnen leider keine Auskunft über den Zustand des Patienten geben.»

Ich stöhnte leise auf. «Ich kenne die Gesetzeslage, glauben

Sie mir. Ich erfahre es über den gegnerischen Anwalt doch ohnehin, aber so würde sich die Lage einfach schneller klären, was ganz bestimmt im Sinne des Patienten ist.»

«Tut mir leid», antwortete die Krankenschwester im ruppigen Ton, «aber hier sind Sie falsch!»

Ohne ein weiteres Wort legte sie auf.

«Na toll!», schimpfte ich. «Blöde Kuh!»

Pippa zog die Augenbrauen hoch. «Ui! Ich dachte, Schimpfwörter sind bei dir tabu?»

«Ach, in diesem Fall kann ich nicht anders. Jedes Mal veranstalten die so ein Affentheater. Der ganze Fall stagniert seit Ewigkeiten, weil der Informationsfluss grundlos blockiert wird!»

«Was ist das denn für ein Patient?», forschte Pippa weiter nach. «Ich hoffe doch, du hast ihn nicht eigenhändig ins Krankenhaus gebracht?»

«Ein Klient von mir hat ihn angefahren», erklärte ich.

«Und du willst wissen, wie es ihm geht, damit du an dem Fall weiterarbeiten kannst?»

«Genau.»

Pippa rutschte vom Schreibtisch und zog mich aus dem Stuhl. «Fahren wir!»

«Wohin?»

«Na, die einfachste Art herauszufinden, wie es ihm geht, ist, hinzufahren.»

«Aber wir können doch nicht einfach eine fremde Person ohne Ankündigung und zudem ohne jede Grundlage –»

«Natürlich können wir», unterbrach Pippa mich. «Du hast doch seinen Namen, oder?»

Ich nickte. «Ivar Leonard.»

«Das ist doch schon mal eine sehr gute *Grundlage*. Außerdem ist es anständig, Leuten im Krankenhaus einen Besuch abzustatten. Erst recht, wenn man vorhat, sie zu verklagen.»

Ich staunte über Pippas ebenso einfache wie klare Ansicht. Sie schien wie von einem moralischen Kompass geleitet zu sein.

Es war immer wieder überraschend, die Welt mit Pippas Augen zu betrachten. Sie war völlig frei von irgendwelchen Filtern oder Normen, die für die meisten Menschen galten. Sie wollte etwas tun und tat es, ohne über weitere Konsequenzen nachzudenken.

«Wir müssen dann nur noch kurz am Blumenladen halten.» Pippa wippte in ihren Chucks. «Blumen machen nämlich alles besser.»

«Es ist ein Mann», erwiderte ich zweifelnd.

«Meinst du, Männer mögen keine Blumen?»

Ich hob die Schultern. «Ich denke, sie machen sich nichts daraus. Außerdem ist das eine alberne Idee.»

«Sie ist nur albern, wenn du sie so siehst», sagte Pippa und schob mich aus dem Büro. «Welches Krankenhaus?»

✿

Ich kam mir wirklich mehr als nur albern vor, mit einem riesigen Strauß Sonnenblumen im St.-Marien-Hospital aufzuschlagen, um jemanden zu besuchen, den ich nicht kannte. Obendrein vertrat ich die gegnerische Position und hatte doppelt Grund, nicht hier zu sein.

Pippa ignorierte meine Bedenken und mogelte uns am Schwesternzimmer vorbei, nachdem wir am Eingang erfragt hatten, wo Ivar Leonard lag.

«Hier: Zimmer 603b.» Pippa war stehen geblieben und tippte auf das Plastikschild an einer Tür. «Da sind wir.»

«Ich kann das nicht», erklärte ich und hielt Pippa den Strauß hin. Doch sie machte keine Anstalten, ihn entgegenzunehmen.

«Das ist eine hirnverbrannte Idee. Und ganz und gar unprofessionell. Am Ende kostet es mich noch Kopf und Kragen! Ich sollte nicht hier sein. Lass uns gehen.»

Ich machte auf dem Absatz kehrt, aber Pippa blieb stehen.

«Feige!»

Ich drehte mich um. «Was?»

«Du bist feige», wiederholte sie.

«Du spinnst», antwortete ich. «Das hat damit nichts zu tun.»

«Doch, hat es.»

«Hat es nicht.»

«Doch.»

«Nein.»

«Doch.»

Ich seufzte. «Das ist albern.»

«Du bist albern.»

«Es ist unprofessionell, Pippa!»

«Und feige!»

«Wieso denn feige?»

«Weil du gar nicht wissen willst, wer Schuld hat.»

«Weil es mich nicht interessiert. Ich vertrete eine der beiden Parteien vor Gericht, und nur deren Sicht ist für mich von Belang. Nichts weiter.»

«Du hast Angst!»

«Wovor sollte ich bitte Angst haben?» Langsam wurde ich wütend. Was fiel Pippa ein?

«Du hast Angst, herauszufinden, dass du für die falsche Seite kämpfst.»

Ich lachte bitter auf. «So ein Schwachsinn! Es hat mich nicht zu interessieren, wer Schuld hat. Und es interessiert mich auch nicht.»

«Solange du es nicht weißt ...»

«Aber ich WILL es gar nicht wissen!»

«Genau!» Pippa stand jetzt mit ausgebreiteten Armen vor mir und erinnerte mich an einen Ranger, der Philip und mir bei einem Alaska-Trip mal erklärt hatte, dass wir uns im Falle eines Zusammentreffens mit einem Bären so groß wie möglich machen und die Arme weit wedelnd ausstrecken sollten.

«Du WILLST es nicht wissen, damit du kein schlechtes Gewissen haben musst.»

Jetzt reichte es mir. Ich stemmte meine Arme in die Hüften und erhob meinen Ton. «Was fällt dir ein, über mich oder meinen Beruf zu urteilen? Du verstehst absolut nichts von meiner Arbeit! Du bist ja noch nicht mal in der Lage ...» Ich stockte.

«Was? Ich bin nicht mal in der Lage, einen vernünftigen Job an Land zu ziehen? Meinetwegen! Aber weißt du was? Ich kann Recht von Unrecht unterscheiden. Das kann eigentlich jeder. Selbst Kinder können es! Aber du, du hast Angst davor. Darum willst du da nicht reingehen! Du hast Angst davor, zu erkennen, dass du deinen Job nicht leiden kannst. Das ist der einzige erklärbare Grund dafür, warum es dich einen Scheiß interessiert, ob du für die richtige Seite kämpfst!»

«Es gibt keine richtige Seite», entgegnete ich so aufgebracht, dass ich nach Luft schnappte. «Recht hat immer was mit Perspektive zu tun, nichts weiter.»

«So ein ausgemachter Schwachsinn!»

«Recht haben und recht bekommen sind außerdem zwei grundlegend verschiedene Dinge.» Ich holte noch einmal tief Luft. «Von denen du nicht das Geringste weißt!»

Pippa zuckte mit den Schultern. Dann deutete sie zur Tür und sah mich fragend an.

«Nein, ich gehe da nicht rein. Das ist eine vollkommen sinnlose und überflüssige Idee gewesen. Ich hätte mich gar nicht erst dazu hinreißen lassen sollen.»

«Dann gehe ich eben alleine», erwiderte Pippa scharf, nahm mir den Strauß aus der Hand und hämmerte mit der Faust gegen die Tür.

Nein! Die Vorstellung, Pippa mit der Gegenpartei alleine zu lassen, war noch schlimmer als der Gedanke, mich mit dem Auftritt lächerlich zu machen. Aber noch bevor ich einen weiteren Gedanken fassen konnte, hatte Pippa die Tür bereits geöffnet und war eingetreten.

Mir blieb keine andere Wahl, als ihr zu folgen.

«Hallo!», begrüßte Pippa freudestrahlend die Runde der vier Männer, die in eng beieinanderstehenden Betten lagen.

«Hallo», kam es mehr oder weniger gleichgültig zurück, schließlich kannte uns keiner von ihnen.

Einer der Männer lag mit Gipsbein auf dem Bett, ein anderer trug einen Verband um den Fuß. Ein weiterer hatte einen Verband um den Kopf gewickelt, der wie ein kleiner Turban wirkte. Dann fiel mein Blick auf einen etwas jüngeren Mann, der mit seinem sommersprossigen Gesicht und den roten Haaren fast noch aussah wie ein Junge. Er hatte beide Beine sowie den rechten Arm im Gips, was ihm etwas Mumienhaftes verlieh.

Pippa schloss hinter uns die Tür. «Ivar?», fragte sie in die Runde.

«Ja?» Es war die Mumie.

«Oh, hallo!» Sie stürzte auf den Jungen zu, der augenblicklich zusammenzuckte, und hielt ihm den Blumenstrauß entgegen. Leider stand sie aber auf der armbegipsten Seite, sodass Ivar den Strauß nur mit einer schmerzvollen Drehung hätte entgegennehmen können.

«Sorry, ich lege ihn mal hierhin. Mannomann, das sieht ja heftig aus!» Dann deutete sie auf ihren eigenen Verband. «Kann mir vorstellen, wie scheiße es dir geht!»

Schnell schob ich mich vor. «Entschuldigen Sie die Störung. Mein Name ist Sarah Bender. Und das ist meine ...» Ich sah an Pippa herunter, die in der klinikweißen Umgebung mit ihren pinken Schuhen, der Leoprint-Jeggins und ihrem wie immer tief dekolletierten Oberteil wirkte wie eine explodierte Farbbombe. «Das ist meine Assistentin, Pippa.»

Gleichzeitig streckten wir Ivar Leonard unsere Hände über die Bettdecke entgegen.

Der junge Mann schien ein wenig überfordert zu sein, denn er zögerte erst, bis er uns seine Hand auf der anderen Seite des Bettes entgegenhielt.

Pippa griff sofort danach und schüttelte sie so stark, dass Ivar in seinem Bett leicht auf und ab wippte.

«Oh, sorry!»

«Wart ihr das mit dem Lärm gerade eben vor der Tür?»

Pippa verzog das Gesicht. «Was für ein Lärm? Ach, du meinst bestimmt den flotten Opi, der aus der Narkose aufgewacht ist und vergessen hat, dass er der Krankenschwester heute schon einen Klaps auf den Hintern gegeben hatte. Ich schwör euch, sie war kurz davor, ihn gleich wieder still zu legen!»

Pippa lachte über ihren eigenen Witz, und die Männer lachten mit.

Kerle! Ich fand das Ganze überhaupt nicht witzig.

«Narkose-Demenz heißt das, hab ich mal gehört», sagte sie. «Hat wohl jeder!» Pippa hatte leichtes Spiel.

Ich räusperte mich. «Also, ich bin hier im Fall von Dr. –»

«Wir wollten mal nach dir sehen», unterbrach Pippa mich. «Ich darf dich doch sicher duzen, oder? Immerhin bin ich bestimmt älter als du. Unwesentlich älter zwar, das muss man dazu sagen, aber immerhin!»

Ivars Gesicht hellte sich auf. «Klar. Auch wenn ich immer noch nicht weiß, wer Sie sind.»

«Aber Damenbesuch hamma imma jern!», meldete sich der Fußverband.

Und der Turbanmann nickte eifrig, schimpfte aber sogleich: «Aua!» Dann nickte er weiter.

«Ich habe auch nichts gegen einen Raum voller Kerle, die nicht wegrennen können», kokettierte Pippa und sah zwinkernd in die invalide Runde.

Ich konnte nicht fassen, dass sie es schaffte, mit vier Männern gleichzeitig zu flirten, ohne dass sich jemand daran störte. Im Gegenteil – alle vier grinsten bis über beide Ohren.

«Also, Ivar», sagte Pippa, «da ist diese schlimme Sache mit deinem Unfall. Dafür wollten wir uns entschuldigen.»

«Bitte?!» Ich traute meinen Ohren nicht.

«Das ist nett», sagte Ivar, «danke. Es geht schon ein bisschen besser. Die Ärzte meinen, in ein oder zwei Wochen kann ich hier raus. Dann ein bisschen Reha, und im Herbst bin ich wieder voll auf dem Damm.»

«Das klingt gut.» Pippa legte ihren Arm auf seinen Gips.

«Tja, meine ...» Sie deutete auf mich und überlegte kurz, als suche sie nach den richtigen Worten. «... Chefin hier betreut den Unfall sozusagen. Also, rechtlich gesehen. Und sie wollte sich ihre eigene Meinung bilden, bevor sie darüber urteilt.»

Ich fasste es nicht. Pippa ließ mich wie eine Amateurin dastehen!

«Nein, nein, es ist so», begann ich, stockte aber.

Ja, wie war es denn? Es gab eigentlich keinen zwingenden Grund dafür, warum ich hier war und vor dem Bett eines schmächtigen, rothaarigen, sommersprossigen Jungen stand, der Pippa mit dem verklärten Blick eines Glückskindes ansah, das gerade Besuch aus dem 80C-Körbchen-Paradies erhalten hatte.

Ivar nickte. «Also, mein Anwalt meinte, der Autofahrer ist ein richtig fieser Brocken. Der würde niemals zugeben, dass er bei Rot über die Ampel gefahren ist. Wissen Sie, ich bin noch nie bei Rot drüber. Mein Vater, er ist Polizist, wissen Sie? Na ja, er *war* Polizist. Und er hat es uns immer und immer wieder eingebläut: Bei Rot bleibst du stehn, bei Grün darfst du gehn! Sie kennen doch bestimmt dieses nervige Kinderlied ... Aber ein Gutes hatte es: Ich halte mich immer an die Regeln.»

Ich spürte, wie sich in meinem Hals ein Kloß bildete. Selbst Pippa sagte zur Abwechslung mal nichts.

«Ich mochte das Lied auch nie», flüsterte ich, und Pippa sah mich wissend an.

12. Kapitel

Auf dem Rückweg vom Krankenhaus sprachen Pippa und ich kaum ein Wort. Es gab auch nicht viel zu sagen. Trotzdem hing alles, was wir hätten sagen können, unausgesprochen über uns wie eine wattige Nebelwolke.

Der Besuch bei Ivar war spontan gewesen, wie so ziemlich alles, was Pippa sagte oder tat. Ich war mitgegangen, obwohl ich wusste, dass es sich nicht gehörte. Und das, was ich im Krankenzimmer 603b erlebt hatte, war von außen betrachtet vielleicht nichts Weltbewegendes gewesen. Ein Junge hatte etwas von seinem Unfall erzählt, von Ampeln und von seinem Vater, der ihm die Verkehrsregeln mit einem Rolf-Zuckowski-Lied beigebracht hatte. Es waren nichts als ein paar Erinnerungen.

Aber für mich bedeutete dieser Besuch mehr. Vielleicht hatte ich geahnt, dass, wenn ich diese eine Tür zum Krankenzimmer öffnete, sich mit dem Betreten des Raumes alles ändern würde. Es ist eine Sache, etwas zu *ahnen*, und eine andere, etwas zu *wissen*. Das Ungeklärte gibt uns die Chance, auszublenden, was wir nicht sehen wollen. Erst wenn es Gewissheit wird, existiert es.

Es war mir zwar nie wirklich egal gewesen, ob ich Schuldige oder Unschuldige vertrat. Aber ich *wollte* es nicht wissen. Denn mit dem Wissen, etwas Falsches zu tun, kann niemand den Beruf eines Anwaltes ausüben. Es ist eine Art Voraussetzung, dass man an die Seite glaubt, die man vertritt. Egal, wie die Wahrheit aussieht – wenn so etwas wie Wahrheit überhaupt existiert. Ich wollte gut sein in dem, was ich tat. Und das war ich, denn ich hatte eine Methode gefunden, mich von allem frei zu machen, was mich aufhalten könnte.

Doch als ich eben das Zimmer betreten hatte, hatte sich etwas verändert. Das, was ich nicht wissen wollte, saß in der Gestalt eines Jungen vor mir im Bett und erzählte von einem Kinderlied, mit dem auch ich groß geworden war. In dem Moment hatte sich etwas verändert. Die Tür, die ich immer mit Bedacht verschlossen gehalten hatte, war geöffnet worden.

«Bist du jetzt sauer auf mich?», fragte Pippa. «Ich meine, ich hab allmählich das Gefühl, jedes Mal, wenn wir uns treffen, vermassel ich irgendwas. Langsam komm ich mir ganz schön blöd vor.»

Ich seufzte. «So oft wie du dich bei mir schon entschuldigt hast, sollte man meinen, wir kennen uns schon länger.»

Pippa kramte in ihrer Handtasche aus braunem Wildleder, an der unzählige Fransen baumelten und die ich erst jetzt wahrnahm. Sie erinnerte mich an eine dieser Cowboyjacken, die die Marlboro-Männer immer trugen.

«Willst du eine?» Sie zog eine verbeulte Packung Zigaretten heraus.

«Ich dachte, du rauchst nicht?»

«Ich rauche nicht.»

«Ich auch nicht.»

«Eben.» Sie sah mich verschmitzt an. «Feuer?»

«Ja.»

Stumm zogen wir an unseren Zigaretten. Es war das erste Mal, dass ich in meinem Auto rauchte. Überhaupt hatte ich das letzte Mal an einer Zigarette gezogen, als ich noch an der Uni war. Und da hatte ich nur gepafft.

«Wieso hast du Zigaretten dabei, wenn du nicht rauchst?», fragte ich Pippa nach einer Weile.

Sie hob die Schultern. «Ich dachte mir, eines Tages fange ich wohl damit an.»

«Und heute ist dieser Tag?»

«Nein, ich glaube, heute noch nicht.» Pippa ließ das Fenster herunter und flippte den Zigarettenstummel hinaus. «Ich hatte mir immer einen Tag vorgestellt, der so unwiderruflich grauenhaft ist, dass man sich nur mit Zigaretten und Alkohol trösten könnte. Irgendein lauter Tag voller Getöse, Rumgebrülle oder so. Wie in diesen Filmen, wenn die Leute sich dann mit verheulten Augen vorne auf die Autohaube setzen und aus der Flasche trinken und eine nach der anderen rauchen, während sie bei einem dramatischen Sonnenuntergang auf die Stadt herunterblicken. Weil etwas passiert ist, das ihr Leben verändert hat. Irgendwie so was in der Art.»

«Wir kommen gerade aus dem Krankenhaus und fahren am helllichten Tag auf der Autobahn zu einem Konditor, um eine Hochzeitstorte auszusuchen. Da fehlen einige Details aus deiner Beschreibung», erklärte ich amüsiert.

«Da hast du recht», antwortete Pippa. «Aber das entscheidende Detail stimmt.»

«Welches?», fragte ich, ohne meinen Blick von der Straße abzuwenden.

«Ich glaube, es hat was mit Perspektive zu tun.»

✿

Als wir bei dem Konditor ankamen, von dem ich schon einiges in der Lokalpresse gelesen hatte, war es bereits kurz nach sechs. Der helle Laden, dessen zahlreiche Fenster mit weißen, verschnörkelten Überdächern ausgestattet waren, hatte immer noch geöffnet und wirkte alles andere als leer. Eine regelrechte Menschentraube hatte sich vor, neben und im Eingangsbereich gebildet.

«Ich habe das Gefühl, Heiraten ist der neue heiße Shit», sagte Pippa glucksend. «Hier will anscheinend jeder im Umkreis von 100 Kilometern seine Hochzeitstorte bestellen!»

«Das liegt wahrscheinlich an dem Artikel im *Stadtanzeiger*», antwortete ich, während wir uns durch die Masse schoben. Tatsächlich waren so gut wie nur händchenhaltende Pärchen zu sehen.

Einerseits war ich erleichtert, Philip nicht mit hierhergeschleppt zu haben, denn er hasste nichts mehr als Menschenaufläufe. Aus diesem Grund verzichteten wir auch jedes Jahr auf den Besuch eines Weihnachtsmarktes, obwohl ich diese besondere, feierliche Stimmung in der kalten Jahreszeit immer gemocht hatte.

Anderseits musste ich beim Anblick der ganzen Pärchen um mich herum schlucken. Seltsam überdreht und entzückt begutachteten sie in ihrem Hochzeitsrausch alles mit einem Strahlen, als stünden vor ihnen keine Marzipanattrappen, sondern Goldbarren zum Mitnehmen.

Ab und zu entdeckte ich ein Mutter-und-Tochter-Gespann. Das konnte man wunderbar daran erkennen, dass sich die jeweils jüngere Twinset-Ausgabe in Pastell bei der Älteren in Weiß- oder Beige-Tönen beschwerte, dieses oder jenes Detail an den ausgestellten Torten sei wahlweise zu kitschig oder zu nüchtern.

Einen Moment tauchte Liz in ihrer ockerfarbenen Kaschmirjacke vor meinem geistigen Auge auf, und ich musste mich unwillkürlich schütteln.

Im Eingangsbereich staute es sich besonders, aber Pippa baute uns einen Tunnel durch die Menschenmenge, sodass ich freie Bahn bis zur Kuchentheke hatte. Natürlich ging das nicht ohne den einen oder anderen bösen Drängel-Kommentar vonstatten, den Pippa geflissentlich ignorierte. Vordrängeln gehörte noch nie zu meinem Habitus. Aber Pippa davon abzuhalten, hielt ich auch für keine gute Idee, wenn wir nicht bis morgen früh hier stehen wollten. Es tat tatsächlich gut, mal auf der Welle ihrer unkonventionellen Vorgehensweise mitzureiten.

In der speziellen Theke, die fast vom Boden bis in Stirnhöhe verglast war, taten sich wahre Kunstwerke auf: Torten in Kissen-Optik, mehrstöckige Kunstwerke mit Blumen aller Arten und Rosa-Töne, so weit das Auge reichte, aber auch grelle Bonbonfarben und sogar edle, schwarz lackierte Rocker-Torten mit Klaviertasten darauf.

Meine Augen suchten etwas Schlichtes, das nicht zu kitschig war, damit Philip nicht automatisch jeder Bissen im Hals stecken blieb.

«Was hältst du von der hier, Pippa?», fragte ich und zeigte auf eine der Torten im Shabby Chic. «Nur ohne Krönchen und den ganzen Klimbim hier oben, ganz schlicht. Vielleicht mit einer weißen Schleife?»

Da ich keine Antwort erhielt, sah ich mich um. Gerade eben hatte Pippa noch neben mir gestanden, aber jetzt war keine Spur mehr von ihr. Ich stellte mich in meinen Pumps auf die Zehenspitzen, doch selbst mit dem Blick über die wuselnden und aufgeregt tuschelnden Köpfe um mich herum konnte ich Pippa nicht entdecken.

«Pippa?», rief ich. Wohl etwas zu leise, denn es gab immer noch keine Reaktion. «Pippa!»

Das darf doch nicht wahr sein, dachte ich, jetzt muss ich ihr noch hinterherlaufen wie einem kleinen Kind.

Vielleicht hatte sie irgendwo eine Kostproben-Ecke entdeckt und war dort hängengeblieben. Oder sie kreierte gerade selbst eine Hippie-Torte – zuzutrauen war ihr ja meiner Erfahrung nach alles.

«Pippa!», rief ich noch mal und sah mich erneut um.

«Haben Sie Ihre kleine Tochter verloren?», sprach mich eine ergraute Mittsiebzigerin von der Seite an. Ihre Haare glänzten fast silbrig mit einem leichten Lila-Schimmer darin.

«Nichts ist schlimmer, als sein Kind in einem Gewusel zu verlieren, glauben Sie mir, ich weiß, wie das ist. Ich sehe an Ihrem Gesicht, dass Sie vor Sorge beinahe umkommen. Warten Sie, ich helfe Ihnen. Sagen Sie mir, wie sie aussieht, dann finden wir sie!»

«Dreadlocks, hautenge Leopardenprint-Jeggins, pinke Turnschuhe und ein ziemlich freimütiges Dekolleté», antwortete ich wie aus der Pistole geschossen.

«Ja, ja, die Pubertät. Eine schlimme Phase. Da verlässt der gute Geschmack ein jedes Mädchen», kommentierte die alte Dame meine Ausführungen und begann meine Hand zu tätscheln. «Aber nach ein paar Jahren Rebellion legt sich das wieder. Dann will sie exakt aussehen wie Sie!»

Strahlend sah sie mich an.

«Ich fürchte nicht», antwortete ich seufzend.

«Warten Sie's ab», prophezeite sie. «Am Ende ist die Tochter wie eine beste Freundin. Und jeder will schließlich aussehen wie seine beste Freundin.»

Ich musste schmunzeln. «Ich danke Ihnen, aber ich glaube,

ich suche sie schon selber. Sie ist wahrscheinlich rausgegangen, weil es ihr hier zu voll ist. Oder weil sie eine rauchen will.»

«Oh, oh!», erwiderte die alte Dame. «Hört sich so an, als würden die Jungs auch nicht mehr weit sein.» Sie zwinkerte mir verschwörerisch zu.

«Ich denke, die Jungs stehen bei ihr schon vor der Tür.» Ich winkte der Dame zu, bevor ich mich zurück zum Ausgang quetschte.

Wo in Gottes Namen war Pippa?

✿

Zwanzig Minuten später hatte ich Pippa immer noch nicht gefunden. Sie war weder am Auto noch sonst wo auf dem Parkplatz und auch nicht auf der Rückseite des Gebäudes.

Ich gab die Suche auf und ging zurück zum Laden. Wenn ich überhaupt noch eine minimale Chance hatte, einen Termin für ein Torten-Probeessen auszumachen, dann müsste ich sie schnellstens nutzen.

Mittlerweile hatte der Laden sich ein wenig geleert, weil die meisten sicherlich ihren wohlverdienten Feierabend ansteuerten. Auch ich spürte allmählich ein Grummeln in der Magengegend. Ich würde Philip und mir etwas Asiatisches im Wok machen. Das war gesund und ging schnell, denn selbst wenn ich pünktlich um zwanzig Uhr hier loskam, würden wir nicht vor einundzwanzig Uhr essen.

Wenig später vereinbarte ich einen Termin zum Testen der pastelligen Kissentorte, einem dreistöckigen Fliedertraum in Weiß und einer schlichten zweistöckigen Variation, die ich mir mit einer Schleife ganz wunderbar vorstellen konnte.

Pippa war immer noch nicht wieder aufgetaucht. Ich checkte mein Handy. Aber sie hatte sich nicht gemeldet, und als ich sie anrief, ging sie nicht ran. Es war mir unerklärlich, wo sie sein könnte und warum sie mir nicht Bescheid gesagt hatte.

Auf dem Weg zum Auto telefonierte ich mit Philip und berichtete ihm von den Tortenträumen aus Marzipan.

«Bin ich froh, dass du mich da nicht reingezerrt hast», erklärte er erleichtert, «du weißt, wie sehr ich Menschenmassen hasse.»

«Natürlich», antwortete ich, «aber zum Probeessen kommst du doch mit, oder? Das wird mit Termin in einem extra Hinterraum gemacht, ganz nett mit Kaffee dazu.»

«Mh, wir schauen mal, ob sich das einrichten lässt.» Erleichtert atmete ich aus, weil er mir nicht sofort eine Absage erteilt hatte und eine reale Chance bestand, dass er mitkommen würde.

«Ich habe drei nicht so kitschige Torten ausgewählt, die wir auch noch weiter entkitschen können. Sie werden dir gefallen, glaub mir.»

«Natürlich werden sie das», antwortete Philip, «denn du hast sie schließlich ausgesucht. Und mir gefällt alles, was dir gefällt, mein Schatz. Weil du eben einen untrüglichen Geschmack hast!»

Ich musste lachen.

«Mit einer Ausnahme», fügte er hinzu.

Ich wusste sofort, worauf er abzielte.

«Apropos Pippa ...» Ich öffnete die Autotür, warf meine Tasche auf den Beifahrersitz, ließ mich in den Sitz fallen und zog die Tür wieder zu. «Sie ist weg.»

«Weg?»

«Ja, vorhin war sie noch da, dann war sie auf einmal spurlos verschwunden. Ganz ohne Ankündigung, wirklich seltsam. Ich habe überall nach ihr gesucht, aber es ist fast so, als hätte sie sich in Luft aufgelöst. Ans Telefon geht sie auch nicht. Keine Nachricht von ihr, nichts.» Mir fiel die Enttäuschung auf, die in meiner Stimme mitschwang.

«Das klingt doch gut», scherzte Philip, aber ich wusste, dass seine Ironie nur Tarnung war. «Es ist einfach an der Zeit, dieses Kapitel zu schließen. Ihr passt nicht zusammen, heute nicht und nicht in hundert Jahren. Diese Frau ist - wie Liz schon richtig erkannt hat - eine lebende Farce. Vielleicht ist ihr in dem Laden ja ein Licht aufgegangen, und sie hat gemerkt, dass sie nicht in unsere Welt passt, und sich deswegen aus dem Staub gemacht. Das würde dann endlich mal für sie sprechen.»

Philips' Worte klangen bitter und hinterließen ein schales Gefühl. Aber vielleicht hatte er recht, und Pippa war in dem rosachangierenden Marzipanmeer klargeworden, dass sie gar nicht dort sein wollte?

«Mmh ... vielleicht», murmelte ich. «Ich bin jedenfalls gleich zu Hause und -»

«Ich komme übrigens etwas später», unterbrach Philip meine Überlegungen. «Ich habe noch einen Außentermin. Koch doch schon mal was Leckeres, dann machen wir zwei es uns nachher noch richtig schön, ja?»

«Sicher, ich hatte an Gemüse im Wok gedacht.»

«Wok klingt perfekt. Und mach dir keine unnötigen Gedanken wegen dieser Verrückten. Sie wird ihre Gründe haben. Das war von Anfang an ein Selbstmordkommando.» Dann fügte er noch hinzu: «Liz wird sich freuen, wenn sie dir ab jetzt helfen kann. Du glaubst gar nicht, wie sehr sie das belastet. Ich werde sie gleich anrufen!»

«Warte doch noch ein paar Tage, ja?», schob ich ein. Der Gedanke, mit Liz einen Brautmodenladen zu betreten, schnürte mir nicht nur die Kehle zu. Es fühlte sich auch sofort an wie ein unsichtbares Korsett, dass mir die Taille so fest abschnürte, dass ich kaum Luft bekam.

«Meinetwegen. Aber glaub mir, es ist gut so, dass sie weg ist. Du warst in letzter Zeit so seltsam ... entrückt. Sie hatte nun wirklich keinen guten Einfluss auf dich.»

Ich dachte an unseren Ausflug ins Krankenhaus und an Ivar, dessen Geschichte von seinem Vater mich nicht mehr losließ. In den nächsten Tagen wollte ich noch einmal mit Dr. Krebs sprechen, um alle Möglichkeiten zu überprüfen. Vielleicht hatte er sich geirrt, und ihm fiel wieder ein, dass er über Rot gefahren war. Ich musste es einfach versuchen. Es war eine neue, fast irritierende Empfindung, aber ich fühlte mich Ivar gegenüber seltsam verpflichtet.

«Ja, so ist es wohl», seufzte ich. «Niemand verschwindet einfach so, es sei denn, er wird entführt.»

«Und das können wir wohl ausschließen», lachte Philip am anderen Ende der Leitung. «Jeder würde Pippa spätestens nach einer halben Stunde wieder abgeben. Selbst hartgesottene Gangster halten so eine Verrückte nicht lange aus!»

«Saaa-raaah!» Ohne Vorankündigung wurde plötzlich die Beifahrertür aufgerissen. «Fahr los! Fahr los!», brüllte Pippa mich keuchend an und schmiss sich auf den Sitz.

«Was ist das?», fragte Philip. «Sarah?»

«Looos!!! Fahr!!!»

Pippas Stimme machte es mir unmöglich, an der Dringlichkeit der Situation zu zweifeln. Ohne ein weiteres Wort ließ ich mein Handy in den Schoß fallen und startete den Wagen.

13. Kapitel

Wo warst du?», brüllte ich Pippa an, während ich auf die Hauptstraße bog. Ich wusste nicht, warum ich brüllte, es war wohl eine Art Reflex, denn Pippa hatte mich in der gleichen Lautstärke dazu bewegt, soeben das Gelände der Konditorei wie eine Bankräuberin auf der Flucht zu verlassen.

Pippa hatte ihren Kopf auf die Kopfstütze gelegt und hielt die Augen geschlossen. Noch immer bebte ihr Brustkorb heftig, ihr Mund stand offen, als würde sie sogleich mit einer Erklärung beginnen. Aber sie sagte kein Wort.

«Pippa, verdammt noch mal. Wo warst du? Was ist los? Wieso mussten wir jetzt so schnell weg? Du bist mir eine Erklärung schuldig!»

Langsam öffnete sie die Augen, so, als müsse sie sich dazu überwinden, in die Realität zurückzukehren.

«Es war ... es war so ... also, da war ...»

«Ja?»

«Also, ich habe jemanden getroffen, den ich nicht treffen wollte.»

«Wen?»

«Das ist eine lange Geschichte.»

«Erzähl sie mir!»

«Er ist ... na ja, wir hatten da mal ...» Pippa stockte immer wieder, und ich verlor langsam die Geduld.

«Einen Exfreund?», versuchte ich die Sache zu beschleunigen.

«Ja, genau! Ein Exfreund!» Pippa klang fast erleichtert, sie sprach wirklich nicht gerne über ihre Männergeschichten.

«Aber das ist doch noch lange kein Grund, plötzlich so abzutauchen. Du hättest mir doch was sagen können, ein Zeichen geben, irgendwas! Ich meine, ich stand auf einmal alleine da. Du warst spurlos verschwunden! Philip meinte, du hättest die Nase voll von ...» Mir fiel nichts Passendes ein. «Na, von dem ganzen Hochzeitsding. Und wärst deswegen abgehauen.»

«Ach Philip», stöhnte sie, «was weiß der schon!»

«Eine ganze Menge», verteidigte ich ihn automatisch.

Pippa legte ihre Hände auf die Brust. «Schon gut. Ich mein ja nur, dass er von mir eben nichts weiß.»

«*Du* bist diejenige, die immer so eine Geheimniskrämerei betreibt», sagte ich gereizt und nahm die Autobahnausfahrt.

«Sarah?», fragte Pippa ernst und drehte sich zu mir. «Ich muss dich etwas wirklich Wichtiges fragen.»

«Ja?»

«Ich weiß, es klingt bescheuert, aber ich habe da ja gerade meinen ... Exfreund getroffen. Und jetzt kann ich nicht nach Hause.»

«Warum? Stalkt er dich? Das können wir unterbinden! Nachstellende Handlungen sind tätliche Angriffe!»

«Nein, nein», winkte Pippa ab, «um Himmels willen keine Polizei. Es ist nicht so, wie du denkst. Er ist nur ... liebeskrank würde ich sagen. Nicht gefährlich. Ich bin wahrscheinlich auch ein bisschen selber schuld. Schließlich war ich nicht nur mit ihm im Bett.» Mit ihren großen Augen sah sie mich an. «Das hört sich jetzt vielleicht total dämlich an, aber ich wusste nicht, dass der Typ sein Vater war. Ach, ich –»

«Du hast mit Vater *und* Sohn geschlafen?» Ich starrte Pippa völlig entgeistert an.

«Konnte doch keiner wissen!», verteidigte sie sich. Dann sah sie mich wieder so eindringlich an. «Ich will einfach ein paar Tage nicht in die Werkstatt. Kann ich bei dir bleiben? Bitte!»

«Aber ... Du hast doch gar keine Sachen dabei», antwortete ich, wohl wissend, dass das nicht die Antwort war, die Pippa jetzt hören wollte. Geschweige denn, dass sie es als Argument gelten lassen würde. Aber ich wollte mir noch einige Sekunden Zeit verschaffen, um darüber nachzudenken. Pippa und Philip – das würde nicht gut gehen, das stand außer Frage. Außerdem hatten wir am morgigen Freitag die Fischers, Geschäftsfreunde von Philip, zum Dinner eingeladen. Am Wochenende wollte Philip außerdem mal wieder mit mir Segeln gehen.

«Bitte!» Ihre Rehaugen sahen mich fast flehend an. «Nur ein paar Tage! Du wirst gar nicht bemerken, dass ich da bin. Ich mache mich ganz dünn! XS-dünn! Quasi unsichtbar!»

Ich schmunzelte. «Pippa, du bist alles andere als unsichtbar. Du bist das Gegenteil von unsichtbar, egal was du tust. Außer du rennst in einer Konditorei vor einem Exfreund weg.»

Pippa kreuzte Mittel- und Zeigefinger. «Na gut, ich verspreche hoch und heilig, dass ich mich benehmen werde. Ich werde mucksmäuschenstill sein. Wie eine Grille in einer Sommernacht, zehn Kilometer entfernt.»

«Hundert Kilometer», verbesserte ich.

«Gut, hundert Kilometer.»

«In einer Winternacht», ergänzte ich.

«Im Winter gibt es doch gar keine Grillen!»

«Ebendrum.»

«Also, dann bin ich eben so still wie eine tote Grille in einer Winternacht, hundert Kilometer von hier entfernt.»

«Klingt wunderbar.»

«Das heißt, ich kann mit?»

Ich seufzte. Ich wusste nicht, was ich Philip sagen würde. Und ich wusste nicht, wie die nächsten Tage aussehen sollten. Nur eines wusste ich mit Sicherheit: Liz würde am Samstag mit Kaffee und Kuchen an unserem Esstisch sitzen und sich wieder vor Philip aufspielen, dass es mir eine Qual war.

«Okay», flüsterte ich.

«Ja? Heißt das ja?!»

«Jaaa», stöhnte ich.

Pippa fiel mir um den Hals. «Du bist die Beste!»

Ich runzelte die Stirn und setzte den Blinker. «Ich hab da so ein Gefühl, dass ich das noch bereuen werde.»

«Ach was, das wird richtig lustig! Eine echte Mädelszeit!»

«Wie viele Tage?»

«So, drei, fünf, siebzehn?»

«Siebzehn?!», fragte ich schockiert.

«Das war nur ein Scherz! Nur ein Sche-herz!»

Dann kam mir ein Gedanke. «Und was ist mit Igor und Castro?» Ich wunderte mich selbst, dass ich die Namen behalten hatte.

«Ach, Iglivigli ist Selbstversorger», erklärte Pippa leichtfertig. «Er weiß, wie er in der Werkstatt an sein Futter kommt. Einmal hat er einen ganzen Weihnachtsmann aus Schokolade verputzt. Und Castro wohnt ja gar nicht wirklich bei mir. Er ist ein Straßenkater und schaut nur alle paar Tage rein.»

«Das ist alles schon ziemlich schräg», sagte ich, als wir in unsere Straße einbogen. «Erzähl mir mal von deinem ominösen Exfreund.»

«Eigentlich möchte ich nicht so gerne über ihn reden», antwortete Pippa und sah aus dem Fenster. «Wie ich schon sagte, ich hab bei Männern nicht besonders großes Glück. Ist mir lieber, wenn ich nicht drüber nachdenken muss.»

«Hm, verstehe ich. Trotzdem schade. Ich hätte gern mehr über dich erfahren.»

«Über mich? Was willst du wissen?» Blitzartig kehrte das Lächeln zurück in ihr Gesicht. «Lieblingsfarbe: bunt. Lieblingsessen: Brötchen mit Schaumkuss drin. Und mit Butter bestrichen, natürlich. Lieblingsband: Supertramp. Hobbys: Schlammcatchen. Lieblings-»

«Schlammcatchen? Nie und nimmer! So was macht doch kein Mensch!»

«Und ob!», ereiferte sich Pippa. «Irgendwann nehme ich dich mal mit.» Dann deutete sie auf ihren verbundenen Arm. «Im Moment mache ich ’ne unfreiwillige Pause. Aber wenn das Ding ab ist, geht’s wieder los.»

Ich lachte laut auf. «So richtig mit echtem Schlamm? Im Bikini und so?»

«Klar! Echter Schlamm, echte Tittensuppe! Na ja, die Brüste sind nicht bei allen echt. Aber bei mir schon! Das ist wirklich lustig, glaub mir, nirgendwo sonst kann man sich so ausleben!»

«Ach, herrje», stöhnte ich lachend. «Einfach unglaublich!»

«Du wirst es glauben, wenn du es siehst», beschwor Pippa mich.

«Niemals!»

«Und ob!»

«Da kriegen mich keine zehn Pferde hin. Ich habe dir doch von meinem Schlammtrauma erzählt!»

«Es ist doch kein Trauma», winkte Pippa ab.

«Du weißt ja auch nicht alles», sagte ich mehr zu mir selbst als zu Pippa.

«Dann erzähl's mir!»

Mir war nicht nach einer traurigen Geschichte. «Ein andermal.»

«Auf jeden Fall krieg ich dich noch dazu, mal mitzukommen.»

«Niemals! Ich sagte doch, keine zehn Pferde und auch nicht hundert!» Pippas Beharrlichkeit amüsierte mich.

«Vielleicht reicht ja auch ein stures Pony», feixte sie.

«Da muss ich schon gefesselt und verschleppt werden, bevor ich eine Schlammcatching-Arena betrete!»

«Das lässt sich einrichten», antwortete Pippa, als wir laut lachend in unsere Garage fuhren.

✿

Philip stand entgeistert vor uns und sah erst Pippa, dann mich an.

«Nicht dein Ernst, oder?»

«Philip!»

«Sag, dass das nicht dein Ernst ist!»

«Sie bleibt nur ein paar Tage! Ein liebeskranker Ex verfolgt sie, deshalb kann Pippa jetzt auch tagsüber nicht zurück in die Werkstatt.»

«Dann erwirke eine Unterlassung, verklag ihn, was weiß ich. Aber sie muss deswegen doch nicht hier einziehen!»

«Sie zieht nicht hier ein. Es geht nur um ein paar Tage, mehr nicht.»

«Ähm», räusperte sich Pippa, «es ist irgendwie seltsam, wenn ihr über mich redet, als wäre ich nicht hier.»

«Du bist aber hier», sagte Philip und sah sie angestrengt an, «und das ist das Problem.»

«Ich will wirklich keinen Ärger», erwiderte Pippa, und es klang mehr wie eine Ansage denn wie eine Bitte.

Ich wandte mich ihr zu. «Du bekommst das Gästezimmer und ein paar Sachen von mir. Eine Jeans hast du ja schon, ich sag mal, pippafiziert.»

«Da hatte ich mich wohl zu früh gefreut, dass sie bis eben noch weg war», murmelte Philip deutlich hörbar und schenkte sich ein Glas Wein ein. Mir und Pippa bot er nichts an.

«Philip, bitte! Es wird doch wohl kein Problem sein, wenn Pippa hier ein paar Tage schläft. Das Gästezimmer steht ohnehin leer.»

«Es ist Wochenende, das heißt Familienzeit. Und Liz bleibt gerne samstags über Nacht, damit sie abends nicht noch nach Marienburg rausmuss. Das weißt du.»

Ich baute mich vor ihm auf. «Samstag ist Brautmodenmesse. Da kann ich Unterstützung sehr gut gebrauchen, wenn du schon nicht mitgehen willst.»

«Du weißt, wie sehr ich Menschenaufläufe verabscheue.»

«Eben. Und ich bin um jede Minute froh, die ich deine Mutter nicht ertragen muss!»

Ich biss mir auf die Lippen. Es war das erste Mal, dass ich so deutlich ausgesprochen hatte, was ich schon lange dachte. Aber ich bereute es sofort.

«Ach so siehst du das also?» Philip starrte mich an.

«Entschuldige bitte», sagte ich, «das habe ich nicht so gemeint. Es war nur ein bisschen viel ‹Liz› in letzter Zeit.»

Aus dem Augenwinkel registrierte ich, wie Pippa sich förmlich zusammenreißen musste, um nichts zu sagen, was Ärger geben könnte. Aber sie hatte ihr Versprechen augenscheinlich nicht vergessen.

«Du willst also, dass ich Liz absage?» Philip nahm einen großen Schluck aus dem Weinglas und sah mich enttäuscht an.

«Ihr Besuch am Samstag wird nicht am belegten Gästezimmer scheitern», lenkte ich ein. «Natürlich kommt sie.»

«Und *sie*?» Philip deutete mit dem Glas in der Hand auf Pippa.

«*Sie* bleibt», erklärte ich trotzig.

«Da haben wir's!»

«Was denn?»

«Sie hat einen schlechten Einfluss auf dich. Immer wenn sie in der Nähe ist, benimmst du dich anders. Ist das so eine Art Scheiß-Yoko-Ono-Effekt?»

Pippas unterdrücktes Grinsen drohte, sich seinen Weg in lautes Gelächter zu bahnen.

«Na, komm, Yoko Ono», forderte ich sie schnell auf, ohne mir den Seitenhieb verkneifen zu können. «Wir suchen dir ein paar Sachen raus.»

Pippa folgte mir, blieb dann aber stehen und drehte sich zu Philip um. «Keine Sorge, ich werde mich nicht zwischen euch ins Bett legen.»

Ohne eine Antwort abzuwarten, folgte sie mir nach oben.

Eine Zeitlang wartete ich auf das schlechte Gewissen Philip gegenüber, das sich sonst in solchen Situationen augenblicklich in der Magengegend breitmachte. Doch es kam nicht. Als ich Pippa das Bettzeug und einige Schlafsachen heraussuchte, spürte ich eine Art Vorfreude, die mir fast albern vorkam. Sie erinnerte mich an die Lust, mit der ich früher immer Geschichten über Freundinnen gelesen hatte, die gemeinsame Übernachtungspartys feierten. Vor Aufregung aßen sie gar nichts oder viel zu viel, witzelten die halbe Nacht herum und erzählten sich Geheimnisse, die nur für diesen Zweck erfunden schienen, und konnten am nächsten Morgen vor lauter Müdigkeit kaum stehen. Diese Erinnerung kam mir vor wie aus einem lang verstaubten Märchen.

Ich musste schlucken, während ich das Bettzeug langsam aus dem obersten Fach des Einbauschranks zog. Wahrscheinlich endeten diese Übernachtungen bei Freundinnen irgendwann, wie so viele Kindheitsrituale, die sich schleichend und unbemerkt aus dem Staub machen, wenn man erwachsen wird. Und dann, Jahre später, kann man sich nicht mal mehr erinnern, wann es eigentlich aufgehört hatte.

Aber ich konnte mich noch ganz genau an den Tag erinnern, der so vieles verändert hatte. Unwillkürlich schüttelte ich mich, als könne ich damit auch die ungute Erinnerung wegschütteln, und ging zu Pippa ins Gästezimmer.

«Und, ist er sehr sauer?», fragte sie und zwinkerte mir zu.

«Ach, das wird schon wieder. Irgendwie freu ich mich auf unsere gemeinsamen Tage. Morgen kommen übrigens Geschäftsfreunde von Philip. Und für Samstag hast du es ja schon gehört: Da hat sich Liz angekündigt.»

Pippa zog die Augenbrauen hoch. «Also einmal Tickets für *Im Auftrag des Teufels* und *Der Teufel trägt Kaschmir*, ja? Das wird sicher ganz großes Kino.»

Ich sah Pippa mahnend an. «Denk an die Grille.»

«In der Winternacht, ich weiß.»

«Ich kann mich darauf verlassen, dass am Ende der Woche kein Weltuntergang ansteht?»

«Aber natürlich», entgegnete sie und imitierte meine Lehrerinnen-Stimme: «Ich werde mich in jeder mir möglichen Weise zurückhalten.»

Dafür kassierte sie einen strengen Blick von mir, der aber in ein ungewolltes Lachen überging.

«Sehr gut», erklärte ich. «Dann werden wir morgen, wenn ich von der Arbeit wieder da bin, gemeinsam mit den Fischers essen. Und Samstag früh können wir uns auf der Brautmodenmesse einen Überblick verschaffen.»

«Yeah! Wir entern die Traumfabrik!» Pippa ließ sich rücklings auf das Boxspring-Bett fallen und verschränkte ihre Arme hinter dem Kopf. «Das wird puppenlustig!»

«Ich hoffe, es wird in erster Linie erfolgreich. Ich habe nicht vor, später noch unzählige Läden abzuklappern.»

«Du wirst traumhaft aussehen», schwärmte Pippa mit dem Blick zur Decke. «Eine echte Prinzessin. Ein wahrer Kleinmädchentraum!»

Dann drehte sie sich zu mir und stützte ihren Kopf auf den Arm. «Wie genau soll dein Kleid denn nun aussehen?»

Ich schloss die schwere, weiße Kassettentür zum Flur, ließ mich in den Lesesessel neben dem Bett fallen und legte meine Füße neben Pippa auf die Bettkante. «Das kann ich dir ganz genau erzählen ...»

14. Kapitel

Guten Abend.» Claire Fischer streckte Pippa ihre Hand entgegen. «Philip sagte schon, dass Sie da sind. Wir freuen uns, endlich einmal eine Freundin von Sarah kennenzulernen.»

«Im Grunde genommen ist sie ...», begann ich, aber Pippa antwortete im selben Moment.

«Guten Abend! Ich freue mich auch, Freunde von Sarah zu treffen.»

Sie stand gerade wie eine Eins neben mir. Es fehlte nur noch, dass sie einen Knicks machte. Ich hatte ihr einige Sachen von mir rausgelegt, von denen ich hoffte, dass Pippa sie nicht erst zu modifizieren brauchte, um sie tragen zu können.

«Ich habe uns zur Feier des Tages einen schönen Crémant aufgemacht», sagte Philip in die Runde und reichte jedem von uns ein Glas. Einzig Pippa sah er nicht an, als er ihr die Champagnerflöte hinhielt.

«Das ist so wunderbar, dass ihr heiratet», sagte Claire und legte ihre Hand auf die ihres Mannes. «Als Paul mir davon erzählt hat, war ich ganz berührt. Ihr passt so hervorragend zusammen, ihr beiden.»

«Das finden wir auch.» Philip zog mich an sich.

«Dann lasst uns auf die Brautleute anstoßen», sagte Paul und hielt sein Glas in die Runde. «Auf die perfekte Kombination von Schönheit und Intelligenz!»

Wir nahmen alle gleichzeitig einen Schluck.

«Das Essen ist fertig», erklärte ich und bat zu Tisch. «Ihr mögt doch sicher Dorade in Salzkruste?»

Während des Essens herrschte dann eine seltsam angespannte Stimmung am Tisch. Ich merkte, wie wenig Pippa in unsere Runde passte. Philip sprach wie immer über das Geschäft, während ich mit Claire ein wenig Smalltalk machte.

Irgendwann mischte sich Pippa in das Gespräch ein. «Was war eigentlich vorhin mit der perfekten Kombination von Schönheit und Intelligenz gemeint, Paul?», fragte sie, während sie die Salzreste von ihrem Fisch pulte.

«Na ja, das liegt doch auf der Hand», erwiderte Paul, der wie wir anderen seinen Fisch mit dem Fischbesteck zerteilte. «Sarah ist ein Augenschmaus, wenn ich das so sagen darf, meine Liebste.»

«Darfst du», antwortete ich geschmeichelt und holte mir mit einen kurzen Blick die Erlaubnis seiner Frau ein.

Wohlwollend lächelte sie mich an. «Und Philip ist ein kluger Kopf. Zusammen sind sie einfach das perfekte Paar.»

«Und ist nicht Sarah auch klug?», hakte Pippa nach.

«Aber natürlich ist sie das», bestätigte Claire.

«Und warum wird sie dann nur auf ihr Äußeres reduziert?»

«Aber das wird sie doch gar nicht», erklärte Paul. «Ich wollte ihr nur ein Kompliment machen.»

«Das war aber gar keins», sagte Pippa zu niemandem Bestimmten. «Das war eigentlich das Gegenteil davon.»

Ich holte tief Luft und zischte: «Grille!» Sicherheitshalber fügte ich noch hinzu: «Winternacht!»

Aber Philip hatte schon Feuer gefangen. «Es spricht ja nichts dagegen, dass Sarah wegen ihres Aussehens und ihres gepflegten

Auftretens Komplimente bekommt. Immerhin hat sie wenigstens Geschmack.»

«Geschmack ist eine Sache des Betrachters», erwiderte Pippa kauend. «Ich finde zum Beispiel deine silbrige Krawatte hier ziemlich scheußlich. Und auch die Tatsache, dass du sie zum Essen mit Freunden trägst. Aber das ist ja nicht wichtig, denn du bist ja intelligent. Das gleicht den schlechten Geschmack dann wieder aus.»

«Wie war denn euer Urlaub?», versuchte ich schnell das Thema zu wechseln und sah Claire flehend an.

«Oh! Ganz wunderbar. Du musst wissen, dass Cornwall eine Ecke ist, in die wir schon lange –»

«Ich denke nicht, dass eine Frau, die ihre unförmige Figur in unvorteilhafte Leggins mit Tierprints quetscht und dazu bunte Kinderschuhe trägt, ein Urteil über meinen Geschmack abgeben kann», erwiderte Philip bissig.

Pippa sah ihn widerborstig an. «Wie war das noch mal mit den Krawatten? Waren das phallusartige Penisverlängerungen oder nur Bestandteil von spießigem Etikette-Denken?»

Mir blieb fast ein Stück Fisch im Hals stecken, und auch Claire und Paul sahen jetzt überfordert in die Runde. Es war nun eindeutig klar, dass der Abend sich nicht mehr zum Besseren wenden würde.

«Von Etikette hast du offensichtlich keine Ahnung», gab Philip jetzt zurück und sah Pippa herausfordernd an. «Wohingegen das andere Thema sicherlich eingehend von dir beleuchtet wurde, nicht wahr? Ich schätze, in Phallus-Fragen haben wir sogar eine echte Expertin hier am Tisch.»

«Philip!»

Jetzt reichte es wirklich. Ich wusste nicht, wem ich von beiden am liebsten in den Nacken gesprungen wäre. Das Gespräch nahm genau den Verlauf, vor dem ich mich gefürchtet hatte.

«Also, Cornwall ...», wagte Claire einen zweiten Versuch in die peinliche Stille, «ist nicht nur im Frühling besonders reizvoll, auch der Sommer ist dort ganz bezaubernd schön. Nicht zu warm, aber trotzdem angenehm zum Baden. Wir haben ein ganz bezauberndes, kleines, privates Hotel aufgetan, ich kann euch gerne die Adresse geben, wenn ihr wollt. Paul, du hast doch die Adresse in deinem Handy, nicht wahr?»

Paul nickte eifrig und begann, sein Handy zu bearbeiten, als könne es ihn augenblicklich vom Tisch wegbeamen.

«Um deine Frage zu beantworten», erklärte Pippa, «ich bin tatsächlich Expertin in Liebesdingen. Und deswegen frage ich mich auch, warum du deiner Verlobten nicht bei den Hochzeitsvorbereitungen hilfst. Hast du etwa Panik? Oder ist es schlicht und einfach nur Desinteresse? Oder hast du womöglich was Besseres vor?»

«Lass gut sein, Pippa», flüsterte ich ihr zu, aber Philip schien ihr Kommentar nur anzustacheln.

«Ich weiß, dass Sarah eine perfekte Hochzeit organisieren wird. Sie ist ein Talent in solchen Dingen. Da braucht sie meine Hilfe nun wirklich nicht. Und deine ganz sicher auch nicht. Oder bist du für die Organisation von peinlichen Gesangseinlagen und anrüchigen Spielchen zuständig? Ich bezweifle ja, dass du meiner zukünftigen Frau auch nur einen Tipp geben könntest, der unser Fest bereichert. Es ist mir ein Rätsel, wofür sie dich an ihrer Seite braucht. Du bist doch nur für Geschmacksentgleisungen zuständig. Und so was können wir an unserem Tag ganz sicher nicht brauchen.»

«Philip! Das war gemein!»

«Was denn? Ist doch wahr!»

«Also, ich hab die Adresse gefunden», sagte Paul und hielt das Handy triumphierend in die Runde.

«Ja, wir könnten doch nächstes Jahr einen gemeinsamen Urlaub andenken», erklärte Claire, «wenn wir aus Monaco zurück sind!»

Philip überging die beiden. Er warf seine Stoffserviette auf den Tisch und zischte in meine Richtung: «Das war mehr als nötig!»

«War es nicht», entgegnete ich und sah Pippa beschwörend an. Ich musste die beiden auseinanderbringen. «Pippa, bist du so lieb und holst mit mir zusammen das Dessert?»

Doch Philip schüttelte den Kopf. «Mir ist eher nach Whiskey. Paul, trinkst du einen mit?»

Ohne ein weiteres Wort standen beide Männer vom Tisch auf und gingen ins Wohnzimmer. Claire, Pippa und ich blieben stumm sitzen. Ich lächelte in die abgespeckte Runde.

«Wer mag Panna cotta?»

✿

«So kann es nicht weitergehen.»

Philip setzte sich neben mich auf unser Bett. Die Fischers waren schon vor einer Stunde gegangen, ich hatte die Küche noch auf Vordermann gebracht und mir jedweden Kommentar zu Pippas und Philips Diskussion verkniffen. Jedes Mal, wenn ich auf einen Neustart hoffte, fing einer von beiden wieder an. Ich hatte keine Lust mehr auf das Thema, wusste aber auch nicht, wie sich das offensichtliche Problem, das wir hatten, lösen ließ.

«Schaff sie hier raus», verlangte er und nahm meine Hand. «Sarah, wir heiraten bald. Alles ist gut in unserem Leben. Diese Frau stiftet nichts als Unruhe. Ich will und kann beim besten Willen nicht verstehen, was diese Verbindung bringen soll. Sie hilft dir noch nicht einmal. Beim Konditor lässt sie dich sitzen, und auch sonst ist sie gänzlich unbrauchbar!»

«Du redest von ihr, als wäre sie ein Gegenstand», brummte ich und zog meine Beine an. «Und rede bitte nicht so laut. Das Gästezimmer ist gleich gegenüber!»

«Es ist mir egal, ob sie mich hört. Ich habe keine große Meinung von ihr, und das weiß sie auch. Zudem beruht das wohl auf Gegenseitigkeit.»

«Aber warum?», fragte ich. «Ihr habt euch nie richtig unterhalten. Im Grunde genommen habt ihr euch nie eine Chance gegeben.»

«Wofür auch? Die Sarah, die ich kenne, hätte sich mit so einer Irren gar nicht erst unterhalten. Was auch immer da damals beim Friseur mit Liz vorgefallen ist, es entzieht sich meiner Vorstellungskraft. Du musst doch selber zugeben, dass sie in unser Leben passt wie ein bunt gestreiftes Einhorn!»

«Ich mag Einhörner», schmollte ich.

«Du weißt ganz genau, was ich meine.»

«Sie hat mir damals geholfen. So einfach ist das.»

«Bei was?»

«Das kann ich dir nicht sagen.»

«Wieso nicht?»

«Weil du dich dann noch mehr aufregst.»

«Das ist doch vollkommener Schwachsinn, Sarah. Jetzt sag mir bitte, warum diese verrückte, fremde Frau drei Meter entfernt von uns in unserem Gästezimmer liegt!»

«Sie hat mir bei Liz eben geholfen.»

«Inwiefern?»

«Liz wollte mich ...» Ich kämpfte mit den Worten.

«Was wollte Liz?»

«Sie ... sie wollte ...»

Ich konnte es nicht sagen. Ich wollte es, aber ich wusste, dass sich damit etwas zwischen Philip und mich stellen würde, das unumkehrbar war. Etwas, das wie ein Geschwür wachsen würde, so lange, bis wir uns nicht mehr erreichten.

«Ich glaube, Liz hat Angst um dein Erbe», wagte ich stattdessen nur einen kleinen Vorstoß. «Sie will es um jeden Preis schützen. Vor mir.»

«Das ist doch Unsinn! So etwas würde Liz niemals denken!» Philip raufte sich die Haare. Er war sehr aufgewühlt. «Ist das auch so eine spinnerte Idee von dieser unsäglichen Person da?»

«Du redest schon genau so wie deine Mutter!»

Ich zog mir die Decke über die Schultern und legte mich auf die Seite. Ich hatte gewusst, dass Philip so reagieren würde, und ärgerte mich, dass ich überhaupt davon angefangen hatte. «Ich werde nie gut genug für deine Mutter sein. Ganz egal, was ich tue.»

«Das stimmt nicht», sagte er milde. «Die Einzige, die nicht gut genug für uns ist, ist deine neue, aufmüpfige Freundin. Sie bringt nur Unfrieden ins Haus.»

Als Philip das Wort *Freundin* aussprach, fragte ich mich, ob es stimmte. War Pippa eine Freundin? Sicher, wir verbrachten Zeit zusammen, wie Freundinnen es taten. Wir redeten über alles Mögliche, ja. Aber es betraf meist irgendwelche organisatorischen Fragen in Bezug auf die Hochzeit. Und war eine Freundin nicht noch so viel mehr?

Ich hatte Pippa und ihre besondere Art gern. Ich hatte sie sogar lieb gewonnen, auf eine mir unbekannte und ziemlich schräge Art und Weise. Aber war sie deswegen meine Freundin? Ich meine, ich hatte ihr nie von meinen Ängsten erzählt, von meinen Schwächen, meinen Sorgen und von Dingen, die ich sonst keinem erzählen würde. Und tat man das nicht bei einer Freundin? Einer echten Freundin?

Ich konnte mich kaum daran erinnern, wie es war, an Freundschaft zu glauben. Ich schloss die Augen und versuchte, das alte Gefühl wieder aufleben zu lassen, als ich noch dachte, eine beste Freundin ist der größte Schatz, den man haben kann. Aber immer wieder kam nur das eine Wort hoch, das sich auf jede Kindheitserinnerung zu legen schien wie ein dunkler Schatten: *Schweinematschmädchen*.

«Nein», stieß ich hervor. «Sie ist keine Freundin.»

«Was ist sie dann?», fragte Philip.

«Ich weiß es nicht», antwortete ich und löschte das Licht. «Ich weiß es nicht.»

Nach dem Katastrophenabend war ich froh, dass Philip früh zum Sport und somit der nächsten Diskussion aus dem Weg gegangen war. Um kurz vor neun hatte ich für Pippa, die natürlich noch schlief, und mich gerade den Frühstückstisch gedeckt, als es klingelte.

Weder erwartete ich Besuch, noch hatte ich etwas bestellt. Philip, der seinen Schlüssel vergessen hatte, konnte es nicht sein, denn dafür war es viel zu früh. Vor elf Uhr war er samstags nie zurück.

Als ich den marmorgefliesten Flur betrat, zeichnete sich hinter der Milchglastür eine sehr schmale, helle Gestalt ab. Ich konnte einen Hut und eine Tasche erkennen und ...

«Kindelchen, wie schön, dich zu sehen!», flötete Liz, als ich die Tür gerade einen Spaltbreit geöffnet hatte. Blitzschnell hatten sich ihre spitz gefeilten, blutrot lackierten Fingernägel krallenartig durch die Tür geschoben und drängten mich zur Seite. Im Vorbeigehen deutete Liz das Tätscheln meiner Schulter an, ohne sie jedoch zu berühren.

«Mir ist da was ganz Furchtbares zu Ohren gekommen», sagte sie und steuerte geradewegs auf den Frühstückstisch zu.

«Ach ja?», fragte ich, schloss die Tür und folgte ihr.

«Es macht ja keinen Sinn, lange um den heißen Brei herumzureden», erklärte Liz weiter, während sie einige von den Gurkenscheiben, die ich zum Frühstück auf den Tisch gestellt hatte, umdrapierte. Mit einem Blick auf den Brötchenkorb verzog sie angewidert das Gesicht.

«Du isst Weißmehl? Das ist Gift für den Körper! Die Verdauung wird praktisch auf null heruntergeschraubt. Ich meine, ich sehe, wie du dich bemühst, dich in Form zu halten. Natürlich gelingt so etwas dem einen besser als dem anderen, und du sitzt ja auch recht viel, in diesem Beruf als Aktenablegerin, nicht wahr?»

«Ich habe keinerlei Probleme mit meiner Verdauung, danke der Nachfrage. Die Brötchen sind gar nicht für mich. Ich esse morgens gerne Joghurt mit Papaya und etwas Kleie.»

Liz schenkte mir ein wissendes Lächeln und spießte mit einer Gabel, die sie zwischen Daumen und Zeigefinger und mit abgespreiztem, kleinem Finger hielt, eine Gurkenscheibe auf. Dann führte sie das Stück zum Mund und zog es mit den Zähnen von den Zinken herunter, ohne die Gabel dabei zu berühren, als sei diese vorher von mir mit einem vergifteten Mittel poliert worden.

Kauend betrachtete sie die Gabel. «Dein Silber ist schlecht gepflegt, das solltest du nachbessern.»

Es war zwecklos, in diesen Kampf einzusteigen, das wusste ich, also sah ich über ihre wohl platzierten Sticheleien hinweg.

Ich seufzte. «Ich werde beizeiten daran denken. Also, verrätst du mir jetzt, was mir die Freude deines frühen Besuchs verschafft?»

Liz war immer genauestens über Philips Termine informiert. Ich würde sogar behaupten, dass sie sie besser kannte als ich. Und natürlich wusste sie, dass er jeden Samstagmorgen zum Sport ging und erst kurz vor Lunchtime zurückkam. Dass sie also um diese Uhrzeit hier aufschlug, sagte mir, dass sie nicht hier war, um ihren Sohn zu sehen.

«Aber natürlich: Ich möchte meine baldige Schwiegertochter besuchen.»

Liz' Lächeln war so frostig, dass ich schon befürchtete, auf den weißen Gladiolen in der Mitte des Tisches könnten sich Eiskristalle gebildet haben.

«Und um gewisse, ich sage mal, Herausforderungen mit ihr zu besprechen», fügte sie noch hinzu.

Dass Liz in der dritten Person mit mir sprach, obwohl ich direkt vor ihr stand, wunderte mich nicht. Es zeigte mir nur erneut auf, welche Distanz zwischen uns lag.

«Was für Herausforderungen meinst du?», fragte ich vorsichtig.

«Nun ja, Philip hat mich heute Morgen angerufen.»

«Aha.» Ich war mir sicher, dass es genau andersherum gewesen war. «Und, was hat er gesagt?»

«Er hat mir von euren Problemen berichtet. Vor allem, was diese ... diese *Person* angeht.»

Liz sprach das Wort *Person* derart angewidert aus, dass man glauben konnte, sie spräche von einem tödlichen Insekt.

Ich lehnte mich rücklings an den großen Küchenblock in der Küchenmitte und wartete darauf, dass der Kaffeeautomat warmlief. Dann drückte ich die Cappuccino-Taste.

«Möchtest du auch einen Kaffee?»

Liz winkte ab. «Viel zu viele Nitrate! Ein Glas Evian genügt.»

Ich gehorchte und stellte kurz darauf das Glas mit dem gewünschten Wasser – das auch Philip vorrangig trank – vor Liz ab und setzte mich mit meinem Kaffee ihr gegenüber.

«Also, welche Probleme?»

«Eure Beziehungsprobleme. Philip hat mich genauestens darüber in Kenntnis gesetzt. Nicht, dass ich so etwas nicht kommen gesehen habe, vor allem nach deinem unsäglichen Auftritt mit dieser *Person* und dem Telefonat neulich.»

Ich nahm einen Schluck aus meiner Tasse. «Was hat Philip denn gesagt?»

«Genug, dass ich nicht umhinkam, das hier zu besorgen.»

Mit einem gezielten Griff zog Liz ein relativ schmales, in weißes Geschenkpapier gewickeltes Rechteck aus ihrer Louis-Vuitton-Handtasche. Es war mit einer silbergrauen Schleife versehen.

«Ein Geschenk? Für mich?»

Ich traute meinen Augen kaum – Liz hatte mir noch nie etwas geschenkt. Gerade jetzt, bei allem, was passiert war, kam es mir seltsam unpassend vor.

«Ich weiß, ich weiß, es wäre nicht nötig gewesen», erklärte sie. «Aber ich bin nun mal eine besorgte Mutter, die sich Gedanken um ihren einzigen Sohn macht.»

Irgendetwas in mir sträubte sich dagegen, das Geschenk zu öffnen, aber Liz' Adleraugen waren erwartungsvoll auf mich gerichtet. «Na, mach schon auf. Du kannst dich später bedanken.»

Ich zog die Schleife ab. Der Papierbogen war nur gefaltet und nicht mit Klebestreifen versehen, sodass er sich sofort öffnete.

«Ein Buch?»

«Ein ganz besonderes Buch!»

Als ich das Papier zur Seite schlug, erschien ein schmales, braunes Büchlein. Der Titel war in Goldschrift verfasst: *Anleitung zu einer geglückten Ehe*.

Was?!

Ich las den Titel noch mal. Abgesehen davon, dass dies allem Anschein nach ein Eheratgeber war, stand dort nicht «glücklichen» sondern «geglückten» Ehe.

Was bitte sollte das sein?

«Du weißt ja nicht alles von mir», erklärte Liz geheimnisvoll und zog mir das Buch aus der Hand. «Ich bin nicht nur eine fürsorgliche Mutter, sondern in meinen früheren Jahren auch eine gefeierte Autorin gewesen.»

Sie tippte mehrmals kräftig mit dem Zeigefinger auf das Buch, sodass ihr langer, roter Fingernagel laute Klackergeräusche dabei machte.

«Fiby-Liz Schneider, das bin ich.»

Sie hielt mir das Cover vor die Nase. Darauf war eine Frau zu sehen, in Küchenschürze und mit Teigroller in der Hand. Trotz des frostig lächelnden und leicht verzerrten Gesichts erkannte ich sie sofort.

«Der Verlag bestand damals auf einem Pseudonym, eine

Mischung aus amerikanischem Vorstadtmädchen und gestandener Hausfrau. So wollten sie die Zielgruppe vergrößern. Das Buch schlug ein wie eine Bombe. Glaub mir, es ist bis heute das erfolgreichste Buch des Verlages.»

Mit weit aufgerissenen Augen starrte ich sie an. Ich war fassungslos.

«Sie hatten dann irgendwann in den Achtzigern finanzielle Engpässe», fuhr Liz fort. «Deswegen wurde es nicht mehr neu aufgelegt. Aber bis dahin lief es hervorragend. Du kannst dir gar nicht vorstellen, wie vielen Frauen ich den Weg in eine bekömmliche Ehe bereitet habe. Bis heute erreichen mich Fragen zu allen möglichen Themen. Natürlich beantworte ich jeden Brief selbst. Du glaubst gar nicht, wie viele verzweifelte Ehefrauen sich an mich wenden. Den meisten scheint es schier unmöglich, die Geheimnisse einer guten Ehe zu ergründen.»

«Aber ... dein Mann ist seit über dreißig Jahren tot», stammelte ich, «Philip war noch ein Baby, als er starb. Du warst doch nicht länger als ... ein Jahr verheiratet?»

«Eineinhalb Jahre, um genau zu sein. Und es waren gute eineinhalb Jahre. Die besten!» Liz drückte sich das Buch theatralisch an die Brust. «Nie wieder ging es uns so gut wie zu der Zeit. Danach musste ich für den kleinen Philip und mich ganz allein sorgen. Du kannst dir nicht vorstellen, was das zu der Zeit bedeutet hat!»

Mit einem breiten Lächeln, das ihre gemachten Zähne freilegte, blitzte Liz mich an. «Aber was verstehst du schon davon. Du hast ja Philip, der dich durchbringt.»

«Aber das ...», setzte ich zur Verteidigung an, doch Liz redete ohne Unterlass weiter.

«Jedenfalls steht in diesem Büchlein alles, was du wissen musst. Hier ...» Sie schlug eine der ersten Seiten auf und schob mir das Buch hin.

Unwillig begann ich laut vorzulesen:

«Kapitel 2: Zehn prägnante Tipps zum Start in die Ehe.

1. *Empfange deinen Mann als Geschenk aus Gottes Hand.*
2. *Entscheide dich bewusst dazu, deinen Mann als vollkommen zu respektieren.*
3. *Lobe jeden Tag 5 positive Eigenschaften an deinem Mann.*
4. *Lobe ihn mindestens 3 Mal am Tag.»*

Ich konnte nicht fassen, was ich da las. Aber es stand tatsächlich schwarz auf weiß gedruckt im Buch.

«Oh, Punkt 5 ist auch sehr wichtig», erklärte Liz weiter, *«Vergleiche ihn nicht mit anderen Männern.»*

Sollte das eine Art Bibel zur Unterwerfung der Frau sein?

«Liz, ich weiß nicht, was ich sagen soll ...»

«Besonders elementar ist *Kapitel 3: Neubelebung der Ehe.* Auch wenn ihr noch nicht so weit seid, scheint es mir angebracht, dass du dir einige der Tipps, wenn nicht gar alle, zu Herzen nimmst. Also, zum Beispiel diese Liste hier:

«Gib das Recht auf:

- *zu kritisieren,*
- *auf deinem Recht zu bestehen,*
- *beleidigt zu sein,*
- *deinen Mann zu strafen.»*

Sie sah mich an.

«Unter Bestrafung verstehe ich zum Beispiel den Kontakt zu dieser *Person.* Als etwas anderes ist das ja nicht zu verstehen. Natürlich willst du auch mich damit treffen, aber du musst wissen, dass du in erster Linie dich selbst bestrafst. Indem du deine Ehe auf Sand baust. Das kann nicht funktionieren, Kindelchen, das siehst du doch ein, nicht wahr?» Sie beugte sich zu mir. «Philip hat mir berichtet, dass sich diese *Person* bei euch eingenistet hat wie ein Parasit. Glaub mir, sie –»

«Welche Person?»

Liz und ich drehten uns gleichzeitig in die Richtung, aus der die Stimme gekommen war. Unbemerkt war Pippa in die Küche gekommen und hatte sich an das Tischende gestellt. Halb verschlafen, halb fragend sah sie uns an. Ihre Dreadlocks hatte sie zu einer Art Turban hochgebunden. Und sie trug immer noch das alte, überlange Schlafshirt, das ich ihr herausgesucht hatte. Weiter nichts.

«Du bist schon wach», sagte ich hektisch und riss Liz reflexartig das Buch aus der Hand, um es unter dem Brötchenkorb verschwinden zu lassen. Ich wollte der nächsten Katastrophe unbedingt aus dem Weg gehen, und ich wusste, das Pippa mit diesem Buch mehr als genug Feuer für einen erneuten Angriff haben würde.

Aber das hatte sie auch so.

«Ich hab da so ’ne grelle Stimme gehört», erklärte Pippa, «und erst dachte ich, das wäre die böse Hexe von *Arielle*, die mir im Traum erscheint. Aber dann bin ich aufgewacht und hörte die Stimme immer noch.»

«Wie überaus interessant, Sie wiederzusehen.» Liz schenkte Pippa ein schmales Lächeln.

Ich sah Pippa eindringlich an, um ihr zu verstehen zu geben, dass mich der gestrige Abend genug Nerven gekostet hatte. Ich wollte um keinen Preis, dass Liz Philip noch mehr gegen mich aufhetzte.

Pippa schien mich verstanden zu haben. «Die Freude ist ganz meinerseits», sagte sie und lächelte Liz zuckersüß an. «Ist das mein Teller?»

Mit einem Griff hatte sie den Teller mit den Gurkenscheiben an sich gezogen und ließ sich auf den freien Platz neben mir fallen. «Wie nett, dass Sie mir schon aufgetan haben. Sarah, reichst du mir die Brötchen? Ach, und hast du Nutella da?»

Liz verzog angeekelt das Gesicht.

Ich schüttelte den Kopf. «Nein, aber eine Streichcreme aus Zucchini und Möhren.»

Jetzt war es Pippa, die ihr Gesicht verzog. «Schon gut, ich verzichte.» Mit großem Appetit begann sie mit dem Frühstück. «Kommt sie mit?», fragte sie und deutete auf Liz.

Zur Hochzeitsmesse? Die Vorstellung gruselte mich. Aber bevor ich etwas sagen konnte, kam Liz mir zuvor.

«Philip hat mir von euren Plänen erzählt.» Erneut kramte sie in ihrer Tasche. «Und da habe ich mir gedacht, mache ich meiner Schwiegertochter doch eine Freude und besorge das hier.»

Sie zog zwei weiße Tickets in Spielkartengröße aus der Tasche, die sie mir wie einen Fächer vor die Nase hielt. Ich brauchte keine Sekunde, um zu erkennen, was das für Karten waren.

«Ganztagestickets für die Hochzeitsmesse.»

Liz blitzte mich triumphierend an. «Na, was sagst du?»

15. Kapitel

Ich wusste nicht, ob ich weinen oder hysterisch lachen sollte. Die Lust aufs Frühstücken war mir jedenfalls vergangen. Ich stand auf, um meine Sachen zusammenzusuchen, die ich für die Messe brauchte. Denn ich wollte unter allen Umständen hingehen. Nach kurzer Diskussion hatte ich beschlossen, zu dritt zu fahren und am Eingang noch eine weitere Karte für Pippa zu kaufen.

Als ich meine Spiegelreflex-Kamera und die Aussteller-Liste in meine Tasche im Flur packte, trat Pippa neben mich.

Der Blick, den wir austauschten, sagte alles. Es war ein beruhigendes Gefühl, ihr nichts erklären zu müssen.

Sie nahm meine Hand und erklärte: «Reg dich heute auf keinen Fall auf. Egal was passiert, denk an das Boot.»

«Welches Boot?», fragte ich und kontrollierte den Akku der Kamera. Er war noch fast voll, sodass ich sie zurück in die Schutzhülle schob. Ich wollte auf der Messe unbedingt ein paar Fotos schießen, um Inspiration für Dekorationsideen zu sammeln.

Doch anstatt auf meine Frage zu reagieren, deutete sie auf die Papiere, die aus meiner Tasche lugten. «Was ist das denn schon wieder für eine Liste?»

«Jeden Messe-Stand, der mich interessiert, habe ich angekreuzt und nach Priorität 1, 2 oder 3 sortiert», erklärte ich, «so kommen wir schneller voran und verpassen nichts. Zuerst die Kleiderstände, dann die Schuhe, dann Accessoires und zuletzt die Deko.»

Pippa sah mich seufzend an. «Warum musst du immer alles so haargenau planen?»

«Es gibt mir Sicherheit.» Ich faltete den Plan wieder zusammen. «Also, welches Boot meintest du gerade?» Manchmal tat Pippa so, als müsse der Rest der Welt ihre wirren Gedanken verstehen.

«Das Boot, ja. Also, vor ein paar Jahren ging es mir mal nicht so gut.» Als ich sie besorgt ansah, winkte sie ab. «Na ja, lange Geschichte. In jedem Fall bin ich für ein paar Wochen ausgestiegen. Die Geschichte von dem Boot habe ich von meinem Zen-Meister Dai-Shion. Sie hat mir seitdem in Situationen geholfen, in denen ich vor Ärger beinahe geplatzt wäre.»

«Du machst Zen?», fragte ich ungläubig.

Vom Schlammcatchen wusste ich ja bereits. Und Pippa wirkte auch eher wie der Typ Kickboxerin oder Bungee-Springerin, einen Zen-Kurs hätte ich wohl als Letztes bei ihr vermutet.

Sie zog mich ins Gästezimmer, setzte sich aufs Bett und winkte mich zu sich heran.

«Also, ein Schüler fragte einmal seinen Meister, wie er besser mit Zorn umgehen könne. Der Zen-Meister antwortete: ‹Stell dir vor, es ist ein nebliger Tag. Du bist mit deinem Boot draußen auf dem See. Durch den Nebel kannst du kaum etwas erkennen. Bis plötzlich ein anderes Boot durch die Schwaden genau auf dich zukommt und dich zu rammen droht. Du wirst zornig. Du denkst: Na so ein Arsch, ich habe erst gestern mein Boot neu angestrichen ...›»

«*So ein Arsch*?», fragte ich nach, «Hat das dein Zen-Meister wirklich so gesagt?»

Pippa grinste mich an. «Na ja, so ähnlich. Ich gebe es eben in meinen eigenen Worten wieder. Aber der Kern stimmt!»

«Okay», stimmte ich zu, «darauf kommt es ja an.»

«Eben. So ein Arsch denkst du also, und schon kracht das fremde Boot in deins hinein. Du kannst die frische Farbe, die du gestern stundenlang aufgetragen hast, abblättern hören. Und du bist sauer!»

«Wäre ich, ja.»

«Genau. Aber dann schaust du genauer hin und siehst: Das andere Boot ist leer. Niemand drin! Niemand hat dich absichtlich gerammt. Und das Tolle daran ist: Dein Zorn verfliegt! Einfach so! Und du denkst: Ach was soll's, dann muss ich es demnächst eben noch mal streichen. Die Sache ist für dich damit gelaufen.»

«Und das ist die Geschichte?»

«Nein. Warte doch! Der Zen-Meister fuhr fort: ‹So ist es mit allem im Leben und mit allen Menschen, denen du begegnest: Es ist, als würden wir von einem leeren Boot gerammt werden.› Der Schüler aber hatte einen Einwand: ‹Selbst wenn ich sehe, dass das Boot leer ist, würde ich erst einmal die ganze Welt verfluchen und mir einfach vorstellen, es säße jemand drin, der mir absichtlich schaden will.› Da antwortete der Meister: ‹Wohl wahr. So ticken wir Menschen. Doch je mehr wir üben, umso leichter können wir uns beruhigen und sehen, wie lächerlich und nutzlos es doch ist, an Zorn festzuhalten. Schuld ist immer das leere Boot.›» Pippa sah mich gespannt an. «Verstehst du, was ich sagen will?»

Ich war mir nicht sicher. «Liz ist das leere Boot?»

«Ja, genau! Wir lassen uns den Tag von ihr nicht verderben,

selbst wenn sie uns rammt. Dann stellen wir uns einfach das leere Boot vor.» Pippa legte ihre Hand übers Gesicht. «Komm, mach die Augen zu und stell's dir vor!»

«Hmm», machte ich, weil es mir zuerst albern vorkam. Aber gleichzeitig wollte ich Pippas Euphorie nicht bremsen.

Ich schloss die Augen und dachte über die Geschichte nach. Es war verrückt, aber irgendwie half mir die Vorstellung tatsächlich. Ich dachte an Liz alleine in einem Boot auf einem riesigen, nebelgetränkten See, wie sie versuchte, mich zu rammen. Und dann verschwand Liz' Körper vor meinem geistigen Auge mehr und mehr in ebendiesem Nebel - bis das Boot ganz leer war. Dann stellte ich mir vor, wie das leere Boot gegen meines stieß, langsam zwar, aber dennoch kraftvoll. Doch ich paddelte einfach weiter, ohne irgendwelche Gefühle für das leere Boot zu haben.

«Es funktioniert», rief ich und sprang vom Bett auf. «Ich sehe das leere Boot!»

«Na siehst du!»

Pippa hatte sich ebenfalls hingestellt und klatschte in die Hände. «So überstehen wir den Tag ganz sicher!»

Ich sah sie an, wie sie freudestrahlend vor mir stand, und plötzlich überkam mich eine große Lust, sie zu umarmen. Ohne Vorwarnung schlang ich meine Arme um sie und drückte sie ganz fest. «Danke.»

✿

Wir nahmen meinen Wagen, aber Pippa bestand darauf, sich trotz ihres Verbands ans Steuer zu setzen, schließlich sei ich die Braut und die müsse an so einem Tag eben kutschiert werden.

Ich wusste nichts über Pippas Fahrkünste, aber ich überlegte nicht lange, sondern sagte spontan ja. Wer Autos liebte und sie reparieren konnte, der konnte sie auch fahren.

Liz war nicht gerade hocherfreut über diesen Umstand und auch nicht darüber, dass sie hinten sitzen musste. Aber ich sah über ihren verächtlichen Gesichtsausdruck hinweg. Dieser Tag würde ohnehin eine Herausforderung für mich werden, also wollte ich mich nicht schon aufregen, bevor wir überhaupt losgefahren waren.

«Ich mag deinen Wagen», sagte Pippa und ließ ihre Finger das lederbezogene Lenkrad entlanggleiten. «Ich mochte Cabriolets schon immer. Obwohl mein Herz ja eigentlich an alten Schlitten hängt. So was Schickes passt eh nicht zu mir. Aber ich habe Lust, das Baby mal auszuprobieren.»

Man konnte Pippa den Spaß förmlich vom Gesicht ablesen.

«Zum Glück fährst du Automatik», jubelte sie und fuhr auf den Ring. «Das passt gerade gut.» Sie lenkte meinen Wagen mit dem linken Arm, als sei sie am Steuer geboren, während sie den verbundenen Arm in ihrem Schoß schonte. «Obwohl ich ja auch die Motorengeräusche liebe, wenn ich die Gänge bis zum Anschlag ausfahre!»

Beim Blick in den Rückspiegel verfinsterte sich Pippas Gesicht augenblicklich. Auf ihrer Stirn bildeten sich sorgenvolle Falten. Und die hatten nichts mit Liz zu tun.

Ich war ihrem Blick gefolgt. Ziemlich dicht hinter uns, fast Stoßstange an Stoßstange, fuhr ein schwarzer Pick-up mit verdunkelten Fenstern.

Pippa bog schwungvoll um die Ecke und trat aufs Gas. «Wollen wir mal sehen, was das Baby hier unter der Haube hat!»

«Das ist aber nicht der Weg zur Stadthalle», wandte ich ein, doch Pippa ignorierte meinen Einwurf.

Sie beschleunigte den Wagen so abrupt, dass ich tief in den Sitz gedrückt wurde und hören konnte, wie Liz, die sich aus Stylenessgründen oder purer Protesthaltung nicht angeschnallt hatte, von rechts nach links geschleudert wurde. Der dunkle Pick-up folgte uns auf der Überholspur, sodass sich der Abstand kaum verringerte.

«Was in Gottes Namen soll das?», zeterte Liz.

Auch ich wusste nicht, was ich von Pippas Aktion halten sollte. Anstatt auf die Schnellstraße zu fahren, steuerte sie uns wild kreuz und quer durch die Stadt.

«Pippa, was machst du?», rief ich, während ich mich an der Armatur abstützte. «Wir fahren total falsch! Und außerdem viel zu schnell! Und was ist das für ein Wagen hinter uns? Wieso klebt der förmlich an meiner Stoßstange?»

«Ach, keine Sorge. Der ist gleich weg!»

Trotz Pippas unbekümmertem Kommentar konnte ich deutlich erkennen, dass sich Schweißperlen auf ihrer Stirn gebildet hatten.

«Fahr sofort langsamer!», forderte ich.

Aber Pippa reagierte nicht, sondern bog mit quietschenden Reifen in eine Seitenstraße, nahm die nächste gleich wieder rechts und wiederholte das Ganze zweimal, sodass wir im Kreis fuhren. Der Wagen hinter uns verschwand für einige Sekunden, tauchte dann aber wieder auf.

Ohne mich komplett umdrehen zu müssen, konnte ich erkennen, dass er uns fast touchierte.

«Hilfe!», schrie Liz theatralisch und wirkte trotz Tonnen von Make-up leichenblass. «Ich werde entführt!»

«Einen Quatsch wirst du!», sagte ich streng. «Pippa, du erklärst mir jetzt sofort, was das zu bedeuten hat!»

«Hilfe! Ich sterbe!», kreischte Liz weiter.

Pippa wiederholte die Tour im Kreis ein zweites Mal, nur bog sie jetzt in der letzten Kurve in das Parkhaus eines Discounters ein. Auch dort nahm sie die Kurven wieder so eng, dass Liz auf dem Hintersitz erneut hin und her rutschte.

Mit aufgerissenen Augen krallte sie sich an meiner Kopfstütze fest, und damit auch in meinen Haaren.

«Au!», schrie ich auf. «Pippa! Verdammt noch mal!»

Abrupt kam der Wagen zwischen zwei anderen parkenden Autos zum Stehen, und ich wurde nach vorn geschleudert und unsanft vom Anschnallgürtel gebremst.

«Aaaaaaah!» Mit voller Wucht krachte Liz in meinen Sitz. Ihr Kreischen war mittlerweile so hoch, dass selbst Igor ein Problem mit seinem Trommelfell gehabt hätte.

«Mann!», fluchte ich.

Ein kurzer Blick genügte, um zu sehen, dass Liz okay war. Und dass Pippa meinen Wagen nur eine Haaresbreite von dem Auto rechts von uns einparkt hatte. Wobei ‹eingeparkt› das falsche Wort war – wir waren durch das Tempo und das starke Abbremsen eher in die Lücke geschossen wie Bridget Jones in eine Slim-fit-Jeans.

Der Pick-up war verschwunden. Pippa atmete laut hörbar aus und stützte sich mit beiden Armen, den im Verband allerdings nur halb ausgestreckt, am Lenkrad ab.

«Was hat das zu bedeuten?», fragte ich atemlos, nachdem ich meine Haare aus dem Gesicht gestrichen hatte.

Pippas Gesicht hellte sich augenblicklich auf, so, als hätte man einen Knopf gedrückt. «Nichts, gar nichts. War nur ’ne kleine Spritztour, um zu sehen, was dein Baby alles kann!»

Ich war immer noch geschockt. «Bist du verrückt geworden?

Das war eine total irre Aktion! Und was war das überhaupt für ein Auto eben?»

«Was für ein Auto?» Pippa starrte weiter geradeaus, sodass ich ihr nicht in die Augen sehen konnte.

«Na, der schwarze Pick-up hinter uns! Er ist uns den ganzen Weg gefolgt, das kann doch kein Zufall sein!»

«Ich habe keinen Pick-up gesehen», sagte Pippa und lachte auf. «Ich war zu sehr auf die Pferdestärken deines Schätzchens konzentriert. Wie viel PS hat der Wagen noch mal?»

Ich fasste es nicht. Ich war mir sicher, es bestand ein Zusammenhang zwischen unserem Verfolger und der Tatsache, dass wir wie Verrückte durch die Stadt gebrettert waren und jetzt im zweiten Stock eines Parkhauses standen.

«Was denn?»

Pippa schaffte es, mir das Gefühl zu geben, dass ich vollkommen übertrieben reagiert hatte. Mehr noch, als hätte ich mir unsere Wahnsinnsfahrt gerade eingebildet.

Grinsend sah sie über ihre Schulter nach hinten zu Liz. «Alles okay auf den billigen Plätzen?»

Liz hielt sich noch immer leichenblass und hektisch ein- und ausatmend die Brust. «Du lieber Himmel, ich dachte, mein letztes Stündlein hat geschlagen ...» Liz hatte sich einigermaßen gefangen, gab aber immer noch stoßweise die seltsamen Atemgeräusche von sich. So blass und handzahm erlebte ich sie selten, und sofort erschien mir die wilde Fahrt weit weniger schlimm.

Pippa startete das Auto. «Manchmal überkommt es mich einfach, und dann mache ich so Übersprungshandlungen.» Langsam rollten wir rückwärts aus der Parklücke.

«Wenn das eine Übersprungshandlung war», keuchte ich,

«dann möchte ich nicht wissen, was du machst, wenn du wirklich mal verfolgt wirst!»

«Warum sollte ich verfolgt werden?», fragte Pippa und steuerte den Wagen zurück auf die Straße. Sie fuhr jetzt Richtung Süden, den Weg, den wir von vorneherein hätten nehmen sollen. «Das macht doch gar keinen Sinn. Ich habe nichts, was jemand wollen könnte.»

«Hm», machte ich nachdenklich. Ich ordnete meine Frisur neu und zog meine Bluse glatt. Vielleicht hatte ich mir das Ganze wirklich nur eingebildet, und der Pick-up war einfach nur ein drängelnder Idiot gewesen.

Trotzdem machte sich ein dumpfes Gefühl in mir breit, das ich nicht benennen konnte.

✿

Die Hochzeitsmesse war wie erwartet vollkommen überlaufen, und eine lange Schlange hatte sich vor dem Eingang gebildet.

«Steigt schon mal aus und stellt euch an», schlug Pippa vor, «ich suche in Ruhe einen Parkplatz.»

«Bist du sicher?»

Nach unserem wilden Ritt hätte ich Pippa glatt zugetraut, mit meinem Sechzigtausend-Euro-Cabriolet auf Nimmerwiedersehen durchzubrennen.

Doch sie sah mich unschuldig an. «Wenn du nicht morgen noch in der Schlange stehen willst: ja.»

Bevor ich antworten konnte, hatte Liz bereits die Autotür aufgerissen. «Ich bleibe keine Sekunde länger in diesem Teufelsgefährt und steige auch nicht mehr ein, solange diese impertinente *Person* am Steuer sitzt!»

Sie hatte augenscheinlich wieder zu ihrer alten Form gefunden, und auch ihre Gesichtsfarbe hatte sich ihrem ockerfarbenen Cape aus leichter Seide wieder angepasst.

«Kommst du, Sarah!?», forderte sie mich gereizt auf.

«Na gut, aber bitte sei vorsichtig», bat ich Pippa.

«Du hast doch gesehen, wie gut ich einparken kann ...»

Ich seufzte und stieg aus dem Wagen. «Bis gleich!»

Ich hatte die Tür noch nicht geschlossen, da brauste Pippa schon davon.

«Sie ist wahnsinnig», empörte sich Liz, während wir auf das Ende der Schlange zuliefen. «Und gemeingefährlich! Das habe ich dir schon damals beim Friseur gesagt. Ich glaube beim besten Willen nicht, dass du sie mir allen Ernstes vorziehst. Es ist, als würdest du Kaviar an streunende Katzen verfüttern!»

Ich dachte an das leere Boot und stellte mir vor, wie es langsam auf mich zusteuerte.

«Ich glaube, streunenden Katzen ist es egal, ob sie Kaviar oder Fischköpfe bekommen. Hauptsache, sie werden satt.»

«Was für eine naive, idealistische Ansicht von dir», erwiderte Liz, als wir das Ende der Schlange erreicht hatten. «Na ja, typisch für dich. Ich bin gespannt, ob du dir solche Ansichten demnächst immer noch leisten kannst.»

Ich wollte Liz den Gefallen nicht tun und sparte mir die Antwort auf ihren bissigen Kommentar.

Schweigend arbeiteten wir uns in der Schlange zur Kasse vor, in der ich noch eine dritte Karte ergattern wollte. Nach ein paar Minuten stieß Pippa zu uns.

«Da seid ihr ja!», rief sie und winkte uns zu. «Ich habe sogar so was wie einen Parkplatz hier direkt vorm Eingang gefunden!»

«Was heißt denn ‹so was wie›?»

«Na ja, nur eingeschränktes Halteverbot.» Sie grinste. «Nicht totales.»

✿

Die Räume der Hochzeitsmesse waren überlaufen von Mutter-Tochter-Gespannen. Männer gab es so gut wie keine. Und das bestätigte mich darin, dass dies nicht unbedingt der Ort gewesen wäre, an dem sich Philip wohl gefühlt hätte. Allerdings bestätigte der riesige Mütter-Töchter-Auflauf zu meinem Leidwesen auch Liz, die mich im Zehn-Sekunden-Takt mit mahnenden Blicken bestrafte. Oder es zumindest versuchte, denn Pippa lenkte mich mit ihrem ständigen «Ah!» und «Oh!» weitestgehend ab.

«Sieh mal! Die hier haben Blumenkränze!»

Sie schnappte sich zwei der täuschend echt aussehenden Kränze von einem Ausstelltisch und legte mir einen weißen und sich selbst einen bunten auf den Kopf. Dann drehte sie sich einmal um sich selbst und schnappte schließlich mit ihrem gesunden Arm meine Hand, um sich mit mir zusammen im Kreis zu drehen.

«Pippa, lass das», raunte ich. «Wir arbeiten uns durch die Liste nach Wichtigkeit! Erst Kleider, dann Schuhe ... Die Accessoires kommen als Letztes!»

Aber Pippa tanzte weiter um mich herum. «Sind sie nicht wunderschön?»

Liz stand ein wenig abseits von uns mit verschränkten Armen am Rand des Stands. Offensichtlich wollte sie nicht, dass die Leute um uns herum wussten, dass wir zusammengehörten. Ihr Gesicht sprach Bände.

«Also, zuerst die Kleider», versuchte ich Pippa wieder einzufangen und hielt ihr meine Liste unter die Nase. «Wir beginnen mit Stella York, lassen Miss Paris aus, dann Kleemeier, dann ADK by Eddy K. und –»

«Du bist besessen», spottete sie. «Ein echter Struktur-Diktator!»

«Ich bin nicht besessen, ich bin fokussiert», verbesserte ich sie und hielt die Liste hoch. «Wo waren wir ...»

«Oh, guck mal da vorne, die Schulterfreien!»

Euphorisch zog sie mich zu einem Stand, an dem eine lange Stange leuchtend weißer, schulterfreier Kleider hing. Rechts und links stand jeweils eine Schaufensterpuppe, die ebenfalls tief dekolletierte, schulterfreie Kleider trugen.

Noch immer hatten wir die Blumenkränze auf unseren Köpfen, es war anscheinend niemandem aufgefallen.

«Der steht nicht auf meiner Liste ...», warf ich ein, aber Pippa ignorierte meinen Einwand.

«Wow, dieses hier würde megaheiß an dir aussehen», schwärmte sie und hielt ein tief ausgeschnittenes Kleid mit ausgestelltem Rock hoch.

«Na ja, so etwas in der Art stelle ich mir auch vor. Nur nicht ganz so offenherzig.»

«Oh bitte!», maulte Pippa. «Es ist DEIN Tag. Da kannst du mal so richtig auf den Putz hauen!»

«Es muss ja nicht jeder gleich denken, sie sei eine Prostituierte», drang Liz' Stimme über meine Schulter. «Auch wenn es mir in einer ganz bestimmten Art und Weise passend erschiene.»

Pippa ignorierte sie, schnappte sich das Kleid und noch ein anderes und zog mich zu den Umkleidekabinen. «Das Boot, denk an das leere Boot!», wisperte sie.

Es war tatsächlich einfacher, mir das leere Boot im Nebel vorzustellen, als mir zu Liz' abwertenden Kommentaren eine Retoure auszudenken, und es kostete weit weniger Energie.

Dankbar folgte ich Pippa, die mit einem *Jetzt-erst-recht!-Blick* voranging.

«Einmal das in Größe 36 für sie», bat sie die zwei jungen Hostessen, die sich vor den Kabinen platziert hatten wie die Beefeaters vor dem Buckingham Palace. «Und das andere in 40 für mich.»

Fragend sah ich sie an.

«Ich kann dich doch nicht im Stich lassen.»

«Aber ich will das gar nicht probieren», flüsterte ich ihr zu, während sie mich in die schmale Kabine schob, die für ein Brautkleid mit ausgestelltem Rock eine echte Herausforderung darstellte. Liz hatten wir einfach stehen gelassen.

«Du willst deiner fiesen Schwiegermutter doch nicht beistimmen», sagte Pippa, «indem du auch noch klein beigibst.»

«Aber deswegen muss ich mich ja nicht gleich zum Affen machen», stöhnte ich, als die erste Hostess mit dem Kleid auftauchte.

«Komm, das wird lustig!» Pippa verschwand in die Kabine neben mir.

Schulterzuckend begann ich, meine Bluse aufzuknöpfen. Was soll's, dachte ich mir, allein um Liz' erschrockenes Gesicht zu sehen, wenn ich gleich mit ihrem Albtraumkleid aus der Kabine kam, war es den Spaß wert.

«Tadaaaaaaa!», machte Pippa und riss den Umhang meiner Umkleidekabine zur Seite. Dabei war die junge Hostess hinter mir noch damit beschäftigt, mein Korsett zu schnüren.

«Wie sehe ich aus?», wollte Pippa wissen und stemmte ihre

Arme in die Taille. Ihr Kleid hatte den typischen Meerjungfrauenschnitt, der an der Hüfte und an den Beinen eng anlag und erst ganz unten unterhalb der Wade weit fließend auseinanderlief. Der Stoff war seidig glänzend und wies außer ein paar Verzierungen an der Hüfte keinerlei Spielereien auf. Pippas Dekolleté, das auch sonst schon immer üppig wirkte, kam in dem schulterfreien Ausschnitt, der in der Mitte spitz zulief, noch mehr zur Geltung.

«Du siehst aus wie ... Wie eine Granate!», versuchte ich es mit Pippas Worten. Und es stimmte – Pippa sah wirklich wunderschön aus. Ganz anders als sonst, fast fremd. Aber es war nicht nur das Kleid, das Pippa so verändert hatte. Es war der Ausdruck in ihrem Gesicht, ihr klares Strahlen, das von einer noch größeren Kraft schien als sonst. Sie sah richtig glücklich aus.

«Ja, oder?»

«Okay so, oder zu fest?»

Während die Hostess weiter an mir herumschnürte, drehte sich Pippa um sich selbst und genoss zusehends die Blicke der anderen Besucher. Nur Liz stand naserümpfend ein paar Schritte von Pippa entfernt, was diese geflissentlich ignorierte.

Ich hatte den Spalt im Vorhang ein Stück offen gelassen und konnte beobachten, wie sie mit den Händen immer wieder über den zarten Stoff strich und ganz verträumt vor sich hin blickte. Es verblüffte mich, dass gerade Pippa, die sonst in keine Schublade passte, das traditionellste aller Kleider so glücklich machte. Inmitten der ganzen leuchtend weißen Stoffe, der glitzernden Verzierungen, Perlen und Krönchen, Plastikblumen, graziösen Aufstellpuppen und weiten, weichen Unterröcke, inmitten dieser seltsam entrückten Welt, die in sich so gänzlich perfekt zu sein schien, sah ich auf einmal eine Seite von Pippa, die ich zuvor noch nie gesehen hatte.

«Schnüren Sie ruhig ein wenig langsamer», sagte ich zu der Hostess. «Ich habe es nicht eilig.»

Plötzlich näherte sich Pippa eine Frau mittleren Alters. «Oh, Sie sehen wirklich ganz reizend aus! Wann ist es bei Ihnen denn so weit?»

Pippa, die durch diese Frage offensichtlich nicht aus ihrem Traum gerissen wurde, rückte ihren Blumenkranz auf dem Kopf zurecht und blinzelte die fremde Besucherin schwärmerisch an. «Im Frühjahr. Es wird eine ganz tolle Frühlingshochzeit, mit bunten Wiesenblumen und Musik. Jeder kann anziehen, was er will, und alle werden barfuß tanzen.»

«Das hört sich wundervoll an», sagte die Frau und klopfte Pippa sanft auf die nackte Schulter. «Ihr Mann kann sich glücklich schätzen.»

Die Hostess hinter mir erhob sich. «So, da haben wir's.» Zufrieden betrachtete sie ihr Werk. «Sieht ganz toll aus. Kommen Sie raus, und zeigen Sie das Kleid Ihrer Freundin. Sie wird es lieben.»

Mit einem Seitenblick auf Pippa, die noch immer sichtlich die staunenden Blicke der vorüberschlendernden Gäste genoss, schüttelte ich den Kopf. «Ach, ich glaube, das Kleid ist doch nichts für mich. Ich würde es lieber gleich wieder ausziehen.»

Die Hostess sah mich entgeistert an. «Aber wollen Sie es nicht wenigstens kurz Ihrer Freundin zeigen? Sie sehen wirklich großartig darin aus.»

«Nein», antwortete ich bestimmt und wandte mich wieder dem Spiegel zu. «Heute nicht.»

Mich hatte das Bedürfnis, Pippas Moment nicht zu zerstören, ganz schlagartig überkommen. Sie sah so glücklich aus, als sie der fremden Frau von ihrer Traumhochzeit erzählt hatte. Es war verrückt, aber ich nahm ihr noch nicht einmal übel, dass sie gelogen hatte. Im Gegenteil: Ich wünschte mir für Pippa, dass sie solch eine Hochzeit, wie sie in ihrem Kopf anscheinend schon länger existierte, eines Tages feiern würde. Ein seltsam neues, wohliges Gefühl machte sich in mir breit: Ich wollte, dass Pippa glücklich war.

16. Kapitel

Jetzt fährst *du* aber in die falsche Richtung», sagte Pippa, während wir vom Messeparkplatz rollten. Ich hatte mich diesmal wieder selbst ans Steuer gesetzt, es erschien mir sicherer.

«Wir müssen doch Igor holen», antwortete ich und lenkte den Wagen auf die Straße.

«Ich möchte vorher abgesetzt werden», gnatzte Liz von hinten. «Und nichts mehr mit dieser Kleptomanin zu tun haben, sie hat den Kranz gestohlen! Aber dieses kriminelle Verhalten überrascht mich gar nicht!»

Aus dem Augenwinkel sah ich den bunten Blumenkranz, den Pippa immer noch auf dem Kopf trug. Zusammen mit ihren wilden Dreadlocks bildete er eine Art Gesamtkunstwerk. Es wirkte so harmonisch, dass weder mir noch einer der Hostessen aufgefallen war, dass Pippa die Messe mit dem Kranz verlassen hatte.

«Igor kann nicht weiter alleine bleiben», erklärte ich.

«Ja, das stimmt», pflichtete mir Pippa bei. «Ich wusste nur nicht, dass du so kurzentschlossen bist. Spontanaktionen bei dir sind neu.» Sie schmunzelte vor sich hin.

«Das fehlte gerade noch, Sarah, dass der russische Liebhaber dieser *Person* bei dir einzieht. Am Ende räumen sie dir die ganze Wohnung leer!»

«Igor ist kein russischer Liebhaber», erklärte ich grinsend, aber dann fiel mir sein Verhalten bei silbernen Gegenständen ein. «Na ja, es kommt wohl darauf an, wie man es sieht.»

«Merkst du denn nicht, was hier vor sich geht?», echauffierte sich Liz. «Das ist ein ganz perfider Plan! Kriminelle Paare organisieren sich immer öfter und schleichen sich bei Besserverdienern unter dem Deckmantel der Freundschaft ein. So etwas hört man täglich in den Nachrichten. Es ist schlimm genug, dass du den Umgang mit dieser *Person* nicht einzustellen gedenkst, aber jetzt auch noch einen Russen im Haus ...!»

Ich lachte laut und zwinkerte Pippa verschwörerisch zu. «Fahren wir Iglivigli holen.»

✿

Als wir an der Werkstatt ankamen, bat Pippa mich, nicht auf dem Schotterparkplatz, sondern um die Ecke davor zu halten.

«Warum können wir nicht bis zur Werkstatt vorfahren?», fragte ich.

«Ach, der ganze Staub da würde dein Auto nur total verdrecken. Da ist es besser, es steht hier. Meinst du, du kannst Igor allein rausholen?»

Erstaunt sah ich Pippa an. «Was ist denn los?»

«Ach, vielleicht waren die drei Stunden in Weiß gerade so 'ne Art Reizüberflutung. Mir ist nur 'n bisschen schwindelig, sonst nix.»

«Bist du sicher?»

«Ja, klar.»

Ich glaubte, den schwarzen Pick-up, der langsam an der

Werkstatt vorbeirollte, wiederzuerkennen. Er hielt kurz, fuhr dann aber weiter.

Auch Pippa folgte ihm mit ihrem Blick, bis er nicht mehr zu sehen war.

«Das Auto da», sagte ich und deutete auf die Straße vor uns, «war das nicht der Wagen von heute Morgen?»

Pippa antwortete, ohne mich anzusehen. «Keine Ahnung, was du meinst.»

«Na gut», ächzte ich und öffnete die Tür. «Und wie erwische ich Igor? Oder ist er im Käfig?»

Pippa öffnete ihren Gürtel mit der silbernen Schnalle. «Zieh den hier an.»

«Der Russe war im Gefängnis?», fragte Liz besorgt.

«Und er steht auf 'ne Schnalle!» Pippa reichte mir lachend den Gürtel.

«Sarah, das ist ganz und gar kein Umgang für dich!», zeterte Liz weiter.

«Er wird doch sicher einen Käfig zum Transport haben?», wiederholte ich, wohl wissend, dass ich Liz gerade komplett ignorierte.

Pippa sah mich irritiert an. «Nein, er hat keinen. Vögel gehören nicht in Käfige.»

«Der Russe ist ein Vogel?» Liz sah mich mit aufgerissenen Augen an. «Warum hast du mich in dem Glauben gelassen, es sei ein Mann?»

Pippa kam mir mit einer Antwort zuvor. «Also, ich fand die Vorstellung von einem russischen Ex-Knacki ganz süß. Vor allem, wenn er besserverdienende Paare ausraubt, nachdem er sich mit ihnen angefreundet hat.» Sie reichte mir ihren Haustürschlüssel. «Das Bild von mir und einem verbrecherischen

Russen an eurem Esstisch mit acht Gängen, bevor wir euer Tafelsilber einstecken, finde ich absolut genial.»

«Du hast ja ein nettes Bild von uns», schmollte ich. «Das ist wohl ein wenig übertrieben.»

«Das Meiste wird erst dann interessant, wenn man es übertreibt», erklärte Pippa geheimnisvoll.

Ohne ihre ungewöhnliche Sichtweise weiter zu kommentieren, stieg ich aus.

Liz folgte mir auf dem Fuße. «Ich habe langsam keine Lust mehr auf dieses Spielchen», raunte sie. «Eins sage ich dir: Diese Frau führt etwas im Schilde!»

«Hmmm.» Wie bei einer Teflonpfanne prallten Liz' Kommentare immer öfter an mir ab – zumindest in Gegenwart von Pippa.

Es war herrlich.

«Und was soll denn das mit dem Vogel jetzt?», wetterte Liz weiter. «Das klingt auch schon wieder nicht ganz koscher!»

«Pippa will einfach nicht zu Hause übernachten, weil sie ihren Exfreund nicht wiedersehen will», erklärte ich und stapfte ungelenk mit meinen Pumps über den Schotterplatz. «Ich würde es nicht unbedingt genauso machen wie sie, aber ich kann sie irgendwie verstehen. Er scheint psychisch ein bisschen auffällig zu sein. Und der Vogel kann eben nicht so lange alleine bleiben. Das ist alles. Es gibt keinen perfiden Plan.»

«Du wirst schon sehen, was du davon hast», schimpfte Liz, während ich die Tür zur Werkstatt aufschloss.

Kaum hatte ich die Tür geöffnet und beim Eintreten Pippas Gürtelschnalle deutlich sichtbar hochgehalten, hörte ich Igors wildes Flügelschlagen.

«Ippa, Ippa!», krächzte er und kam im Steilflug auf uns zu.

Doch anstatt wie das letzte Mal fledermausartig auf der Schnalle zu landen, steuerte Igor auf Liz zu.

«Aaaaaaaahhhhh!»

Liz' Schrei war so hoch, dass ich die Augen zusammenkniff und mir reflexartig die Ohren zuhielt.

Als ich meine Augen wieder öffnete, sah ich, dass Igor auf Liz' Kopf gelandet war. Er hatte sich mit seinen Krallen in ihrem Bob verfangen und versuchte sich, wild mit den Flügeln schlagend, daraus zu befreien.

Liz schrie ohne Unterlass, was Igor völlig panisch werden ließ. Mit immer unkoordinierteren Bewegungen wirkte er wie eine Toupiermaschine auf ihrem Kopf. Der Bob wurde immer mehr zu einem turbanähnlichen Ungetüm aufgeplustert.

«Hilfe! Hilfe!»

Liz fuchtelte ungestüm über ihrem Kopf herum, während ich versuchte, den Vogel aus ihren Haaren zu befreien. Aber Igor hatte sich mittlerweile derart tief in dem Haarnest eingegraben, das es unmöglich war, ihn dort herauszuholen.

«Aaah! Hilfe! Ahh!»

«Liz!», brüllte ich jetzt ebenfalls, «hör auf zu schreien! Du machst Igor Angst, so kriegen wir ihn nie raus!»

«Ahhh! Hilfe! Ahh!»

Es war nichts zu machen.

Ich erinnerte mich an Pippas Babysprache, in der sie mit Igor gesprochen hatte, als ich ihn zum ersten Mal gesehen hatte. Einen Versuch war es wert – vielleicht schaffte ich es auf die Art, ihn zu beruhigen.

«Iglivigli, Iglivigli ... Sei brav, hörst du? Iggi lieb bissu, lieb bissu! Komm da runter, ja? Na komm schon.»

Tatsächlich schien Igor sich ein wenig zu beruhigen. Er hörte auf, mit den Flügeln um sich zu schlagen. Vorsichtig legte ich meine Hand in das toupierte Haarnest und begann, Igor sanft zu streicheln.

«Ja, so ist's fein, Iglivigli, so ist's fein ...», redete ich ihm gut zu.

Mittlerweile hatte auch Liz aufgehört, zu kreischen. Ich schloss jetzt beide Hände um den Vogel und hob ihn langsam hoch. Eine dickflüssige, weiße Masse klebte an Liz' Haaren und machte es mir schwer, die letzte Haarsträhne, die noch in Igors Krallen hing, zu entfernen. Langsam zog ich Igor weiter raus. Irgendwann löste die Strähne sich, und ich hielt den Vogel unbeschadet in meinen Händen.

Ich war mir sicher, dass ich Liz nichts von der weißen, klebrigen Masse erzählen wollte. Zumindest nicht, bis Igor einige Kilometer Sicherheitsabstand hatte.

«Fein, Iglivigli, fein.» Ich redete weiter sanft auf ihn ein, während Liz wild an ihren Haaren herumfuchtelte.

Der Turm auf ihrem Kopf war mittlerweile so groß, dass er glatt als Storchennest durchgehen konnte – die Vogelkacke erwies sich als ein hervorragender Haarfestiger –, und ich musste die Lippen fest aufeinanderpressen, um nicht laut loszulachen.

«Dieses Viech hat mich tätlich angegriffen, das ist gemeingefährlich!», schnaufte die gealterte Amy-Winehouse-Kopie in Blond. «Das ist bereits der zweite Übergriff im Zusammenhang mit dieser *Person*!»

«Liz, kannst du bitte das hier nehmen.» Ich schob ein Paket Vogelfutter, das neben einer Packung Cornflakes stand, mit meinem freien Arm zur Seite.

Doch Liz ignorierte meine Bitte geflissentlich. «Und was ist das überhaupt für eine Behausung hier? Das ist doch im höchsten Maße asozial!» Wütend stapfte sie aus der Werkstatt. «Du willst dieses *Monster* doch nicht in dein Auto lassen, Sarah?»

Das Wort *Monster* sprach Liz ebenso spitz betont aus wie *Person* und verzog dabei ihre Lippen zu einem unförmigen Blumenkohl.

Wie ein Soldat hatte sie sich vor meinem Wagen positioniert: «Dann steige ich nicht ein! Nie und nimmer! Ich rufe mir ein Taxi.» Schon zückte sie ihr Handy und wählte eine Nummer.

«Wunderbar», sagte Pippa, die am Auto gelehnt auf uns gewartet hatte und mir jetzt die hintere Tür öffnete. «Das passt ganz gut. Dann hat Igor auch mehr Platz zum Herumfliegen.»

Mit einem Schwung schloss sie die Tür hinter mir, und ich öffnete meine Hände. Igor flatterte kurz herum und ließ sich dann auf dem Rücksitz nieder.

Ungefragt setzte sich Pippa wieder ans Steuer und startete den Wagen. Ohne auch nur eine Sekunde zu zögern, fuhr sie los.

Ich drehte mich überrascht um und sah Liz, wie sie zuerst völlig konsterniert stocksteif dastand und dann wild winkend hinter uns herlief und immer kleiner wurde.

«Igor ist ein wahres Himmelsgeschenk», sagte ich. «Besser als jeder Wachhund.» Dann kletterte ich auf den Beifahrersitz und überlegte: «Oder sollte ich ein schlechtes Gewissen haben?»

Pippa kicherte vor sich hin. «Hast du ihre Frisur gesehen? Salvatore wäre vor Neid erblasst!»

«Du weißt nicht, was Igor noch auf ihrem Kopf *gemacht* hat», sagte ich seufzend.

«Aaaaaaaaaaaaaaaaaaaaaaaahh!» Liz' Stimme gellte durch die geschlossenen Fensterscheiben, so hoch, dass ich Angst hatte, sie würden auf der Stelle zerbersten.

Ruckartig gab Pippa Vollgas, und ich wurde in den Sitz gepresst.

«Ich glaube, Liz hat Igors Spezial-Haarfestiger entdeckt.»

Wir lachten so laut, dass es jetzt Igor war, der kurz erschrak.

«Unglaublich, dass es erst ein kleiner Wellensittich schafft, deine böse Schwiegermutter in die Flucht zu schlagen!»

Gut gelaunt steuerten wir unsere Wohnung an, während Igor es sich auf meiner Kopflehne bequem machte und uns über die Schulter sah.

17. Kapitel

Als ich die Haustür aufschloss, hielt sich Pippa den Zeigefinger vor den Mund. Noch bevor ich meine Befürchtung ausgesprochen hatte, rannte sie auf Zehenspitzen in die Wohnung. Aus dem Arbeitszimmer erklang laute Musik, der Pippa folgte. Ich ging ihr seufzend hinterher.

Philip saß an seinem Laptop vor einer grellbunt leuchtenden Bildschirm-Maske und tippte hektisch in die Tasten.

Pippa öffnete ihre Hand, und sofort flatterte Igor los.

«Was zum Henker ...?», schimpfte Philip, als Igor knapp an seinem Kopf vorbeiflog.

Er drehte sich zu uns um. In dem Moment, als er uns sah, wich sämtliche Farbe aus seinem Gesicht. Ohne den Blick von uns abzuwenden, klappte er mit einer Wucht seinen Laptop zu, dass ich zusammenzuckte.

«Woher zur Hölle kommt dieser Vogel?», fragte Philip, noch immer so blass, dass er mit der Tapete in Konkurrenz treten konnte.

«Gestatten, das ist Igor», antwortete Pippa und lachte. «Wir wollten dich überraschen. Er ist ein ganz besonderer Vogel. Besser als jeder Wachhund und super intelligent. Er kann Menschen intuitiv einschätzen und liegt immer richtig. Liz zum Beispiel hat er auf den Kopf gekackt.»

Augenrollend strafte ich Pippa mit einem Blick und versuchte, Philip zu beschwichtigen. «Igor hat Liz aus Versehen eine ganz neue Frisur verpasst.»

Während wir sprachen, drehte Igor seine Runden durchs Zimmer, bis er dann auf dem silbernen Laptop Platz nahm.

Philip wich zurück und stand, ohne seinen Laptop herunterzufahren, auf. «Das war's wohl mit der Ruhe zum Arbeiten.»

«Willst du den Laptop nicht erst herunterfahren? Der Akku wird doch sonst so schnell leer.» Ich wusste, wie gewissenhaft er sonst bei diesem Thema war, weil der Stand-by-Modus angeblich den Akku schwächte.

Philip sah mich entnervt an. «Seit wann kümmerst du dich um meinen Akku? Lass das mal meine Sorge sein.»

Pippa warf mir einen bedeutungsschwangeren Blick zu. «Es sei denn, man will den Computer nicht öffnen, um eine verräterische Maske zu zeigen.»

«Was?»

Philip war mehr als nur ungehalten über unseren Spontanüberfall mit dem Vogel, aber Pippas Vermutungen schienen ihn richtig wütend zu machen, das konnte ich an seinen zusammengekniffenen Augen erkennen.

«Ach was, wen interessiert schon so ein blöder Akku?», warf ich ein. «Entschuldige die Störung, Schatz.»

Ich deutete Pippa an, den laptopvögelnden Igor wieder zu sich zu nehmen, doch sie ließ nicht locker.

«Was hast du da denn gerade gemacht? Mir kam die Website so bekannt vor. Rot und weiß, hm? Ich glaube, auf der Seite war ich auch schon mal ...»

«Ich weiß nicht, was deine verrückte Freundin hier von mir will», sagte Philip in meine Richtung, «aber ich wäre euch wirklich dankbar, wenn ihr mir jetzt meine Ruhe lasst.»

Philip wollte nach dem Laptop greifen, doch Igor blieb stur darauf sitzen, ohne sich auch nur einen Millimeter zu bewegen. Dann legte er den Kopf schräg und sah Philip an, als wolle er ihm etwas sagen.

«Schafft dieses Viech da weg! Ich will nicht, dass es auch noch auf mein Gerät macht!»

Als Philip den Laptop mit einem Ruck zu sich zog, flatterte Igor mit den Flügeln und krächzte einmal laut auf.

«Ficken! Ficken!»

✿

Philip hatte sich ins Schlafzimmer zurückgezogen. Als ich ihm nachgehen wollte, hielt Pippa mich zurück.

«Sarah, die Maske, die Philip da gerade offen hatte, die kenne ich. Das war ein Dating-Portal. Ich bin da selbst mal Mitglied gewesen.»

«Ach Quatsch, Philip arbeitet abends oft länger. Nur weil da eine Werbung eingeblendet war, musst du doch nicht gleich seltsame Rückschlüsse ziehen.»

«Das war keine Werbung. Er hat gechattet, das hab ich eindeutig gesehen. Er chattet mit irgendwelchen Frauen im Netz.»

«Ich bitte dich», erwiderte ich und winkte ab, «das würde Philip nie und nimmer tun. Wieso auch? Ich verstehe nicht, warum du mir das jetzt einreden willst, Pippa.»

«Ich will dir das nicht einreden, ich sage dir nur, was ich gesehen habe und was du offensichtlich nicht sehen willst. Hast du dich mal gefragt, warum Philip ständig durch Abwesenheit glänzt, immer länger arbeitet und dauernd ‹beim Sport› ist? Er kümmert sich nicht um eure Hochzeit, und meiner Meinung nach auch nicht um dich. Man könnte meinen, er will die Hochzeit gar nicht!» Pippa sah mich an, als hätten sie ihre eigenen Worte erschreckt. «So, jetzt ist es raus. Jetzt kannst du mich steinigen.»

Ich wusste nicht, ob mich Pippas Worte sauer oder traurig machen sollten, denn offensichtlich gönnte sie mir mein Glück mit Philip nicht. Ich kannte dieses Verhalten schon aus früheren Bekanntschaften. Nur Pippa hatte ich ganz und gar nicht so eingeschätzt.

«Hör auf, dich in unsere Beziehung einzumischen, Pippa», ermahnte ich sie. «Das steht dir nicht zu als ... als ...» Ich stockte. «Als was auch immer! Es ist dein Problem, wenn du kein Glück mit Männern hast. Nur mach mir meines nicht madig, weil du neidisch bist!»

«Was?»

Pippa sah mich entgeistert an. Mittlerweile hatte Igor auf ihrer Schulter Platz genommen. Als sie heftig mit dem Kopf schüttelte, flog er krächzend davon.

«Ach, was rede ich überhaupt mit dir. Meine Beziehung zu Philip geht dich gar nichts an!»

«Und ob es mich was angeht. Ich sehe doch, was hier passiert. Ich kann nicht wegschauen so wie du!»

«Du siehst Gespenster!», rief ich heftig. «Du reimst dir zusammen, was dir in den Kram passt. Du hast doch gar keine Ahnung von Männern!»

«Wie bitte?»

«Ja! Gehst mit Vater und Sohn ins Bett, vögelst Gott und die Welt und versteckst dich dann vor Exliebhabern! Was willst *du* mir bitte für Ratschläge geben?»

Im selben Moment, in dem ich es ausgesprochen hatte,

bereute ich meinen Kommentar. Aber ich konnte jetzt nicht mehr zurück. Wütend rannte ich ins Schlafzimmer. Im Flur hörte ich noch, wie Pippa mir etwas nachrief.

«Du hast recht. Etwas anderes kann ich nicht.»

✿

Als ich zu Philip ins Schlafzimmer kam, packte er gerade seine Sporttasche.

«Du willst jetzt noch weg? Ich dachte, wir essen zusammen.»

«Du kannst mit deiner irren Freundin und dem geistesgestörten Vogel ja essen, wenn du willst», sagte Philip, ohne mich anzusehen.

«Aber du warst doch erst heute Morgen beim Sport?»

Mein Blick fiel auf das benutzte T-Shirt und die Sporthose, die zusammengeknüllt auf der Tasche lagen. «Willst du das ernsthaft noch mal anziehen?»

«Sarah, ich habe das Gefühl, dieser Yoko-Ono-Effekt nimmt langsam überhand. Jetzt schleppt diese Frau sogar noch ihre Haustiere an! Und nur so ganz nebenbei: Wieso hat das Viech keinen Käfig?»

Ich presste zerknirscht die Lippen zusammen und hob die Schultern. «Ich weiß es auch nicht. Pippa sagt, Vögel müssen fliegen. Oder so. In jedem Fall haut er nicht ab.»

«Das wäre aber besser für ihn. Diese Frau spinnt doch vollkommen. Und du drehst auch immer mehr durch. Meine Mutter nach der Messe einfach so stehen zu lassen ...!»

«Du weißt es schon?»

«Sie hat mir 32 WhatsApp-Nachrichten geschickt!» Er ließ sich aufs Bett fallen. «Und das, wo sie dir mit den Tickets eine

Freude machen wollte. Du bist wirklich dankbar!» Die Ironie in seiner Stimme war nicht zu überhören.

«Sie hat mich regelrecht überrumpelt, Philip. Ich wollte mit Pippa dorthin. Und dann stand sie einfach vor der Tür. Auf der Messe hat sie dann die ganze Zeit gestichelt, und der Angriff von Igor war nun wirklich nicht meine Schuld. Sie wollte nicht mehr einsteigen, hat sich partout geweigert, mit uns nach Hause zu fahren! Pippa hat sie dann nur beim Wort genommen.»

«Wie auch immer – es ist und bleibt eine Farce. Diese Frau ist eine Vollkatastrophe. Und jetzt auch noch dieser Vogel! Wo soll das hinführen?»

Ich beugte mich zu Philip hinunter und nahm sein Gesicht in die Hände. «Es tut mir leid, mein Schatz. Ich versichere dir, sie ist bald wieder weg. Mitsamt dem Vogel. Obwohl ich zugeben muss, dass ich ihn irgendwie lustig finde.»

Ich dachte an Igors Worte auf Philips Laptop – und plötzlich fielen mir Pippas Worte wieder ein.

«Sag mal, was war denn das vorhin für eine seltsame Website, die Pippa meinte?»

«Keine Ahnung, was diese Verrückte sich da zusammenspinnt. Das war die Seite einer gewöhnlichen Betriebssoftware. Ich sag's dir, diese Frau ist nichts als Sand im Getriebe!»

Ich schmiegte meine Wange an seine und schob mich ganz nah an ihn heran. «Wenn sie Sand ist, was bin dann ich?», flüsterte ich leise. «Öl ... im Feuer?»

Erstaunlich unsanft schob er mich einige Zentimeter von sich weg. «Sand und Öl ergeben Klumpen. Und kein Mensch will Klumpen.»

Unwillkürlich musste ich lachen, weil seine Beschreibung so etwas Albernes hatte.

«Bleib doch hier», versuchte ich ihn zu überreden, «wir haben kaum noch Zeit zu zweit.»

«Und an wem liegt das?», fragte Philip und löste sich von mir. «Du entscheidest dich ja dafür, permanent Zeit mit dieser Frau zu verbringen.»

Ich seufzte. Ich konnte ihm nicht absprechen, dass er recht hatte.

«Aber du musst nun wirklich auch nicht zweimal am Tag zum Sport!», versuchte ich es erneut, doch Philip war bereits aufgestanden und hatte sich seine Tasche über die Schulter gehängt.

«Bis später.»

Er gab mir einen flüchtigen Kuss auf die Nase und ging hinaus.

Ich ließ mich auf das Bett plumpsen und überlegte, was ich mit dem Rest des verkorksten Abends anfangen wollte. Pippa, Liz, Philip – irgendwie knirschte es überall gewaltig im Getriebe.

Seit Pippa in mein Leben getreten war, war alles irgendwie komplizierter. Ich nahm mir vor, gleich noch einmal mit ihr zu sprechen.

Als ich mich nach vorne beugte, um aufzustehen, fiel mein Blick auf etwas Helles, das unter dem Bett hervorlugte. Es war einer von Philips Sportschuhen.

Erneut beugte ich mich nach unten und entdeckte auch den zweiten ein wenig weiter hinten. Philip hatte seine Schuhe vergessen! So konnte er unmöglich trainieren. Er würde es sicher bald merken und direkt wieder nach Hause kommen. Dann hatten wir vielleicht doch noch etwas von dem verschenkten Abend.

Ich ließ mich rücklings aufs Bett fallen und atmete tief

durch. Und ehe ich einen weiteren Gedanken fassen konnte, waren mir die Augen zugefallen.

✿

Am Sonntagmorgen wurde ich früh geweckt, weil ich vergessen hatte, die Jalousien herunterzulassen. Ich blinzelte in das helle Sonnenlicht und suchte nach meinem Wecker. Es war 05:09 Uhr – noch viel zu früh, um aufzustehen.

Philip lag leise schnarchend neben mir. Gerade, als ich mich noch mal umdrehen wollte, hörte ich Geschirrklappern aus der Küche. Das war – zumindest an einem Sonntag – schon nicht *meine* Uhrzeit, aber Pippas erst recht nicht.

Was trieb sie bloß so früh in die Küche?

Mit einem Schwung hievte ich mich aus dem Bett, warf mir meinen Seidenbademantel über und stieg die Treppen hinab.

«Pippa?»

Ein lautes Klirren wie von einer zerbrochenen Tasse ertönte. Dann eine Männerstimme. «Autsch!»

«Alles okay-» Ich kam nicht dazu, das Wort zu beenden, denn was ich erblickte, machte mich sprachlos. Ein halbnackter Mann in einem viel zu kleinen T-Shirt – genau genommen war es *mein* T-Shirt –, das ihm kaum bis zum Bauch reichte, stand vor mir.

«Oh!»

Aus einem Reflex heraus suchte ich eine Waffe gegen den vermeintlichen Einbrecher. Doch beim zweiten Blick erübrigte sich meine Sorge, und ich wünschte mir beinahe, es wäre ein Einbrecher gewesen.

«Herr ... Margath!?»

Ich traute meinen Augen nicht.

«Frau Bender!»

Er stand stocksteif vor mir – in seiner ganzen Pracht. Sofort legte ich mir eine Hand über die Augen.

«Entschuldigen Sie die Störung, ich wusste ja nicht, dass –»

«Was zur Hölle suchen Sie in meiner Küche?», rief ich lauter als beabsichtigt.

«Ein Glas Milch, um ehrlich zu sein. Ich habe da so eine Angewohnheit. Ich weiß, es klingt albern, aber ich brauche nach dem Sex immer ein Glas –»

«Schon gut», unterbrach ich ihn erneut. Ich blinzelte durch Zeige- und Mittelfinger. Das träumte ich doch bloß, oder? «Wie kommen Sie hier rein?», fragte ich, obwohl ich mir die Antwort selber geben konnte.

Herr Margath schob seelenruhig mit den nackten Füßen die Scherben zusammen, während er sich beide Hände vors Gemächt hielt.

«Ich ... ich ... ich weiß nicht, was ich sagen soll», stammelte ich. Am liebsten hätte ich Pippa auf der Stelle brüllend herzitiert, aber der Gedanke an Philip und seine Reaktion hielt mich auf.

Ich wusste nicht, was am schlimmsten war: Dass Pippa einen Fremden in mein Haus gelassen hatte und offensichtlich hier mit ihm Sex gehabt hatte, dass er mein T-Shirt trug, dass ich im Bademantel vor ihm stand, dass ich ihn nackt gesehen hatte oder dass der Kerl Verwalter der Wolkenburg war, in der ich meine Hochzeit feiern wollte.

Mein Kopf rotierte, aber ich konnte keinen vernünftigen Gedanken fassen. Schwankend stützte ich mich am Küchenblock ab. «Herr Margath, wirklich, ich weiß nicht, was –»

«Nennen Sie mich Udo, bitte.»

«Sie verschwinden jetzt wohl besser», flüsterte ich leise, aber bestimmt, nachdem ich mich einigermaßen gesammelt hatte.

«Aber –»

«So-fort!»

«Natürlich, natürlich, ganz wie Sie wünschen.»

Ich hatte Angst, dass er mir noch die Hand reichen wollte und ich erneut freie Sicht auf sein Gemächt bekommen würde, also drehte ich mich zur Seite, bis er endlich Anstalten machte, die Küche zu verlassen. Gerade als ich durchatmen wollte, drehte er sich noch mal um.

«Ach, und Frau Bender? Das mit dem Amadeus-Saal klappt in jedem Fall. Ich sende Ihnen direkt morgen eine Bestätigung per E-Mail!»

18. Kapitel

«Ich kann das immer noch nicht glauben, Pippa.»

Wir waren unterwegs zu einem Brautmodengeschäft, in dem es genau die Sorte Brautkleider geben sollte, die ich suchte. Die Hostess auf der Brautmodenmesse hatte mir den Tipp gegeben, zu *Cinderella* zu gehen.

Pippa saß, salzige Heringe kauend, neben mir auf dem Beifahrersitz. Nach der Begegnung mit Herrn Margath war ich so sauer gewesen, dass ich den kompletten Sonntag zum Abreagieren brauchte und sogar mit Philip segeln ging, nur um Pippa nicht in der Luft zu zerreißen. Wir hatten alle eine kleine Pause voneinander nötig gehabt, damit alles nicht noch mehr hochkochte.

«Ich weiß gar nicht, was ich schlimmer finde», brach ich schließlich das Schweigen. «Dass du ohne mein Wissen unseren Hochzeitssaalveranstalter in die Wohnung lässt oder dass du mit dem Typen auch noch geschlafen hast.»

«Man muss eben viele Frösche küssen», begann Pippa, aber ich unterbrach sie.

«Ach, hör auf. Du musst deswegen doch nicht den ganzen Teich vögeln.»

«Ich wollte ja gar nicht, dass du ihn siehst!», verteidigte sie sich.

«Und das macht es noch schlimmer!»

«Ja?»

«Ja!»

Pippa seufzte. «Wenn mein Leben mal verfilmt wird, heißt es *Pleiten, Pech & Pannen.*»

«Dein Leben wird niemals verfilmt», antwortete ich säuerlich, «das tut sich keiner freiwillig an.»

«Sag das nicht. Ich war mal ein echtes Testimonial für eine City-Light-Kampagne in der ganzen Stadt!»

«Ach ja?», fragte ich ungläubig.

«Ja, es ging um Safer Sex. Da stand: ‹Ich habe viel Sex, aber richtig!›»

«Oh mein Gott.»

«Immerhin war es für die gute Sache», erklärte sie schmunzelnd. «Danach konnte ich mich vor Angeboten kaum retten. Aber das war vor vier Jahren. Heute muss ich eben nehmen, was ich kriege, verstehst du?»

Ich schnaufte wütend. «Nein, das verstehe ich nicht. Es ist nicht nur völlig unangebracht, fremde Kerle in eine fremde Wohnung zu schleppen. Es ist genauso daneben, mit jedem männlichen Wesen, das nicht bei drei auf dem Baum ist, in die Kiste zu steigen!»

«Ich wollte nicht alleine sein, nach unserem Streit. Und Udo hatte so süße Emoticons geschickt ...»

«Du tust einfach die falschen Dinge – wenn auch meinetwegen aus den richtigen Gründen», philosophierte ich weiter. «Ich meine, dass du dich nach einem Mann sehnst, verstehe ich. Aber so wird das nie was. Einer wie der Margath ist doch nie im Leben was für dich. Du kannst mir nicht ernsthaft erzählen, dass du dich in ihn verlieben könntest.»

«Ich weiß nicht», murmelte Pippa zerknirscht.

«Ach komm! Wie lange hielt deine längste Beziehung?», forderte ich sie heraus. «Bis zum Frühstück?»

Stirnrunzelnd sah sie mich an. «Vielleicht will ich das ja gar nicht. Es gibt Gefühle, die tun so gut, dass man sich gar nicht traut, sich daran zu gewöhnen. Weil man weiß, dass sie nicht für immer sind, und das Leben danach nur schwerer wird.»

«Das ist doch auch keine Lösung!»

«Ach nein?» Pippa warf einen Salzhering zurück in die Tüte und pfefferte sie in den Fußraum.

«Ich habe eben keine Ahnung davon, wie man nicht mit allen Männern schläft, wie man mit Geld umgeht, wie man einen Hummer isst und überhaupt so ein meisterproperstrahlendreines Leben führt wie du!»

«Ein Anfang wäre schon mal, vorher nachzudenken, *bevor* du etwas tust!», pfefferte ich zurück.

«Das mache ich ja! Letztens habe ich zum Beispiel über die Umwelt nachgedacht und mir ein Zugticket auf mein Handy schicken lassen, weil es heißt, das neue E-Ticket spart Bäume! Und dann war mitten auf der Fahrt mein Akku leer, und der Schaffner hat mich als Schwarzfahrerin durch den halben Zug geschleift! Egal was ich mache, es ist falsch! Gerade wenn ich nachdenke und etwas wirklich richtig machen will, geht es in die Hose!»

«Im wahrsten Sinne ...», schmunzelte ich. Ich schaffte es einfach nicht, Pippa dauerhaft böse zu sein. «Verdammt, ich habe wirklich noch nie jemanden getroffen, der so verkorkst ist wie du!»

«Wahrscheinlich, weil es niemanden gibt, der so verkorkst ist wie ich!» Sie holte sich die Tüte Lakritz zurück aus dem Fußraum und stopfte sich gleich drei Heringe gleichzeitig in den

Mund. «Mann! So beschissene Laune hatte ich zuletzt, als ich feststellte, dass man die Hühnereier aus dem Supermarkt nicht zu Hause im Puppenwagen ausbrüten kann.»

«Und das war mit vier?»

«Mit zwölf.»

«Oh.»

Ich parkte den Wagen. Ein riesiges Schaufenster voll weißer Träume ließ keinen Zweifel daran, dass wir nun bei *Cinderella* angekommen waren.

«*Cinderella* ...», schnaufte Pippa, «das klingt nach echter Prinzenrettung.»

Ich blitzte sie von der Seite an. «Philip ist mein Prinz, ob du es nun wahrhaben willst oder nicht. Dafür braucht er noch nicht mal einen weißen Gaul.»

«Nee, eher ein Boot», maulte Pippa. «Ich bin sowieso dafür, dass sich die Mädels selbst aufs Pferd schwingen. Die Prinzennummer funktioniert doch sowieso nicht.»

«Sagt die Frau, die heute Nacht einen echten Frosch geküsst hat ...» Bei dem Gedanken an den halbnackten Herrn Margath schüttelte es mich.

«Ach, was!», winkte Pippa ab, als wäre das längst Schnee von gestern.

Plötzlich und ohne Vorwarnung begann es aus heiterstem Sonnenschein zu regnen.

Pippa blinzelte Richtung Himmel. «Dieser Sommer ist wie ein vorgetäuschter Orgasmus. Theoretisch eine gute Idee, aber in der Praxis eine echte Vollkatastrophe!»

Ich zog einen Schirm aus der Seitenablage und öffnete die Tür. «Apropos: War es wenigstens gut, mit Udo heute Nacht? Ich meine, hat es sich gelohnt?»

Pippa hob eine Augenbraue. «Herr Margath nimmt nicht nur seine Verwaltungspflichten sehr, sehr ernst.»

Ich musste nun doch wieder lachen, als wir eng aneinandergequetscht im Gleichschritt unterm Regenschirm losrannten.

✿

«Du siehst wirklich granatenstark aus!»

Pippa strahlte mich mit großen Augen an.

«Jo mei, ganz bezaubernd!», pflichtete unsere Verkäuferin mit ordentlich bayerischem Dialekt bei, die sich uns als Geli vorgestellt hatte.

Ich stand auf einem Podest vor einer riesigen Spiegelwand und betrachtete mich selbst. Das Kleid saß auch ohne Anpassungstermin perfekt.

«So a Glück.» Geli war eine mittelalte Matrone mit Dutt und schwarzer Riesenbrille, die ihr an einem goldenen Brillenkettchen um den Hals hing und die sie immer wieder auf- und absetzte, um abwechselnd mich und das Kleid zu begutachten. Sie war wohl die letzte Person, die man sich in einem modernen und eleganten Laden wie *Cinderella* vorstellen würde.

An Pippas Zwinkern konnte ich erkennen, dass sie dasselbe dachte.

«Des liagt aber och a an der schicken Figur! Wie kriegen's des nur hin? Essen's bestimmt wia a Vogerl! Mädels wie wir –» sie warf einen mitleiderhaschenden Blick Richtung Pippa, die einen Teufel tat, diesen zu erwidern – «haben's mit unsern Rundungen ja immer so leidig schwer. Dadrauf nehmen's die Designer ja nimmer Rücksicht.»

Dann blieb Gelis Blick auf Pippas schlammbespritzten Boots

auf dem blütenweißen, kuschelweichen Teppich hängen, und sie rümpfte verächtlich die Nase.

«Na, des geht aber net, gell, des macht hier alles dreckig, des is ja eine totale Sauerei!» Kurz verschwand sie hinter der Kassentheke, um wenig später mit zwei weißen Tüten aufzutauchen, die mit rosa Herzen und Blumen bedruckt waren und die sie mit ausgestreckten Armen hochhielt, als wären es von ihr selbst gewonnene Pokale.

«Des is es!» Mit diesen Worten ließ sich Matronen-Geli auf den weichen Teppich plumpsen und hob Pippas rechten Fuß an.

«Was zum Teufel ...?», fluchte Pippa, doch da hatte Geli ihre Fessel schon fest im Griff.

«Hoch mit de Fiass, los!», donnerte sie. Dann stülpte sie die Tüte über Pippas Schuh, zog ein pinkfarbenes Band aus der Tasche ihres viel zu engen Sekretärinnenkleids, wickelte es um Tüte und Fuß und fixierte alles mit einer Schleife.

Während Pippa vor Erstaunen ganz steif dastand und Geli das Prozedere am zweiten Fuß wiederholte, begann ich zu kichern.

«Schicker Look! Ich glaube, so saubere Schuhe habe ich an dir noch nie gesehen!»

Auch unsere Matrone betrachtete ihr Werk nun zufrieden von allen Seiten. «Joa, des geht sich fein aus! Und da sehn ma's ma wia, wie kreativ mia in der Bekleidungsindustrie san!»

Pippa sah an sich herunter. Ihre Füße waren nun zwei weißpinke Plastikklumpen, die aussahen wie riesige Geschenke, aus denen ihre Beine mit den Leoprint-Jeggins wie zwei Mikado-Stäbchen herausstachen.

«Du weißt, dass ich das nur für dich tue, ja?», sagte Pippa und betrachtete sich im Spiegelbild.

Ich nickte ihr im Spiegel zu, und sofort brachen wir in lautes Gelächter aus. Es gab ein irrwitziges Bild ab, wie wir beide hier standen: Ich in meiner schicken Robe auf dem Podest und Pippa in ihren Tüten mit Schleifen drum neben mir.

«Dafür wirst du dich irgendwann revanchieren müssen», erklärte sie unter Lachtränen.

Ich hielt mir den Bauch, der vor lauter Lachen schon ganz weh tat. «Ich fürchte es!»

«Jo, was gibt's da bittschön so zum Lachen? Des is hier ein ganz ein feiner Teppich, des muss i schon sagn, da passen S' bittschön das nächste Mal auf. Na, na, heutzutag denkt auch keiner mehr mit, na. Alle denken's nur an sich, koana mehr an den andern!», brabbelte Geli, während Pippa und ich versuchten, einen weiteren Lachanfall zu unterdrücken.

Als wir uns wieder beruhigt hatten, betrachtete ich mein Kleid von allen Seiten. Es war schlicht gehalten, schulterfrei, aber trotzdem hochgeschlossen, jedenfalls im Vergleich zu den Exemplaren, die wir auf der Messe gesehen hatten. Der Stoff war ein Seidengemisch, das schimmernd glänzte.

«Das Weiß ist gar kein richtiges Weiß, oder?» Ich drehte mich im Licht der unzähligen Halogen-Spots, die in die Decke eingebaut waren. «Es ist so schwer zu erkennen, *wie* weiß es wirklich ist.»

«Des is a ganz neuer Trend, frisch heraus», erklärte Geli. «Nennt sich Perlmuttweiß! So was tragen's die Stars gerad alle!»

«Auch Beyoncé?», fragte Pippa.

Irritiert schüttelte ich den Kopf. «Das kann man bei dem Licht einfach nicht erkennen», beschwerte ich mich. «Das schimmert so seltsam lila.»

«Na, na, auf koan Fall lila!», wandte Geli ein. «Gehen S' raus an die Tür, da sehen S' besser beim Licht.»

Ein Blick durch die große Fensterfront bestätigte mir, dass es aufgehört hatte, zu regnen.

«Ja, das wird das Beste sein», sagte ich, zog den Saum ein paar Zentimeter vom Boden hoch und stieg vorsichtig die drei Stufen vom Podest.

«Aber net auf die Straß, gell? Bloß an die Tür zum Licht!», mahnte sie. «Mia san ja –»

«Ein Regenbogen!», rief Pippa und zeigte nach draußen. «Du darfst dir was wünschen!»

Tatsächlich erstrahlte ein riesiger Regenbogen über der nass glänzenden Straße. Ihre kindliche Freude, als würde sie dieses Schauspiel zum ersten Mal sehen, rührte mich.

«Los, wir stellen uns drunter und du wünschst dir was. Und ich wünsche mir was für dich!»

Pippa zog mich am Arm zur Tür, vor der sich aber schon unsere Matronen-Geli wie ein Zinnsoldat positioniert hatte.

«Glauben'S net, dass da koa Dreck liagt, da drauß'n. Passen S' bittschön auf, gell? Net, dass des Kleid am End versaut is! Nehmen S' bittschön den Saum hoch! Und nur auf dem Abtritt hier stehn, net weiter!»

«Zu Befehl, Frau Geli!» Pippa tätschelte ihr mit dem verbundenen Arm den Rücken. «Machen ma ois!»

Sie salutierte und hielt mir dann die Tür auf.

Kichernd stellte ich mich auf den Türabsatz, doch die Überdachung der Ladenzeile warf einen grauen Schatten auf das Kleid.

«Ich muss ein Stück weiter auf die Straße», erklärte ich entschuldigend, «ich nehme den Saum hoch, keine Sorge.»

Geli rollte mit den Augen. «Wenn da auch bloß a winz'ges Krümel dran is, die Reinigung bezahlt S' er mir, des sag i direkt, jawohl!»

Ich raffte das Kleid zusammen und ging ein paar Schritte auf den nassen Asphalt. Das Weiß war wirklich wunderschön, Frau Geli hatte recht gehabt. Es war ein Perlmuttweiß, wie ich es ganz selten in den Muscheln gesehen hatte, die Philip und ich während unserer Südsee-Urlaube gefunden hatten. Es schimmerte zurückhaltend, aber doch sichtbar. Die Sonne wurde auf dem Stoff reflektiert, als wäre gerade Feenstaub über mich ergossen worden. Jetzt fühlte ich mich wahrlich wie Cinderella.

Es war perfekt.

Einige Passanten nickten mir bewundernd zu, während sie an uns vorbeigingen.

«Los, wir wünschen uns schnell was!», sagte Pippa und ergriff meine Hände.

Als ich den Saum losließ, rief Geli: «Oh Gott, nein, nein! Kommen S' sofort z'ruck!»

«Nur eine Sekunde!», flehte Pippa und kniff ihre Augen fest zusammen.

Ich tat es ihr nach. Sofort schossen mir tausend Gedanken im Kopf herum. Was sollte ich mir wünschen? Ich hatte doch im Grunde alles. Ich lebte das Leben, für das ich so hart gearbeitet hatte. Es war genau so, wie ich es wollte, so, wie ich es mir als Kind immer erträumt hatte. Weit genug weg von meinem alten Leben auf dem Schweinehof hatte ich den perfekten Mann, den richtigen Job und lebte ein Leben, das genau so lief, wie ich wollte.

Bis ich Pippa begegnet war.

Und auf einmal war er da, der Gedanke – ganz klar und hell leuchtend wie das Weiß meines Kleides: Ich wollte mir etwas für Pippa wünschen. Ich wollte, dass sie glücklich war.

«Du darfst aber nicht sagen, was du dir wünschst!», hörte ich Pippa sagen. «Sonst ... He!»

Noch bevor ich meine Augen wieder geöffnet hatte, spürte ich, wie mich jemand heftig an der Schulter packte und nach hinten zog.

«Au!»

Ich öffnete die Augen: Pippa war weg. Und dann ging alles ganz schnell.

Ich hörte, wie unmittelbar auf meiner Höhe der Straße eine Schiebetür aufgerissen wurde, wie Pippa schrill aufschrie und nur von Gelis Stimme übertroffen wurde. Als ich mich umdrehen wollte, schlangen sich zwei kräftige, volltätowierte Arme um meine Hüften und hoben mich unsanft hoch.

«Ahhh!» Ich strampelte mit den Beinen, aber der Kerl hatte mich fest im Griff und trug mich zu einem parkenden Lieferwagen.

«Hilfe!», brüllte ich, so laut ich konnte.

Auch Pippa schrie erneut und strampelte mit ihren Tütenschuhen. «Lass die Pfoten von mir! Hau ab! Verpiss dich!»

«Hoalt!», brüllte nun auch Geli. «Wos in Herrgotts Namen ...?!»

«Hilfe, Hilfe!» Ich strampelte, so wild ich konnte.

Ein älteres Passantenpaar blieb stehen, an dem ich vorbeigeschleift wurde.

«Ich werde entführt!», brüllte ich und streckte ihnen meine Hände entgegen. «Helfen Sie mir! Rufen Sie die Polizei!»

«Oh, eine Brautentführung, wie schön!», sagte der alte Mann

und strahlte erst mich, dann seine Frau an. «Dass die alten Traditionen heute noch gelebt werden! Weißt du noch, damals, Schatzi?»

«Hilfe!», rief ich wieder.

«Glückwunsch!»

«Hilfe!»

«Alles Gute!»

«Hilfeeeeeeeeeeeeee!»

Mehrere Passanten auf der Straße waren stehen geblieben, und begannen zu klatschen und zu jubeln.

Als ich in den Transporter gedrückt wurde, versuchte ich noch, mich mit den Beinen wegzuschieben, aber ich kam nicht gegen die Wucht an, mit der ich förmlich in den Wagen geworfen wurde. Ich landete auf allen vieren im Inneren des Wagens, neben mir die keifende Pippa. Dann stiegen zwei dunkle Gestalten ein, die Schiebetür wurde zugezogen, und der Wagen fuhr mit quietschenden Reifen so ruckartig los, dass ich nach hinten geschleudert wurde.

Noch im Liegen wurden meine Hände auf dem Rücken zusammengedrückt. Ich spürte ein kaltes Metall an den Gelenken, dann vernahm ich ein lautes Klicken. Ich kannte dieses Geräusch aus dem Gerichtssaal: Es war das Einrasten von Handschellen.

19. Kapitel

Wer sind Sie? Was wollen Sie?»

Ich hatte mich nur mühsam aufsetzen können und spürte jetzt den Schmerz vom Aufprall im linken Oberarm deutlich.

«Das sind die Leute von Vlad», erklärte Pippa, während sie sich mit ihrem gesunden Arm am Fensterrand hochzog und sich ebenfalls aufrecht hinsetzte.

Die beiden Männer, die mit ihren Glatzen, den Tattoos und den identischen schwarzen Lederjacken wie geklonte Zwillinge aussahen, starrten uns kalt an. Aber noch immer sagten sie kein einziges Wort.

Der Kerl mir gegenüber trug einen Ohrring, einen kleinen glitzernden Stein. Er erwiderte meinen Blick mit einem leichten Nicken, dann öffnete er seine Lederjacke ein Stück weit, sodass ich freien Blick auf den Lauf einer Waffe hatte, die aus seiner schwarzen Anzughose ragte.

Ich hatte solche Gestalten – außer in amerikanischen Actionfilmen vielleicht – noch nie live gesehen. Selbst im Gerichtssaal waren Angeklagte nicht so angezogen, geschweige denn bewaffnet. Es kam mir alles seltsam unwirklich vor. Ich war derart aufgewühlt, dass ich nur fragen konnte, was mir gerade durch den Kopf schoss.

«Verdammt, was soll das? Wer sind Sie? Wo fahren wir hin?»

Ich wiederholte mich immer wieder, bekam aber keine Antwort. «Lassen Sie uns sofort hier raus!»

Krampfhaft versuchte ich, mit den verbundenen Händen mein Handy aus der Hosentasche zu holen, bis ich bemerkte, dass ich ja das Brautkleid trug. Es war am Saum und an einer Seite grau-schwarz verdreckt und nass. Eine Sekunde dachte ich an die arme Geli, die nicht nur ein entführtes, sondern auch ein völlig verdrecktes Brautkleid zu verzeichnen hatte. Sie stand wahrscheinlich immer noch hyperventilierend auf dem Türabsatz von *Cinderella*.

«Vergiss es», sagte Pippa resigniert, «sie verstehen kein Wort.»

«Wieso? Wer sind die Typen? Was wollen sie? Und wer oder was ist Vlad?» Ich wusste nicht, welche Frage ich zuerst stellen sollte.

«Ich wollte dich vor seinen Leuten schützen, das musst du mir glauben!», flehte sie.

«Pippa, ich will jetzt sofort wissen, was hier los ist!» Mein Ton war scharf, ich war nicht willig, auch nur eine Sekunde länger in diesem Wagen zu bleiben.

«Es ist alles meine Schuld», flüsterte Pippa, zog ihre Knie an und schlang die Hände, die ebenfalls in Handschellen steckten, darum. «Ich bin extra zu dir gezogen, damit das nicht passiert!»

Ich dachte angestrengt nach. «Vlad, ist das ... ist das etwa dein liebeskranker Ex?»

Pippa schüttelte den Kopf. «Nein, das war gelogen.»

Ich fasste es nicht. «Was? Was heißt das? Was war gelogen? Und warum sind wir dann hier?»

«Vlad ist ... na ja, was er wirklich ist, weiß ich eigentlich gar nicht so genau. Jedenfalls organisiert er illegales Schlammcatchen und hat mir Geld für die Werkstatt geliehen. Ich war sowieso mit der Miete im Rückstand und dann kamen auch noch diese neuen Brandschutzrichtlinien.» Sie seufzte. «Ich sollte dann für ihn den ein oder anderen Kampf machen, dann passierte das mit meinem Arm und so kam eins zum andern ...»

«Du hast dich mit russischen Geldeintreibern angelegt?» Ich war sprachlos. «Ich ... ich ... Ich fasse es nicht!»

«Das war ja ganz anders geplant! Vlad ist eigentlich ganz nett, wirklich, ein ganz feiner Kerl! War ja nicht abzusehen, dass ich mir den Arm breche! Trotzdem konnte ich den Kampf nun mal nicht machen - und den Ausfall nicht bezahlen. Vlad hatte da aber so einen Vertrag aufgesetzt und na ja ...»

Mir fiel der dunkle Transporter wieder ein, der uns auf dem Weg zur Hochzeitsmesse gefolgt und der auch vor Pippas Werkstatt aufgetaucht war. Dann dachte ich an Pippas plötzliches Verschwinden beim Konditor und zählte eins und eins zusammen.

«Du bist also die ganze Zeit vor diesen Typen weggelaufen?»

Pippa sah mich schuldbewusst an.

«Das geht schon seit Wochen?»

Sie nickte. «Sogar schon ein bisschen länger.»

In meinem Kopf ratterte es. «Du hast dich deshalb bei mir einquartiert? Bedeutet das etwa, du wolltest mir nur bei der Hochzeit helfen, um irgendwo unterkriechen zu können, wenn es brennt?»

«Nein, nein!» Pippa beugte sich zu mir und sah mich ernst an. «Sarah, das darfst du bitte auf keinen Fall glauben! Das war nicht mein Plan! Wirklich nicht! Ich hab doch nie einen, das ist es ja! Das ist auch der Grund, warum ich ständig Mist baue. O Mann, es tut mir so furchtbar leid!»

Ich wusste nicht mehr, wem oder was ich noch glauben sollte, geschweige denn *an* wen. Aber eins war klar: Pippa hatte mich die ganze Zeit belogen.

«Was passiert jetzt mit uns?», fragte ich, und meine Stimme klang erstaunlich ruhig.

«Ich denke, sie bringen uns zu Vlad.»

✿

«Dobryj denj!»

Die beiden Glatzköpfe hatten uns in eine leerstehende Fabrikhalle gebracht, die mich ein wenig an Pippas Werkstatt erinnerte, nur dass sie vollkommen leer war. Der Mann, der jetzt vor uns stand und uns auf Russisch begrüßte, nickte erst Pippa zu und streckte dann mir die Hand entgegen. Ich zog meine gefesselten Arme zur Seite.

Vlad schien es nicht im Geringsten zu stören, dass ich meine Hand weggezogen hatte.

«Ich freue mich immer, wenn schöne Frauen mein Haus beehren.»

Er rollte stark das «R» und legte beim Sprechen einige Goldzähne frei. Anders als seine beiden Helfer hatte er lange, blonde Haare, die zu einem Zopf gebunden waren. Dazu trug er einen schwarzen Business-Anzug und weiße Sportschuhe.

Lächelnd zog er nun Pippa an sich und gab ihr rechts und links einen Kuss auf die Wange.

«Meine Schöne.»

«Hallo, Vlad.»

«Ich habe dich schon vermisst, teuerste Pippa», sagte er und legte seine Hand auf Pippas Schulter.

«Ich glaube, du hast wohl eher etwas anderes vermisst», murmelte sie.

«Klug war sie schon immer, unsere Pippa», sagte Vlad zu mir, «nur nie besonders clever.»

«Du hast mich über den Tisch gezogen mit dem Vertrag», knurrte Pippa. «Das Kleingedruckte versteht ja kein Mensch! Von wegen Ausfallhonorar! Konnte ja keiner ahnen, dass ich mir den Arm breche.»

«Da hast du recht», sagte Vlad und ließ Pippas Schulter los. Dann strich er sich übers Kinn. «Aber du konntest damit rechnen, dass ich mein Geld wiederhaben will.»

«Die Werkstatt ist sowieso verschuldet», sagte Pippa mit zitternder Stimme. «Ich werde sie so oder so bald verlieren.»

«Was?» Ich sah zu Pippa. «Warum hast du nichts gesagt?»

Pippa sah stumm zu Boden. Dann flüsterte sie: «Ich wollte alles richtig machen, diesmal. Ich wollte eine gute Freundin sein.»

«Wie rührend!», rief Vlad und klatschte in die Hände, sodass es in der gesamten Halle hallte. «Freundschaft ist etwas so Heiliges! Ne imej sto rublej, a imej sto drusej! So sagt man es bei uns: Lieber hundert Freunde haben als hundert Rubel.» Dann trat er ganz nah an Pippa heran, sodass sich ihre Nasen fast berührten. «Aber auch bei uns gibt es Ausnahmen. Ich zum Beispiel sehe es genau andersherum. Was brauche ich Freunde, wenn ich Geld habe? Die kommen dann schon ganz von allein. So wie ihr.»

«Ich bin nicht deine Freundin», donnerte Pippa ihm so laut ins Gesicht, dass er einen Schritt zurücktrat.

«Aber ihr beide ...» Vlad zeigte erst auf mich, dann auf Pippa. «Ihr beide seid echte Freundinnen. Ich habe euch in der letzten Zeit beobachtet. Ihr verbringt sehr viel Zeit miteinander.»

«Ich bin ihre ... Anwältin!», sagte ich, ohne nachzudenken.

«Und Sie wissen, wie viele Jahre auf bewaffnete Geiselnahme stehen? Unter fünf Jahren kommen Sie nicht davon!»

«Pippa, Pippa», raunte Vlad und begann, langsam um uns herumzulaufen. «Da hast du dir aber eine schicke neue Freundin gesucht. Orientierst du dich seit neuestem nach oben, ja?»

«Vlad, was willst du?», fragte Pippa.

Er war mittlerweile hinter Pippa stehen geblieben und vergrub sein Gesicht in ihren Haaren. «Ich will mein Geld zurück», flüsterte er. «Oder eben den Kampf heute.»

«Ich kann nicht», sagte Pippa, und ich merkte, wie ihre Stimme immer dünner wurde. «Das weißt du genau. Und das Geld habe ich einfach nicht.»

«Netschego na serkalo penjatj, koli roscha kriwa!»

«Vlad, ich hatte keine Wahl!»

«Beschuldige nicht den Spiegel, wenn dein Gesicht schief ist», zischte er lächelnd.

«Was willst du also mit uns machen? Du kannst uns nicht ewig festhalten.»

«Oh, das kann ich schon. Bei deiner schicken Anwaltsfreundin kann ich es natürlich nicht sagen, aber bei dir weiß ich, dass es sowieso niemandem auffällt, wenn du weg bist. Egal wie lange. Selbst wenn du nie wiederkommst. Außer ein paar kaputten Toastern wartet nämlich niemand auf dich.»

Ich hörte, wie Pippa ein leises Schluchzen unterdrückte.

«Wenn du nicht kannst ...» Vlad musterte mich auffällig. «Was ist mit ihr?»

Pippa sah ihn mit aufgerissenen Augen an. «Sarah? Auf keinen Fall!»

«Sie hat ein Brautkleid an», sagte Vlad, «das hatten wir noch nie. Eine Attraktion. Die Leute werden es lieben!»

«Vlad! Bitte nicht!», flehte Pippa, aber ich konnte in seinem Gesicht erkennen, dass er den Entschluss schon längst gefasst hatte.

Es sind die seltsamen und unvorhersehbaren Momente, in denen einem die Dinge klarwerden. Warum die Dinge so sind, wie sie sind. Warum sie einen manchmal so verletzten und es immer noch tun konnten.

Ich wusste, dass ich schon lange nicht mehr das kleine Schweinematschmädchen war, das von seinen Klassenkameradinnen sitzengelassen wurde. Ich war eine erfolgreiche Anwältin, ich verdiente mein eigenes Geld, gutes Geld. Ich war verlobt und würde bald heiraten. Ich war in der Gesellschaft angekommen, in der ich leben wollte, und hatte nicht nur Gummistiefel gegen Pumps getauscht, sondern mein altes Leben beerdigt. Nichts erinnerte mehr an damals.

Oder doch?

Sosehr ich das alles selber glauben wollte, so genau wusste ich, dass jederzeit ein kleiner Funken Zweifel aufblitzen konnte, an dem ein wenig Matsch klebte. Und dieser Funkte blitzte immer dann auf, wenn ich Angst hatte. Angst, nicht gut genug zu sein. Nicht gut genug, um geliebt zu werden. Ich hatte diesen Zweifel in den letzten Jahren erfolgreich unterdrückt, indem ich keine wirkliche Freundschaft mehr gesucht hatte, das wurde mir schlagartig klar. Nur bei Philip, da war es anders gewesen.

Aber war es das? War es das wirklich? Liebte er mich so, wie ich war? Oder so, wie ich für ihn sein wollte? Unwillkürlich schüttelte ich den Kopf, um den Zweifel loszuwerden. Es war absolut skurril, hier, mitten in einer leerstehenden Lagerhalle, entführt von zwei glatzköpfigen Kriminellen vor einem russischen Schlammcatch-Organisator mit Goldkettchen solchen Gedanken nachzuhängen. Seit wann war mein Leben bloß derart absurd?

Ich wusste die Antwort.

«Wann ist der Kampf?», hörte ich mich fragen.

Vlad sah mich für einen Augenblick überrascht an, dann huschte ein Lächeln über seine Lippen, und er blickte auf seine Rolex. «In zwei Stunden.»

«Und es ist ein Schlammcatchen, ja?»

«Da», antwortete Vlad.

«In richtigem Schlamm?»

«Da.»

«In diesem Brautkleid?»

«Da.»

«In einer Arena?»

Vlad lachte laut auf. «Es ist nicht so, wie du es dir vorstellst, kleines Anwaltsfrauchen. Es gibt keinen Ticketverkauf und kein Popcorn dazu.»

«Es ist mehr so ... improvisiert», flüsterte Pippa.

«Also illegal?», resümierte ich.

«Wenn du es so nennen willst», sagte Vlad und strich sich wieder übers Kinn. «Es geht um die Wetten.»

«Dann machen wir einen Deal», sagte ich. «Ich bestreite den Kampf anstelle von Pippa. Im Brautkleid. Danach lasst ihr uns gehen und erlasst Pippa ihre Schulden.» Ich sah Vlad direkt in die Augen. «Und zwar alle. Bis auf den letzten Cent. Nur dann tue ich es.»

«Ugovor – dorosche deneg!», frohlockte Vlad. «Eine Abmachung ist teurer als Geld.» Er klang beeindruckt. «Harter Verhandlungspartner, deine Freundin, Pippa.»

Erneut reichte er mir die Hand, die ich diesmal mit den Handschellen entgegennahm.

«Abgemacht.»

Pippa war alles andere als begeistert. «Sarah, das ist doch hirnverbrannt! Du hast keine Ahnung von den Kämpfen, da muss man trainiert sein! Wenn du dir am Ende was brichst, dann –»

«Du hast keine Vorstellung davon, wie viel Ahnung ich von Kämpfen im Schlamm habe», unterbrach ich sie. Dann drehte ich mich wieder zu Vlad. «Wir brauchen dreißig Minuten allein. Dann komme ich mit euch mit, wohin auch immer, und wir ziehen das durch. Aber jetzt nehmt uns erst mal die Handschellen ab.»

«Da», sagte Vlad und winkte seine stummen Aufpasser heran, die uns tatsächlich von den Handschellen befreiten.

Ich umfasste meine Handgelenke, die jetzt, nachdem der Druck des Metalls nachgelassen hatte, erst richtig weh taten.

«In dreißig Minuten am Wagen», sagte Vlad und ging zusammen mit seinen Handlangern zur Metalltür, die unter lautem Quietschen von dem Kerl mit Glitzerohrring für ihn geöffnet wurde.

Als sie weg waren, standen Pippa und ich alleine in der gottverlassenen Halle, die auf einmal noch viel größer wirkte. Weder Pippa noch ich machten Anstalten, wegzulaufen. Die Situation war zwar völlig absurd, aber es bestand kein Zweifel daran, dass Vlad und seine Aufpasser ein Auge auf uns hatten und notfalls auch zu anderen Mitteln greifen würden.

«Sarah, du musst das nicht –»

«Es gibt da eine Sache, die mein ganzes Leben bis heute bestimmt hat, es noch immer tut. Und ich glaube, ich sollte ihr endlich diese Macht nehmen.» Ich schluckte. «Es fällt mir nicht leicht, aber es scheint an der Zeit zu sein.»

«Komm, wir gehen raus», sagte Pippa und zog mich an der Hand. «Du brauchst frische Luft.»

«Einfach so? Was ist, wenn –»

Mit einem Blick brachte Pippa mich zum Schweigen. «Komm schon, ich kenn mich hier aus. Hinter der Halle ist ein alter Spielplatz, von einer hohen Mauer umgeben. Fast alles ist verrostet, aber die Schaukeln funktionieren noch, glaube ich.»

«Was willst du da?» Ich verstand überhaupt nichts mehr.

«Du siehst traurig aus», sagte Pippa.

«Und deswegen soll ich jetzt schaukeln gehen?»

«Alle Menschen lächeln, wenn sie schaukeln.»

✿

Als wir die Halle zur Hälfte umrundet hatten, tat sich tatsächlich ein alter Spielplatz vor uns auf. Er musste seit Jahrzehnten nicht mehr benutzt worden sein, so trostlos und von Unkraut und Gräsern überwuchert wirkte er. Das weiche Abendlicht ließ den Rost an der kleinen Metallrutsche, die früher einmal rot gewesen sein musste, fast golden erscheinen.

In der Mitte des Platzes stand ein Gerüst mit zwei Kettenschaukeln, auf die Pippa nun zuging. Auch sie schienen verrostet, besonders die Ketten. Die Sitze waren aus einem porösen Weichplastik, dem ich zutraute, augenblicklich unter uns zu zerbröseln, aber Pippa ließ sich nicht abhalten und schwang sich direkt auf eine der beiden Schaukeln.

«Komm schon!», rief sie und nahm einen kräftigen Schwung,

indem sie ihre Beine ausstreckte und den Rücken nach hinten legte.

Ich ließ mich breitschlagen und tat es Pippa nach. «Na gut!» Das Kleid war so wuchtig, dass ich es erst zusammenraffen musste, um überhaupt in den Sitz zu passen. Ich wollte gar nicht daran denken, was Geli sagen würde, wenn sie uns jetzt sähe. Aber wenn ich das, was in den nächsten Stunden vor mir lag, richtig einschätzte, dann würde das Kleid am Ende des Abends ohnehin nur noch Geschichte sein.

Pippa hatte recht gehabt: Sobald ich den ersten Schwung nahm, begannen sich meine Mundwinkel automatisch nach oben zu bewegen, ganz ohne mein Zutun.

«Juhhhuuuu!», grölte Pippa und schaukelte wild an mir vorbei. «Na komm schon, höher!»

Ich nahm einen kräftigen Schwung und noch einen und war mit ihr gleichauf.

«Das habe ich seit hundert Jahren nicht mehr gemacht!», rief ich und spürte, wie der Wind durch meine Haare pfiff und das Kleid hoch und runter wehen ließ. Mein Lächeln wurde zu einem Lachen. Und auf einmal war es in jeder meiner Zellen zu spüren: ein wunderbares Gefühl von Freiheit. Es war völlig verrückt!

Aber was hatte ich zu verlieren?

Ich konnte mich nicht erinnern, wann ich mich zum letzten Mal so gut gefühlt hatte.

Wir schaukelten noch einige Male kräftig hin und her, bis Pippa das Kommando gab: «Und jetzt abspringen!»

Mit voller Wucht landeten wir auf dem sandigen, teils von Unkraut überwucherten Boden und rollten uns laut lachend auf dem Rücken ab.

«Das war herrlich!»

«Sag ich doch, schaukeln hilft immer!»

«Hmhmm.» Ich setzte mich auf und begann, den Sand vom Kleid zu klopfen.

Pippa sah mich ernst an. «Du musst das nicht für mich machen, Sarah.»

«Ich will es aber.»

«Wirklich?»

Ich nickte. «Ja. Für dich. Und vielleicht auch ein ganz klein wenig für mich.»

«Bist du sicher?»

«So sicher war ich noch nie.»

Dann nahm ich Pippas Hände in meine und erzählte ihr die ganze Geschichte vom Schweinematschmädchen.

✿

«Es gehörte damals auf dem Schweinehof zu meinen Aufgaben, die Tiere zu füttern, sie einzufangen, wenn sie untersucht werden sollten, und sie ab und an zu waschen, wenn wir welche verkauften. Ich stand praktisch permanent bis zu den Knien im Matsch, und manchmal lag ich eben auch drin, wenn mich ein besonders gewieftes Exemplar austrickste und ich ausrutschte. Ich hatte mir nie viele Gedanken darüber gemacht, wie ich aussah, wenn ich bäuchlings im Schlamm lag, für mich gehörte es eben zum Alltag. Auch wenn ich die Schweine nicht besonders mochte und den Schlamm noch viel weniger, so gehörte doch alles zu unserem Leben auf dem Hof. Na ja, und dann kam eben dieser eine Tag.»

«Welcher Tag?», fragte Pippa.

Wir hatten uns auf die verrostete Wippe gesetzt, die ebenfalls komplett überwuchert war und sich nun durch das langsame Hoch und Runter von den Schlingen des Unkrauts befreite. Pippa war ein wenig schwerer als ich und stieß sich immer wieder mit ein wenig Schwung ab, sodass wir weiterwippen konnten.

«Es war ein Ausflugstag der Schule. So ein ‹agrarpädagogischer Tag› oder so ähnlich», erklärte ich. «Es sollte ein Bauernhof besichtigt werden, und unsere Lehrerin fand den Gedanken naheliegend, dafür das Zuhause einer ihrer Schülerinnen zu nehmen. Na ja, und so kam es, dass sich meine gesamte Klasse auf unserem Hof wiederfand.»

«Das stell ich mir eigentlich ganz lustig vor», sagte Pippa und wippte schwungvoll hoch.

«Das war es auch», antwortete ich, «bis zu dem Moment am Schweinegatter.»

«Was war da?»

«Ich hatte eigentlich nicht vor, in das Gehege der Schweine zu gehen. Die Klasse hatte sich schon alles angesehen und war gerade dabei, zurück in den Innenhof zu schlendern, um die selbstgemachte Limonade meiner Mutter zu probieren. Aber aus irgendeinem Grund kletterte ich auf das Gatter, um darauf zu balancieren. Vielleicht wollte ich die anderen auch einfach nur beeindrucken, um ihnen zu zeigen, dass ich eben nicht nur das einfältige Bauernmädchen war.» Ich hob die Schultern. «Ich weiß selbst nicht mehr genau, was mich damals geritten hat.»

«Oh weh. Ich ahne, was dann passierte ...», murmelte Pippa.

«Ich hatte Gummistiefel an, wie eigentlich immer, wenn ich draußen auf dem Hof war. Und die eignen sich bekanntermaßen nicht besonders gut zum Balancieren. Ich bin also ausgerutscht und mit voller Wucht bäuchlings im Matsch gelandet. Die Schweine kamen grunzend angelaufen und wollten sofort spielen, es war ein einziger Schweinematschhaufen.»

Ich seufzte tief.

«Wenn es nicht so übel wäre, wäre es wohl ziemlich lustig», sagte Pippa.

«Die anderen kamen sofort wie irre grölend und lachend angerannt», erzählte ich weiter. «Alle schrien wild durcheinander, bis ich das Wort ‹Schweinematschmädchen› hörte. Dann brüllten es plötzlich alle im Chor. ‹Schweinematschmädchen! Schweinematschmädchen!› Immer und immer wieder. Meine Tränen waren mir so peinlich, dass ich mein Gesicht am liebsten noch tiefer in den Schlamm gedrückt hätte.»

«Das tut mir ehrlich leid», flüsterte Pippa und stieg von der Wippe. Sie kam zu mir und legte ihren Arm um meine Schultern. «Das muss hart gewesen sein.»

Ich merkte, wie sich beim Erzählen wieder ein Kloß in meinem Hals gebildet hatte. Es war erstaunlich, dass mehr als zwanzig Jahre und ein ganzes neues Leben anscheinend nicht gereicht hatten, das Gefühl von damals auszulöschen. Es war wieder da, und ich spürte, wie die Scham über diesen würdelosen Moment mir die Röte auf die Wangen trieb und meine Augen feucht werden ließ. Dann erzählte ich Pippa von Mia und Nicole, von dem Gartenzaun, an dem sie mich stehen ließen, weil ich das Schweinematschmädchen war, und von dem Gefühl, was mich danach mein Leben lang begleitet hatte: besser sein zu wollen.

Als ich irgendwann verstummte, spürte ich, wie eine tonnenschwere Last von meinen Schultern zu fallen schien. Ich hatte diese Geschichte nie jemandem erzählt, und jetzt merkte ich, wie gerne ich es doch schon früher getan hätte.

Pippa drückte mich fest an sich.

«Die Vorstellung von dir dort im Matsch ist wirklich schräg. Vor allem, wenn man dich nur in deiner Sagrotan-Wohnung und in deinem blütenweißen Look kennt.»

«Was heißt denn hier Sagrotan-Wohnung?», wehrte ich mich.

«Komm schon», feixte Pippa, «du musst zugeben, dass du die verschollene Schwester von Meister Proper bist. Auch wenn du wesentlich besser aussiehst, habt ihr doch eine nicht von der Hand zu weisende Ähnlichkeit!»

Ich merkte, wie sich der Kloß in meinem Hals auflöste und meine Mundwinkel sich zu einem Lächeln formten. Doch für die Tränen war es zu spät – sie ließen sich nicht mehr aufhalten und rannen über mein Gesicht.

Pippa wischte mir über die Wange.

«Aber ein Gutes hat diese Geschichte doch», sagte sie und trocknete sich die nassen Hände an ihrer Hose. «Jemand, der schon ein Bad in echtem Schweinematsch vor Publikum hinter sich hat, dem kann ein Schlammcatchen im Brautkleid wohl nichts anhaben!»

«Nicht im Geringsten», lachte ich und wischte mir die letzten Tränen aus dem Gesicht.

«Nicht im Geringsten!»

20. Kapitel

Vlad hatte uns – diesmal gnädigerweise ungefesselt – von seinen Aufpassern mit dem Transporter zum Veranstaltungsort bringen lassen. Zu meiner Überraschung war es ein ehemaliger Schlachthof, dessen größte Halle voll gefliest war. In der Mitte des fensterlosen Raums war ein riesiger Pool aufgebaut, der mit Plastikpaneelen verblendet war. Er war nicht größer als ein ganz normales Familienschwimmbecken, das man im Baumarkt kaufen konnte. Alles wirkte irgendwie improvisiert, aber das schien weder die Veranstalter noch die Besucher zu stören. Lautstark wedelten sie mit Zetteln in der Hand und stellten sich rings um den Pool auf. Der gesamte Boden des Beckens war mit Schlamm bedeckt.

Da stand ich also nun: im Cinderella-Brautkleid von Frau Geli, inmitten von seltsamen Gestalten, die alle große Ähnlichkeit mit Vlad und seinen Helfern aufwiesen – es waren so gut wie keine Frauen anwesend –, und sah meinem schlammbedeckten Schicksal in die Augen.

Gerade betrat Vlad die Halle und steuerte direkt auf uns zu. «Das ist Djawolskaja mjasorubka», sagte er und stellte mir die junge Frau neben sich vor.

«Was?»

«Künstlername. Bedeutet so viel wie ‹Teuflischer Fleischwolf›.»

Aha.

«Eigentlich heißt sie Krita», flüsterte Pippa mir zu, als die Frau, die eine neongelbe Top-Hot-Pants-Kombi trug, mir die Hand entgegenstreckte. «Aber ihr Kämpfername ist Programm.»

«Danke. Das macht wirklich Mut», antwortete ich.

Ich schüttelte der jungen Frau die Hand. Ähnlich wie Pippa trug Krita Rastazöpfe, die allerdings direkt an der Kopfhaut entlanggeflochten waren und nur bis zur Schulter gingen. Sie wirkte nicht so muskulös, wie ich mir eine Schlammcatcherin vorgestellt hätte, aber das war Pippa ja auch nicht.

«Wie ist denn dein Künstlername?», fragte ich Pippa.

«Chocolate Bunny.»

«Das glaube ich jetzt nicht.»

Vlad sah mich spöttisch an. «Regeln sind: Es gibt keine.»

«Im Grunde ist es so wie bei einem normalen Ringkampf», verbesserte Pippa ihn. «Der gesamte Körper gilt als Angriffsfläche. Es wird zwei mal drei Minuten mit dreißig Sekunden Pause gerungen. Sieger ist diejenige, die nach sechs Minuten die meisten Punkte hat. Eine Runde gewinnst du vorzeitig, wenn du zwei Drei-Punkte-Wertungen oder eine Fünf-Punkte-Wertung erzielst. Ein Unterschied von sechs Punkten beendet die Runde auch. Und wenn keine von euch die Runde vorzeitig beendet, siegt bei Punktgleichheit die mit den wenigsten Verwarnungen. Wenn dann immer noch Gleichstand herrscht, entscheidet die höchste Einzelwertung. Und falls die dann immer noch gleich hoch sind, bestimmt die letzte erzielte Wertung den Sieger. Alles klar?»

Ich nickte, obwohl Pippas Worte wie Schall und Rauch an mir vorbeigerauscht waren. Ich spürte, wie nervös ich war, obwohl das Ganze nur ein lächerliches Spiel war. Zumindest versuchte ich mir das einzureden.

«Alles okay bei dir?», fragte Pippa erneut. In ihrem Blick lag Besorgnis. «Du kannst noch zurück. Wirklich, es ist kein Problem.»

«Nein, ich ziehe das jetzt durch», sagte ich entschlossen und krempelte mir meine imaginären Ärmel hoch. Ein paar Tricks hatte sie mir verraten.

«Spokojstwije!», brüllte Vlad in die Menge. «Ruhe, bitte!»

Dann geleitete er mich und den Fleischwolf zum Pool. «Es steht 7:1 für deine Gegnerin», raunte er mir zu.

«Ich habe schon Fälle gewonnen, in denen ich schlechter dastand», antwortete ich.

Vlad bot mir seine Hand an, damit ich mit dem Kleid besser in den Pool steigen konnte, aber ich lehnte ab.

«Ich schaffe das alleine.»

Doch dann zog er mich am Arm zurück. «Was ist dein Kampfname?»

Ich zuckte mit den Schultern. «Ich habe keinen.»

«Du brauchst aber einen. Keiner steigt ohne Kampfnamen in den Ring.»

Ich sah an mir herunter. «Braut?»

«Da!», stimmte Vlad zu. Dann richtetet er sich ans Publikum und kündigte mich mit hochgehobenen Armen lautstark an. «Newesta bes pridanogo!»

Fragend sah ich ihn an. «Was heißt das?»

«Braut ohne Mitgift.»

Ich schloss die Augen und atmete tief ein und aus. Dann raffte ich das Kleid hoch und hob mein rechtes Bein über die Plastikpaneele.

Sobald ich den Pool betreten hatte, sog sich das Kleid am Saum mit Schlamm voll. Ich spürte, wie es schlagartig schwerer wurde. Gleich würde ich dem Kleid seinen Todesstoß geben, das stand außer Frage. Ich dachte an Geli und daran, dass sie bestimmt einen Herzinfarkt bekommen würde, wenn sie mich hier sehen könnte.

Der feuchte Matsch an meinen Füßen fühlte sich seltsam warm und weich und immer noch vertraut an – so, als wäre ich irgendwohin zurückgekehrt, wo ich niemals hatte sein wollen.

Meine Kontrahentin mit dem eigenwilligen Künstlernamen wartete bereits auf mich. Breitbeinig und nach vorne gebeugt stand sie vor mir und grinste mich an, als würde sie mich gleich wortwörtlich durch den Fleischwolf ziehen.

«Bereit?», rief Vlad über die grölende Menge hinweg.

«Da!», rief Krita ihm zu, ohne ihren Blick von mir zu nehmen.

«Bereit!», rief ich.

«Nun denn», sagte Vlad und hob den Arm, woraufhin eine laute Glocke ertönte.

Jetzt gab es kein Zurück mehr.

Die nächsten Minuten konnte ich nur als absurd bezeichnen – wie ein einziger Schlammrausch, der an mir vorbeizog, als sei ich soeben in meinem eigenen Schlammhorrorstreifen gelandet. Krita und ich wälzten uns eng umschlungen auf dem Boden, das Kleid war zu einem einzigen Schlammaufsaugeklumpen geworden. Innerhalb weniger Sekunden klebte der Schlamm überall – im Gesicht, in den Haaren, unterm Kleid. Er hatte sich wie eine zweite Haut auf meinen Körper gelegt, aber den Ekel, der mich sonst immer bei der Vorstellung an ein Schlammbad von früher überkam, fühlte ich nicht.

Ab und zu hörte ich russische Anfeuerungsrufe und manchmal die Glocke, aber mit jeder Minute verschwammen die

Geräusche mehr und mehr zu einem dumpfen Brei, der meine Ohren nur noch aus der Ferne erreichte. Irgendwann hatte ich das Gefühl, mich nicht mehr mitten im Schlamm zu wälzen, sondern ebenso wie die anderen am Rand zu stehen und mich selbst zu beobachten.

Mit jedem Punkt, den Krita machte, wuchs mein Ehrgeiz. Als würde mich jede Niederlage anfeuern. Und obwohl ich nicht alles von den Regeln behalten hatte, holte ich immer wieder auf.

Mit jedem Glockenschlag schien das laute Gegröle zuzunehmen, aber in meinen Ohren wurde es immer leiser und leiser, bis ich nur noch einen einzigen Satz hörte: «Ich bin kein Schweinematschmädchen! Ich bin gut so, wie ich bin!»

Ich merkte, dass ich Krita anschrie. Doch sie ließ sich in keinster Weise davon beirren. Was sollte sie auch mit meinen Worten anfangen? Aber all meine aufgestaute Wut und meine Verletztheit laut herauszubrüllen, selbst wenn es unter dem ganzen Gegröle niemand hörte, war das Beste, was ich seit langem getan hatte.

Aber es schien doch jemand gehört zu haben.

«Nein! Nein! Du bist kein Schweinematschmädchen!», schrie Pippa und wedelte wie wild mit ihrem Arm, dessen Hand zur Faust geballt war.

Und in dem Augenblick wusste ich, dass es keine Rolle mehr spielte, ob ich nun verlor oder gewann. Denn ich hatte längst gewonnen. Ich hatte mich selbst zurückgewonnen.

Und ich hatte Pippa.

Plötzlich erklang ein langer Glockenschlag, und Krita ließ von mir ab. Vlad stieg in den Pool, richtete uns an den Armen auf und hob schließlich Kritas rechten Arm in die Höhe.

Sofort grölte die Menge: «Krita! Krita! Krita!»

Pippa stand wild klatschend in der ersten Reihe, und ich hörte, wie sie versuchte, die Menge zu übertönen.

«Sarah! Sarah! Sarah!»

✿

Natürlich war es verrückt gewesen, was ich getan hatte. Das wurde mir spätestens jetzt klar, als wir von Vlads Leuten im Transporter nach Hause gefahren wurden. Er hatte sich tatsächlich als richtiger Gentleman erwiesen und mir einen frischen Bademantel zur Verfügung gestellt, nachdem ich das Kleid – wenn man den Klumpen Schlamm überhaupt noch so nennen konnte – in die ewigen Brautmodenjagdgründe geschickt hatte.

Als der Wagen vor meiner Tür parkte, hielt Pippa mich zurück.

«Ich glaube, es ist besser, wenn ich wieder in meine Wohnung gehe. Es besteht ja nun keine Gefahr mehr.»

Ich nickte. «Ich bring dir Igor noch.»

«Morgen reicht.» Sie sah mich fest an. «Ich kann dir gar nicht sagen, wie dankbar ich dir bin. Was du für mich getan hast ...»

«... hätte jede Freundin getan», beendete ich Pippas Satz. Der blaue Sommernachthimmel über uns erschien mir heller als sonst, denn ich konnte Pippas Augen genau erkennen. Auch, dass sie glasig waren.

«Pippa», sagte ich, «ich möchte dich etwas fragen.»

«Ja?»

«Willst du meine Trauzeugin sein?»

Auf Pippas Gesicht machte sich ein Strahlen breit, dann wurde sie ernst. «Sehr gerne! Wenn du diesen Schritt machst, dann will ich an deiner Seite stehen. So oder so.»

«Ich freue mich. Sehr.»

«Ich mich auch!»

Ich wandte mich zur Tür, drehte mich aber noch einmal um, bevor Pippa wieder in den Wagen stieg.

«Danke!», rief ich.

«Wofür?»

Ich überlegte. Ich hatte eine Trauzeugin gesucht und eine Freundin gefunden.

«Für dich.»

✿

«Schatz? Scha-hatz?»

Ich wunderte mich, dass nirgendwo im Haus Licht brannte, obwohl es schon weit nach 23 Uhr war. Philip schien sich keinerlei Sorgen zu machen, wo ich so lange sein könnte. Ich hatte mir schon den Kopf zerbrochen, wie ich ihm das Geschehene so vorsichtig wie möglich erklären konnte, vor allem, wenn ich im Bademantel und nassen Haaren mitten in der Nacht hier auftauchte. Aber das schien gar nicht notwendig zu sein, denn Philip war offensichtlich nicht da.

Wie konnte es sein, dass er mich nicht vermisst hatte? Natürlich hätte ich ihm Bescheid geben müssen, doch mein Handy lag gut verstaut in meiner Handtasche bei *Cinderella*. In den Laden würde ich morgen gehen müssen, und zwar nicht nur, um meine Sachen zu holen, sondern auch um das Brautkleid zu bezahlen. Ein Brautkleid, das niemals auf einer Hochzeit getragen werden würde. Ich wusste gar nicht mehr, wie viel es kosten sollte, aber es würde sicher ein teurer Spaß werden. Doch egal wie hoch der Preis war – das war es mir wert gewesen.

Ich machte Licht und betrat das Schlafzimmer. Mein Blick fiel auf Philips weiße Sportschuhe, die noch immer unterm Bett standen, genau so, wie sie dort gestanden hatten, als ich die Wohnung verlassen hatte. Beim Sport konnte er also nicht sein.

Seufzend ließ ich mich auf das Bett fallen. Nach dem Kampf war zwar Gelegenheit für ein kurzes Abduschen in der Metzgerei gewesen – na ja, eher eine improvisierte Schütt-Eimer-Lösung –, aber ich freute mich jetzt auf eine lange, ausgiebige Dusche mit einem echten Duschkopf.

Bevor ich mich auf den Weg ins Badezimmer machen konnte, hörte ich Philips Schlüssel im Türschloss.

«Hey, da bist du ja!», rief ich nach unten. «Wo warst du denn so lange?»

«Hallo Schatz», antwortete Philip. «Ich war beim Sport.»

21. Kapitel

Bevor Philip das Licht auf dem Nachttisch ausknipste und sich an mich schmiegte, fiel mein Blick auf die weißen Spitzen seiner Sportschuhe, die immer noch unter dem Bett hervorschienen.

«Und du warst wirklich beim Sport?», hakte ich erneut nach.

«Wo denn sonst», flüsterte Philip in meine Haare. «Simon und ich haben gleich vier Runden gemacht, es war ein brutales Match. Ich wusste gar nicht, dass er beim Squash so ein harter Hund sein kann. Wo er doch zu Hause ein echter Pantoffelheld ist.»

Philip schnaufte zufrieden in meine Halsbeuge, sodass ich automatisch eine leichte Gänsehaut bekam.

«Hast du nicht etwas vermisst?», fragte ich vorsichtig.

«Natürlich», sagte Philip, und ich hielt die Luft an. «Dich habe ich vermisst. Und wie!»

Mit diesen Worten begann er, meinen Hals mit sanften Küssen zu bedecken. «Und wie war dein Tag?»

«Matschig», murmelte ich. Auf einmal schien es mir nicht mehr wichtig, von meinem absurden Erlebnis mit Vlad und seinen Leuten und von meinem Ausflug in die Vergangenheit zu erzählen, die nicht mehr weiter über meine Zukunft bestimmen sollte.

«Deine Sportschuhe stehen hier unterm Bett», sagte ich leise. «Da standen sie auch gestern schon.»

«Ach ja, die Schuhe ...», erwiderte Philip, «die hatte ich schon wieder ganz vergessen. Simon hat mir welche geliehen, du weißt ja, er rennt auch im Job ständig in diesen Laufschuhen rum. Obwohl ich ihm gesagt habe, dass das absolut unbusy ist. Aber wenn er meint.»

«Ach so.»

Philips Antwort kam so federleicht über seine Lippen, dass ich glauben wollte, was er sagte. Natürlich – ich erinnerte mich, dass Simon so gut wie immer Turnschuhe trug, wenn ich ihn gesehen hatte. Einmal waren wir zum Business Lunch mit ihm gewesen, und ich wusste noch genau, wie ich damals seinen Look bewundert hatte, weil er Sneakers zum Anzug trug. Wobei man das anscheinend im Management des Spielwarenherstellers, für den Simon und Philip arbeiteten, nicht so eng sah. Philip hingegen achtete immer sehr auf einen professionellen Auftritt und stand mir in Auswahl und Vielfältigkeit der Garderobe in nichts nach.

Es war also nur logisch, dass Simon seinem Kollegen und Freund Schuhe für das Spiel geliehen hatte.

Ich wollte nie eine dieser Frauen sein, die ihren Männern hinterherschnüffelten. Das erschien mir nicht nur entwürdigend, sondern auch ganz und gar lächerlich. Außerdem war das bei Philip auch gar nicht nötig. Ich kannte viele Geschichten, bei denen Misstrauen in der Beziehung den Anfang vom Ende markierte.

«Glaubst du mir nicht? Du bist doch sonst nicht so», sagte Philip, als könne er meine Gedanken lesen. «Oder schaust du in letzter Zeit zu viele Sherlock-Folgen?»

«Entschuldige.»

«Außerdem habe ich eine viel bessere Idee, als über lächerliche Sportschuhe zu sprechen.»

Er zog mich noch näher an sich, sodass ich seinen Körper eng an meinem spürte. Dann wanderte seine Hand unter mein Seidenhemdchen, und ich musste unwillkürlich seufzen. Ich drehte mich um und sah Philip an, der seine Augen geschlossen hielt.

Als wir uns küssten, existierte endlich kein einziger Gedanke mehr in meinem Kopf.

✿

«Was ist mit den Karten hier?»

Pippa hielt einen Stapel frisch gedruckter Save-the-Date-Karten in den Händen. «Soll ich sie nachher mit zur Post nehmen?»

Es waren an die hundert Gäste, auf die Philip und ich uns geeinigt hatten. Besser gesagt: Ich hatte ihm die Liste vor ein paar Tagen im Badezimmer vorgelesen, während er sich rasierte und jedem Namen mit einem «Hm» zustimmte.

«Wie viele sind es genau?»

«Siebenundneunzig», antwortete ich, während ich die Karten noch einmal einzeln überflog. «Philips Großtante Karla, die alte Jungfer, kommt alleine, deswegen die ungerade Zahl. Dabei hatte ich die Plätze schon perfekt symmetrisch vor mir gesehen. Dafür müssen wir noch eine Lösung finden.»

«Ich sitze gerne neben alten Jungfern», lachte Pippa, «irgendwann bin ich auch so eine. Setz sie doch zu mir, ich komme doch auch allein.»

«Kein Date mit Herrn Margath? Kein Stelldichein vorm morgendlichen Trauzeuginnenjob?», feixte ich.

Pippa verzog ihr Gesicht. «Du bist gemein.»

«War ja nur ein Spaß.»

Ich trug Pippa nachträglich in die Liste ein und wunderte mich, dass ich sie vergessen hatte. Vielleicht hatte mein Unterbewusstsein das aber auch absichtlich gemacht, denn als ich Philip erzählte, dass Pippa meine Trauzeugin werden würde, reagierte er mehr als nur entsetzt.

«Das ist die schwachsinnigste Idee aller Zeiten!», sagte er.

«Aber wir sind Freundinnen geworden, Philip.»

«Das glaubst du doch selber nicht! Nach allem, was du von ihr erzählt hast, will sie sowieso nur an dein Geld. Sie hat nichts, was sie als Trauzeugin qualifizieren würde!»

«Aha, und was qualifiziert jemanden dazu?»

Philip machte eine wegwerfende Handbewegung.

«Ich hätte es gutgeheißen, wenn es jemand wäre, der zu uns passt.»

«Wie deine Mutter?»

«Ja, wie meine Mutter zum Beispiel. Sie organisiert sich einen Wolf mit dem koscheren Buffet aus biologischem Anbau und den veganen Amuse-Gueules ...»

Ich versuchte, nicht die Augen zu verdrehen. Womöglich tat ich es doch.

«Manchmal denke ich, Liz kultiviert ihre Exzentrik nur, damit keiner merkt, dass sie keine Persönlichkeit hat.»

Philip sah mich mit einer Mischung aus Enttäuschung und Entrüstung an.

«Tut mir leid, aber ich bin kein Veganer. Und soweit ich weiß du auch nicht.»

«Aber Liz. Und Liz findet, wir sollten mehr auf unsere Ernährung achten. Nicht, dass du nach der Hochzeit noch zum Schlachtschiff wirst.»

Ich hielt es für besser, die Diskussion an der Stelle zu beenden. Zwischen Liz und Philip passte nun mal kein Blatt – und erst recht nicht eine wetternde Braut.

«Warum ist die hier nicht frankiert?», fragte Pippa und hielt mir die Karte für meine Eltern vor die Nase.

«Ach, das habe ich ganz vergessen», log ich. Ich hatte in den letzten Tagen und besonders in den Nächten mit mir gerungen, ob ich meine Eltern einladen sollte oder nicht. Wir hatten uns seit Ewigkeiten nicht mehr gesprochen, geschweige denn gesehen. Wenn man sich aus den Augen verliert, ist es am Anfang immer so, dass man sich mit dem Gedanken tröstet, sich jederzeit wieder melden zu können. Doch umso mehr Zeit vergeht, umso größer wird der Graben zwischen dem Gedanken und dem Tun, bis er irgendwann so groß ist, dass ein Zurück unmöglich erscheint.

Ich nahm Pippa die Karte aus der Hand und legte sie auf meinen Büroschreibtisch. «Ich mache das später.»

Ihre Hand zuckte. «Sicher? Ich kann das auch gleich mit erledigen.»

«Nein, lass ruhig. Ich muss sowieso später noch mal in die Innenstadt.»

«Wie du meinst.» Pippa betrachtete mich skeptisch. «Obwohl ich als offizielle Trauzeugin, die ich ja jetzt bin, deine Eltern natürlich auch gerne vor der Hochzeit kennenlernen würde.»

«Das ist nicht nötig», warf ich ein und drückte auf die Gegensprechanlage am Telefon.

«Zwei Kaffee, bitte. Für Pippa mit Milch und viel Zucker.»

«Sehr gerne», sagte Celine piepsend durch den Lautsprecher. Dann fügte sie noch hinzu: «Ach, und Dr. Krebs hat schon zwei

Mal angerufen. Ich weiß nicht, ob ich ihn ein drittes Mal vertrösten kann.»

Ich beugte mich über das Telefon. «Das schaffen Sie schon, Celine. Sagen Sie ihm einfach, dass der Senior sich persönlich bei ihm meldet, um ihn in der Angelegenheit zu vertreten. Sie spielen doch zusammen Golf, das wird ihn sicher beschwichtigen.»

«Das ist es ja gerade», piepste Celine, «Dr. Krebs will Sie. Sonst niemanden.»

«Ich will aber Dr. Krebs nicht mehr vertreten. Aus und Ende.»

Mit den Worten ließ ich den Knopf der Telefonanlage los und lehnte mich nach hinten.

«Irgendwoher kommt mir der Name bekannt vor», murmelte Pippa. Dann setzte sie sich ruckartig auf. «Dr. Krebs! Ich hab's! Ist das nicht das Arschloch, das den jungen Ivar umgenietet hat?»

Ich warf ihr einen strengen Blick zu.

«Ist ja schon gut», schmollte sie, «ich meine natürlich: Ist das nicht der Typ, der den jungen Ivar umgefahren hat – wie ein Arschloch?»

«Ich geb's auf», seufzte ich und streckte meine Arme aus. «Dein Jargon ist unverbesserlich.»

«Unverbesserlich und treffend», erklärte Pippa.

«Das auch.»

Ohne vorheriges Klopfen wurde plötzlich die Bürotür aufgerissen.

«Celine, ich habe Ihnen doch gesagt, Sie sollen – oh! Dr. Krebs!» Ruckartig schnellte ich aus meinem Bürosessel. «Ich hatte Sie gar nicht erwartet.»

Pippa sah von Dr. Krebs zu mir, dann wieder zu ihm. «Wenn man vom Teufel spricht.»

Schnaufend baute sich Dr. Krebs vor meinem Schreibtisch auf, direkt neben Pippa. Er war ein untersetzter Mann Ende fünfzig, dessen Wohlstand man ihm an jeder Pore ansehen konnte. Sein Doppelkinn verfärbte sich bei Aufregung immer leicht rötlich, so auch jetzt wieder. Trotz seines Geldes verfügte er nicht gerade über den besten Geschmack, was seine Frisur eindeutig bewies, denn er versuchte, seine Halbglatze mit langen Strähnen zu verdecken, die er seitlich über den Schädel kämmte. Jetzt waren diese Strähnen allerdings ein wenig aus der glattgekämmten Form geraten und standen unkoordiniert in verschiedene Richtungen ab.

«Sie lassen sich ja auch ganz wunderbar verleugnen in letzter Zeit.» Seine kleinen, rosinenförmigen Augen funkelten böse hinter der goldenen Brille hervor. «Aber nicht mit mir, meine Liebe. Nicht mit mir!»

Ohne Pippa Beachtung zu schenken, lud Dr. Krebs seine nächste Empörungssalve auf mich ab.

«Sie können mich doch nicht einfach so hängenlassen, schließlich ist das Ihr Fall! Sie vertreten mich, Sie sind immer für mich da, das haben Sie selbst gesagt!»

«Bitte beruhigen Sie sich», versuchte ich, ihn zu beschwichtigen. «Nehmen Sie doch Platz.»

Aber Dr. Krebs schien sich nicht setzen zu wollen. «Sie sagen mir jetzt auf der Stelle, was das zu bedeuten hat!»

«Wir waren im Krankenhaus», sagte Pippa und verschränkte ihre Arme vor der Brust. «Bei Ivar.»

«Wer ist Ivar? Und wer zum Teufel sind Sie?»

«Wer ich bin, tut nichts zur Sache», antwortete Pippa bestimmt, «aber wer Ivar ist, sollten Sie wissen.»

«Pippa!», zischte ich.

«Also, wer soll das sein?», raunzte er. «Ivar – und weiter?»

«Ivar Leonard ist der junge Mann, den Sie angefahren haben», erklärte ich ruhig.

«Das ist eine bodenlose Frechheit! Ich habe ihn nicht angefahren, er hat sich mir vor den Wagen geschmissen! Und seit wann urteilen Sie über Ihre Klienten? Das ist ja ganz neu!»

«Ich urteile nicht. Jedenfalls nicht voreilig», sprach ich weiter. «Ich habe mir nur ein Urteil gebildet und den Mann im Krankenhaus besucht. Letzteres würde ich Ihnen übrigens auch raten.»

«Einen Teufel werde ich tun! Ich glaube, es hackt. Sie sollen mich vertreten und nicht diesen Hanswurst!»

Ich atmete tief aus. «Nachdem ich mit Ivar Leonard gesprochen habe, kann ich Sie aber leider nicht mehr vertreten», erklärte ich. «Bitte nehmen Sie es nicht persönlich.» Doch dann korrigierte ich mich. «Oder doch – nehmen Sie es persönlich. Denn die Gründe dafür sind es auch. Ich kann niemanden mehr vertreten, von dessen Unschuld ich nicht restlos überzeugt bin.»

«Ja? Na, da sind Sie ja hier genau richtig!», brüllte der wutschnaubende Dr. Krebs nun. «Ihr Advokaten meint ja alle, ihr seid was Besseres! Dabei würdet ihr selbst den Teufel höchstpersönlich vertreten, wenn er nur genug zahlen würde!»

Vor lauter Aufregung war er wortwörtlich krebsrot angelaufen. In seinen Mundwinkeln hatten sich kleine Schaumkronen aus Spucke gebildet.

«Bitte, beruhigen Sie sich», wiederholte ich. «Sie kennen unseren Senior doch gut, er wird Sie besser vertreten, als ich es je könnte. Es wird Ihnen daraus kein Nachteil entstehen.»

«Aber Ihnen!», rief Dr. Krebs und machte auf dem Absatz

kehrt. «Mal sehen, was Ihr Chef davon hält, wenn ich ihm von Ihrer Arbeitshaltung erzähle!»

Ich wusste, dass dieses Gespräch kein gutes Ende nehmen würde, aber nun gab es kein Zurück mehr.

«Glauben Sie mir, Sie werden ganz hervorragend vertreten.»

«Sie werden noch sehen, was Sie davon haben!»

Ohne die Tür hinter sich zu schließen, stapfte Dr. Krebs aus dem Büro.

«Was du davon haben wirst?», wiederholte Pippa seine Drohung. «Auf jeden Fall kein schlechtes Gewissen.» Dann fragte sie: «Meinst du, das gibt Ärger?»

Ich nickte. «Sehr wahrscheinlich, ja. Ich habe in meiner ganzen Karriere noch nie einen Fall abgelehnt.»

«Warum?»

«Weil es mir egal war, ob jemand schuldig war oder nicht.»

«Und jetzt?»

«Jetzt nicht mehr.»

22. Kapitel

Nach einer nicht sehr langen Unterredung mit dem Senior über meine Arbeitseinstellung und ein paar wenigen Worten, die mir durchaus klarmachten, dass ich mich auf dünnem Eis befand, hatte ich das Büro am Freitag schon mittags verlassen.

«Gehen Sie in sich, Frau Bender. Das scheint nötig zu sein!» Mit diesen Worten hatte mich der Senior in einen nicht selbstgewählten verfrühten Feierabend geschickt, und ich war mir vorgekommen wie ein ungezogenes Schulkind.

Auf direktem Wege fuhr ich nach Hause. Ich wusste, dass Philip freitags oft den halben Tag Home-Office machte, und das kam mir sehr gelegen. Nach einer Umarmung, einem leckeren Essen und einem guten Wein würde die Welt sicher schon wieder ganz anders aussehen. Ich hielt noch kurz an, um uns in der *Vine-Bar* ein gutes Tröpfchen auszusuchen und Philip damit eine Freude zu machen.

Als ich zu Hause ankam, sah ich bereits an der Garderobe, dass Philip auch da war. Ich legte Mantel und Tasche ab, schnappte mir die Flasche Pinot grigio und schlich ins Arbeitszimmer, um ihn zu überraschen. Philip saß wie erwartet an seinem Laptop und redete mit jemandem über die Video-Funktion.

«Genau so, du machst das richtig gut. Bisschen weiter ... jaaaaa!»

Auf dem Bildschirm war ein Frauengesicht zu erkennen. Ich näherte mich und wollte gerade meine Arme um Philip schlingen, als er ruckartig aufschnellte und den Laptop zuklappte.

«Hast du mich erschreckt!»

«Ich wollte dich mit der hier überraschen», sagte ich und deutete auf die Flasche in meiner Hand. «Kein Grund, zu Tode zu erschrecken.»

«Dass du dich auch immer so anschleichst.» Auf Philips Stirn konnte ich eindeutig ein paar Schweißperlen erkennen. «Das hast du doch früher nicht gemacht.»

«Und du hast dich früher nicht so erschrocken, wenn deine zukünftige Frau den Raum betrat», erwiderte ich. «Apropos Frau – wer war das?»

Ich hatte eindeutig die Maske wiedererkannt, die Philip besucht hatte, als Pippa und ich ihn mit Igor überrascht hatten.

«Das war das Dating-Portal, von dem Pippa gesprochen hat.»

«Das, ach das ...»

«Philip – wer war diese Frau da eben?»

«Ach die ...» Philip tat meine Zweifel ab, als wären sie nicht berechtigt. «Eine ... eine Kandidatin.»

«Eine was?»

«Na ja, als du mir gesagt hast, dass du Pippa zur Trauzeugin machen willst, war ich schon ziemlich angefressen. Und da dachte ich mir, ich mache mich lieber mal selber für dich auf die Suche.»

«Was soll das heißen?»

Philip stand auf und schob seine Hände unter die Achseln. Für einen Augenblich wirkte er wie ein Schuljunge, den man beim Pfuschen erwischt hatte. Damit waren wir heute schon zu zweit auf der Strafbank.

«Ich habe nach einer Trauzeugin für dich gesucht, die besser zu uns passt.» Sofort schien er sich wieder gefangen zu haben und sah mich lässig an. «Wenn meine Mutter schon nicht gut genug für dich ist – die Verrückte ist es ganz sicher nicht.»

«Das ist doch nicht dein Ernst?»

«Wieso, du hast das doch selbst ganz genauso gemacht. Und sogar beinahe jemanden gefunden. Ich habe deine Suche lediglich fortgesetzt. Bis jetzt habe ich noch niemanden, aber ich bin ja auch noch ganz am Anfang.» Philip warf einen Blick auf die Flasche. «Gibt's einen Anlass?»

Ich wusste immer noch nicht, was ich von seiner Geschichte halten sollte. «Nein, eigentlich nicht. Streng genommen ist es eigentlich das Gegenteil. Ich habe Stress mit dem Senior, weil ich mich weigere, Dr. Krebs weiter zu vertreten. Ich bin von seiner Unschuld nicht mehr überzeugt, seit ich mit Pippa im Krankenhaus war und –»

Philip stöhnte auf. «Da läuft der Hase lang. Hätte ich mir ja denken können, dass sie dir auch auf der Arbeit Probleme macht. Wo bitte mischt sie sich nicht ein? Und seit wann interessiert es dich, ob jemand schuldig ist oder nicht?»

«Seit jetzt», gab ich trotzig zurück. «Und das hätte es schon viel früher tun sollen.»

«Dr. Krebs – war das nicht der mit dem Radunfall?»

Ich nickte.

«Aber das ist doch glimpflich ausgegangen. Kein Grund, einen Fall hinzuwerfen.»

«Darum geht es nicht. Schlimm genug, dass Ivar jetzt wochenlang mit diversen Brüchen im Krankenhaus liegen und danach noch in die Reha muss. Es hätte auch anders ausgehen können.»

«Ist es aber nicht.»

«Hätte es aber.»

«Seit wann interessiert dich der Konjunktiv?» Philip nahm mir kopfschüttelnd die Flasche ab. «Es ist ja nicht so, dass Dr. Krebs einen Streichelzoo vergiftet hat.» Er stand auf und ging mit der Flasche Richtung Treppe. «Ich mache die hier mal auf. Scheint so, als könntest du ein Glas gebrauchen.»

«Philip?», hielt ich ihn auf.

«Ja?»

«War die Frau wirklich eine potenzielle Trauzeugin für mich?»

Philip, der sich auf dem Treppenabsatz umgedreht hatte, legte den Kopf schief. «Aber natürlich, sagte ich doch.»

Dann lief er mit leichtem Schritt die Treppe herunter, ich blieb oben stehen.

✿

«Bender?»

«Hallo Sarah!»

«Mama?»

«Mein Kind, wir freuen uns ja so! Als die Karte ankam, bin ich direkt zum Stall raus, so wie ich war, in Küchenschürze. Der Papa konnte's gar nicht glauben! Wir haben so lang nichts mehr von dir gehört, und dann gleich so ein Paukenschlag!»

«Welche Karte?»

Mein Hirn ratterte – die Save-the-Date-Karten waren alle abgeschickt – bis auf die für meine Eltern. Im letzten Moment hatte mich doch der Mut verlassen. Es war mir schlicht falsch vorgekommen, meine Eltern in so eine für sie unnatürliche

Umgebung zu bringen. Sicher spielte auch die Scham darüber eine Rolle, dass sie noch nie in ihrem Leben die Grenzen des kleinen Eifeldorfs, in dem sie lebten, verlassen hatten und eine Reise nach Köln für sie einer nach New York City gleichkam. Aber ich konnte mir meine Eltern einfach nicht Champagner schlürfend in der Wolkenburg vorstellen – den sie mit Sicherheit verweigert hätten. Den Spruch «Was der Bauer nicht kennt, das isst er nicht» kultivierten die beiden seit jeher.

Zudem hatten wir seit meinem Auszug kaum ein Wort miteinander gesprochen. Sie gehörten zu meinem alten Leben, das längst nicht mehr meines war, und ich wollte sie nicht in die goldglanzpolierte Schablone meines neuen pressen, die ihnen ohnehin nicht gepasst hätte.

«Ihr ... habt die Karte bekommen?»

«Ja, da steht vorne was Komisches drauf, das kann ja keiner lesen. Der Bauer Köppsch von nebenan sagt, das ist neumodern und Englisch. Weißt du doch, dass wir das nicht verstehen. Aber dann hat der Papa eins und eins zusammengezählt und ... Wir freuen uns ja so für dich!»

«Ja, also, danke ...»

Ich überlegte: Wenn ich es nicht war, die die Karte abgeschickt hatte, wer war es dann?

«Pippa!»

«Was?»

«Ach, nichts, Mama. Sag mal, du und Papa, wollt ihr wirklich kommen? Ich meine, der Weg ist ja auch ein Stück, und die Hotels hier haben alle nicht die speziellen Matratzen für Papas Rücken und –»

«Ach, natürlich kommen wir! Der Papa hat schon gesagt, dass dann neue Schuhe fällig sind. Seine hat er ja noch von deiner Kommunion und nicht mehr angezogen seitdem ... Ach, halt, doch, bei der Beerdigung vom Jupp Meier, da hatte er sie an, aber das ist ja auch schon fünf Jahre her. Mei, was haben wir lang nicht gesprochen. Wusstest du, dass der Sohn vom Jupp den Hof ganz neu umgebaut hat? Die produzieren jetzt Bio-Milch auf ihrem Bio-Hof, ganz neumodern. Der Papa sagt, es ist egal, was man den Kühen zu fressen gibt, selbst wenn's der letzte Schrei ist, am Ende stinken die Fladen trotzdem bis zum Himmel!»

«Nein, das wusste ich noch nicht ...»

«Ja, und die Tochter vom Grunwaldbauer, die hat einen Bub zur Welt gebracht, ganz ohne Mann! Du glaubst gar nicht, was hier los war. Alle sagen, dass das ein Städter war, der hier zum Ausspannen herkam, aber dass das so enden würde ...»

Es war wie immer. Ich ließ meine Mutter reden und reden, aber die Gerüchte und Neuigkeiten im Dorf waren genau die gleichen, über die sie sich schon vor zwanzig Jahren aufgeregt hat. Wieder einmal wurde ich darin bestätigt, dass dies nicht meine Welt war und dass ich damit nichts mehr zu tun haben wollte.

«Mama ... Ich denke, da gab es ... ein Versehen mit der Karte», sagte ich zögernd. «Ich wollte sie noch gar nicht versenden, da ist wohl was schiefgelaufen ...»

Meine Mutter stockte. «Ach ja?»

Sofort überkam mich eine große Welle aus schlechtem Gewissen mit einer Schaumkrone aus Mitleid.

«Nein, ich meine natürlich, die Einladung an sich ..., also der Termin, der stimmt schon ...»

So überfordert hatte ich mich selbst seit Jahren nicht mehr angehört, und es war wieder das eingetreten, was immer passierte, wenn ich mit meinen Eltern sprach: Ich war wieder das unsichere Kind von damals. Aber dieses Kind gab es nicht mehr, und ich wollte es auch nicht mehr zum Leben erwecken. Trotzdem gelang es mir nicht, mich so auszudrücken, wie ich es sonst immer tat. Es gab eine Hemmschwelle, die sich aus alten Erinnerungen, matschigen Gummistiefeln und penetrantem Stallgeruch zusammensetzte und die sich zwischen mich und mein neues Leben presste wie dickflüssiger Matsch, der mir durch die Finger rann.

Aber hatte ich diese Hemmschwelle nicht gerade erst überwunden?

«Oder willst du uns gar nicht dabeihaben?», fragte meine Mutter vorwurfsvoll. «Hast du das nur aus Pflichtgefühl gemacht? Hast gedacht, wir kommen eh nicht?»

Die Welle des schlechten Gewissens zerbarst an meinem Ohr und drohte, mich in den Fluten mitzureißen.

«Nein, so meinte ich es nicht.»

«Wie denn dann? Ich meine –»

Die Stimme meiner Mutter erstarb, und auch ich wusste nicht, was ich noch sagen sollte. Nach einigen Sekunden der Stille legte sie auf, ohne sich zu verabschieden.

✿

«Er hat was?»

«Ich sage es dir doch», erklärte ich und strich mit den Fingern über die Blumen, die in riesigen Vasen überall aufgestellt waren. «Philip tut wirklich alles für mich.»

«Du glaubst ihm doch bitte kein Wort, oder?» Pippa sah mich fassungslos an. «Wenn du denkst, er hätte wirklich nach einer Trauzeugin für dich gesucht, dann falle ich auf der Stelle tot um.»

«Haben Sie sich schon entschieden?», fragte die nette Floristin und strahlte bis über beide Ohren. Sie war eine von den Frauen, die nie Make-up trugen, aber es auch nicht brauchten, weil ihre Haut einen natürlichen Teint hatte, ihre roten Apfelbäckchen durch die Arbeit an der frischen Luft von ganz allein schimmerten und ihre kleinen Äuglein wie blaue Wassertropfen in dem hellen, rundlichen Gesicht funkelten.

«Ich mag Lilien sehr», erklärte ich. «Natürlich in Weiß. Aber etwas in Perlmutt wäre noch besser», antwortete ich und dachte dabei an Frau Geli, der ich das perlmuttweiße Hochzeitskleid längst erstattet hatte. Die Kreditkarte in meiner Handtasche glühte noch immer. Leider würde ich mich bei *Cinderella* auch nicht mehr blicken lassen können, denn all meine Beteuerungen, dass eine erneute Kleid-Entführung nicht mehr vorkommen würde, hatten sie nicht beschwichtigen können.

«Des is mir in dreißig Jahrn meiner Karriere net passiert, des können S' ma glaubn, Herzchen, des woar vielleicht a Schock. Da wusst i ja gor net, was zum Tun is, i mein, da ruft man die Polizei, und sagt denen, dass mir a Kleid entführt wor'n is. Des glaubt's ja koa Mensch!»

Ich musste beim Bezahlen hoch und heilig versprechen, ihren Laden nie wieder zu betreten. Und auch Pippa sollte eine Art Eid auf dem EC-Karten-Gerät ablegen, weil gerade keine Bibel zur Hand war. Nur dann wäre sie geneigt, die Anzeige fallenzulassen.

«Ich finde ja Wiesenblumen schön», sagte Pippa und sah sich um. «Von allem etwas, wild und bunt und frei!»

«So was machen wir natürlich auch», erklärte die Floristin,

die ein riesiges mit Herbstblättern bedrucktes Tuch um den Hals trug, obwohl es draußen immer noch sehr warm war.

Sie hielt uns eine Vase mit dunkelblauen Korn- und knallroten Mohnblumen hin.

«Die hier verkaufen wir im Sommer immer. Aber wenn Sie im Mai heiraten, gibt es zumindest schon mal Ackerwinde, Wiesenraute, Beinwicke, Schaumkraut und Kälberkropf.»

Kälberkropf? Ich runzelte die Stirn.

«Mit etwas Glück und je nachdem, wann im Mai der Termin ist, kriegen wir auch Buschwindröschen. Margeritten und Herbstzeitlose kommen später, aber die können wir importieren.»

«Bunte Wiesenblumen ... ich weiß nicht», warf ich ein. «Ich hatte da eher an etwas Einfarbiges gedacht. Passend zum Kleid.»

«Sarah?» Pippa sah mich herausfordernd an.

«Was denn? Also, wenn du so sehr auf Wiesenblumen beharrst, können wir es probieren. Wenn ich so darüber nachdenke, kann ich es mir sogar ganz zauberhaft vorstellen, romantisch. Und es ist auch mal was anderes. Ich glaube, ich gebe dir recht!»

«Ich meine nicht die Blumen.»

«Nicht?»

«Nein!»

Ich strich über einen Strauß Sonnenblumen. «Zu Sonnenblumen konnte ich irgendwie noch nie eine Verbindung herstellen.»

«Ich meine Philip!»

Pippa positionierte sich mit verschränkten Armen vor mir. «Das darf doch nicht wahr sein, dass du dermaßen die Augen davor verschließt!»

«Also, Sonnenblumen würde ich auch nicht zu den Feld- und Wiesenblumen zählen», erklärte die Floristin, «die würden die anderen nur erdrücken.»

«Wovor?», fragte ich und sah Pippa fragend an.

«Na, vor dem Offensichtlichen!»

«Aber Sie können Sonnenblumen natürlich mit reinnehmen, wenn Sie wollen. Ich kann die schon rechtzeitig bestellen, auch wenn sie dann aus dem Ausland kommen.»

«Und was wäre das deiner so offensichtlich klaren Ansicht nach?» Meine Stimme klang gereizter als beabsichtigt.

Die apfelwangige Floristin machte reflexartig einen Schritt zurück.

«Na, dass Philip dich belügt!»

«Du kannst es offenbar nicht ertragen, dass jemand anders mehr Glück hat als du, oder?»

«Das hat damit doch gar nichts zu tun!»

«Offensichtlich schon!», schimpfte ich und geriet zunehmend außer mir. «Du kannst es einfach nicht gut sein lassen.»

«Weil du es nicht wahrhaben willst!»

«Also, keine Sonnenblumen?», fragte die Floristin vorsichtig.

«Und du kannst nicht ertragen, dass ich eben *alles* habe!»

Pippa sah mich mit weit aufgerissenen Augen an. «Das ist es ja gerade! Du willst *alles* haben, und deswegen muss auch *alles* gut sein. Ist es aber manchmal nicht. Aber das kannst du nicht zulassen, weil dir dann dein ganzes perfektes Leben aus den Händen gleiten würde!»

«Keine Sonnenblumen», murmelte die Floristin leise.

«Ich habe bereits ein perfektes Leben!» Ich merkte, wie mein Puls sich erhöhte und ich mein Herz in den Ohren klopfen hörte.

«Ach ja?» Pippa sah mich trotzig an. «Als wir uns kennenlernten, warst du kurz davor, einen Knebelvertrag zu unterschreiben, nur damit du endlich diese verdammte Hochzeit vorweisen kannst! Bis vor ein paar Wochen hattest du noch nicht mal eine Trauzeugin, geschweige denn eine Freundin. Dein Job macht dir solche Angst, dass du jahrelang einfach ignoriert hast, worum es eigentlich geht. Weil du sonst nicht mehr so hättest weitermachen können wie vorher. Deine Eltern hast du jahrelang nicht mehr gesprochen, obwohl sie dir nichts getan haben – außer vielleicht der Tatsache, dass sie einfache Bauern sind! Aber diese Herkunft passt nicht in deinen hochglanzpolierten Lebenslauf, und deswegen mussten sie weg. Genau wie deine komplette Vergangenheit! Und weißt du was?» Auf Pippas Stirn war eine dunkelblaue Ader hervorgetreten. Ihre Augen glänzten feucht, und ihr gesamter Körper bebte, als könne er den Druck nicht länger ertragen.

Ich wollte sie stoppen, aber sie redete einfach weiter.

«Du ignorierst nicht nur die Vergangenheit, sondern auch die Gegenwart. Du bist wirklich noch das kleine Mädchen vom Schweinematschhof. Du spielst das Spiel: Was ich nicht sehe, existiert auch nicht. Denn dein Kerl betrügt dich nach Strich und Faden, und du guckst einfach weg! Und du glaubst, so erschafft man ein perfektes Leben? Indem man sich alles zurechtlügt?»

Pippa war eindeutig zu weit gegangen, was meinem eingefrorenen Gesicht sicher anzusehen war. Aber das schien sie nicht aufzuhalten.

«Du siehst dein Leben, wie es sein *soll*, aber nicht, wie es *ist*!»

Ich hielt es nicht länger aus. «Mit Lügen kennst du dich ja bestens aus!», rief ich. «Warst du es nicht, die sich unter falschen Vorwänden bei mir einquartiert hat?»

«Das war etwas ganz anderes.»

«Klar! Du bastelst dir dein Leben nämlich auch zurecht. Nur merkst du nicht, dass du damit alles nur schlimmer machst. Von wegen liebeskranker Ex! Kein Mann trauert auch nur eine Sekunde um dich, weil du so leicht zu haben bist wie die Currywurst an der Ecke!»

Ich konnte sehen, dass Pippa meine Worte trafen, aber ich konnte nicht zurück.

«Du bist doch die, die ihr Leben nicht in den Griff kriegt!», wetterte ich. «Schulden bis zum Hals – und was tust du dagegen? Du nennst dich Chocolate Bunny und wühlst dich im Schlamm. Du rettest irre Vögel und behinderte Katzen von der Straße und reparierst jeden Scheiß und merkst dabei überhaupt nicht, wie kaputt dein eigenes Leben ist!»

Jetzt war ich es, deren Körper bebte. Mein Brustkorb schien fast zu platzen, und mein Kopf fühlte sich leer und überfüllt zugleich an.

Pippas Zorn war einer verschleierten Traurigkeit gewichen. Sie sprach leise, mit dem Blick auf den gefliesten Ladenboden gerichtet.

«Du hast recht. Mit allem, was du gesagt hast, hast du recht. Ich bin eine Versagerin, eine wandelnde Vollkatastrophe. Ich kriege mein Leben nicht auf die Kette. Ich kann weder mit Männern noch mit Geld umgehen. Und ja – ich repariere und versuche, alles um mich herum zu retten, damit ich nicht daran zugrunde gehe, dass ich mich nicht mehr selbst retten kann. Ich habe keinen schicken Lebenslauf vorzuweisen, und mein Klamottenstil würde selbst Blinde erschrecken. Ich habe so ziemlich alles falsch gemacht, was man falsch machen kann.» Sie hob den Blick und sah mir direkt in die Augen. Ihre Lippen zitterten. «Wir beide scheinen einige Fehler gemacht zu haben. Aber weißt du, was uns grundlegend unterscheidet, dich und mich?»

Sie wandte sich zum Gehen und öffnete die Tür derart ruckartig, dass das kleine Glöckchen darüber scheppernd klingelte. Mit Blick über ihre Schulter erklärte sie: «Ich belüge mich wenigstens nicht selbst!»

Dann verschwand sie durch die Tür, und das Glöckchen bimmelte so leise, als wäre es ebenfalls erschrocken über das, was soeben passiert war.

«Doch besser Lilien?», fragte die Floristin vorsichtig.

Doch ich wandte nur mein Gesicht in Richtung winterfeste Staudenpflanzen, um die aufsteigenden Tränen vor ihr zu verbergen.

23. Kapitel

Seit dem Streit im Blumenladen war fast eine Woche vergangen, und von Pippa kam kein Lebenszeichen. Ich hatte mich auch nicht mehr gemeldet, obwohl mir der Streit schwer zu schaffen machte. Ich konnte nicht verstehen, warum sie mich so angegangen hatte, denn es gab eigentlich keinen Grund dazu. Außer dass Philip für Pippa immer Grund genug war, gleich eine Moralpredigt über mein ganzes Leben abzuhalten. Ausgerechnet sie, die sonst das «Leben und leben lassen»-Prinzip wie kein anderer verkörperte, akzeptierte meine Entscheidung für Philip nicht. Selbst wenn sie nur mein Bestes wollte, ging es sie eigentlich nichts an, wen ich liebte. Philip *war das Beste* für mich.

Pippas Mutmaßungen hatten mich nicht nur wütend gemacht, sondern mich auch stark verletzt. Denn ihre Behauptung, Philip würde mich belügen, stellte nicht nur ihn in ein schlechtes Licht. Gleichzeitig bedeutete es auch, dass ich mich für dumm verkaufen ließ, was ganz sicher nicht der Fall war. Ich hatte wenige, ausgewählte Beziehungen in meinem Leben geführt und keine davon leichtfertig begonnen oder beendet. Ich war keine dieser Frauen, die einer Illusion hinterherliefen, da war ich mir sicher.

Warum zur Hölle war es mir dann nicht egal, was Pippa dachte? Warum hatten mich ihre Worte so sehr verletzt?

Ich spürte, wie sich mein Magen in regelmäßigen Abständen immer wieder zusammenzog. Es fiel mir schwer, mich auf die Arbeit zu konzentrieren. Die Tage schienen endlos zu sein, und nachts konnte ich immer schlechter schlafen. Es war, als würde ich unter Liebeskummer leiden. Gab es auch eine abgewandelte Art davon – Freundinnenkummer?

Pippa hatte die letzten Monate mein Leben bestimmt, ja sogar fast den wichtigsten Platz darin eingenommen. Wenn ich ehrlich war, hatte sie mein Leben sogar auf den Kopf gestellt. Oft war sie mir peinlich gewesen, immer wieder war ich wegen ihr in unangenehme Situationen geraten. Bei dem Gedanken an Herrn Margath und den Pfarrer in der Basilika St. Kunibert musste ich trotz meiner Wut auf Pippa ein wenig schmunzeln. Pippa war eben speziell – und ich war bereit gewesen, das zu akzeptieren. Was ich allerdings nicht zulassen konnte, war, dass sie sich zwischen mich und Philip stellte. Es war nicht zwingend notwendig, dass sie als Freundin meinen Partner mochte, aber sie musste meine Beziehung zu ihm respektieren. Da gab es für mich keinen Verhandlungsspielraum – Pippa hin oder her.

Aber ich merkte, wie sehr sie mir fehlte. Die Spätsommerabende mit Philip – auf dem Boot, auf dem Balkon oder dem Sofa – waren schön, aber ich spürte, dass ich irgendwie nicht ganz vollständig war. Pippa hatte sich das Zimmer in meinem Leben genommen, von dem ich dachte, dass es längst besetzt war. Jetzt, da sie fort war, merkte ich, dass es immer leer gestanden hatte.

«Frau Bender?»

Der Senior unserer Kanzlei stand mit verschränkten Armen vor meinem Schreibtisch, ohne dass ich sein Eintreten bemerkt hätte. «Träumen Sie?»

Ich räusperte mich. «Oh, hallo Herr Albert, ich habe Sie gar nicht reinkommen hören.»

«Das merke ich. Ich habe ohnehin das Gefühl, dass Sie in letzter Zeit seltsam abwesend sind. Ist alles in Ordnung bei Ihnen?»

«Natürlich.» Ich wiederstand der Versuchung, mir eine Haarsträhne aus dem Gesicht zu streichen.

Hier war weder der Raum noch die Zeit für meine widersprüchlichen Gedanken. Trotzdem schien es mir unmöglich, die vielen Fragen in meinem Kopf auszublenden.

Warum hatte ich mich für den Beruf der Anwältin entschieden? Die Antwort war einfach: Ich war immer gut im nüchternen Argumentieren gewesen, mir lagen pragmatische Entschlüsse, und ich liebte es, zu gewinnen. Das Recht in Form des Gesetzes war mir immer schlüssig erschienen - und bis jetzt hatte es auch stets gereicht, um Recht von Unrecht zu unterscheiden. Aber auf einmal war da eine Grauzone hinzugekommen, etwas, das vorher nicht relevant gewesen war: Gerechtigkeit. Ich wurde das Gefühl nicht los, dass, wer auch immer diese Zone je betrat, nicht mehr zurückkonnte.

Der Senior räusperte sich. «Noch mal zu der Sache mit Dr. Krebs. Er ist immer noch echauffiert über den Vorfall, was ich ihm nicht verübeln kann. Es kann hier nicht zur Gewohnheit werden, dass Sie einen Fall nach Gutdünken ablehnen oder je nach Sympathie oder Antipathie für den Klienten abgeben.»

«Das habe ich selbstverständlich nicht.»

«Dann weiß ich nicht, was der Grund dafür sein soll.»

Ich überlegte. Pippa hatte mir im Blumenladen an den Kopf geworfen, dass meine Arbeit mir Angst mache und ich genau deswegen niemals einen der Fälle hinterfragt habe.

War das wahr? Und wenn ja, war das gleichzeitig der Grund für meine steile Karriere gewesen?

Ich holte kurz, aber tief Luft. «Ich kann niemanden vertreten, der nicht die Wahrheit sagt.»

Wenn Worte schneller ausgesprochen als zu Ende gedacht sind, dann sind sie meistens wahr.

Der Senior stützte seine Arme auf den Schreibtisch und beugte sich leicht vor. Seine Krawatte baumelte über meinem Gesicht wie ein Damoklesschwert.

«Möglicherweise gehört diese Fähigkeit der Ausblendung gewisser Tatsache zu den Grundbedingungen Ihres Jobs.»

«Möglichweise möchte ich das aber nicht mehr ausblenden.»

Es war unumstößlich meine Stimme, die ich da gerade hörte. Aber meine Gedanken nahmen nicht wie sonst den Umweg durch meinen Kopf, sondern schienen völlig ungefiltert aus mir herauszufallen.

«Möglicherweise haben wir dann ein Problem.»

✿

Immer stärker wurde mir bewusst, dass ich einen Klienten nur noch dann verteidigen konnte, wenn er im Recht war. Ansonsten würde ich meine Arbeit nicht mehr genauso weiterführen können wie bisher. Ein Gedanke, der zweifelsohne auch der Grund dafür gewesen war, meine Arbeit nie zu hinterfragen. Aber nun war er ausgesprochen und stand wie ein riesiger Vorwurf mitten im Raum.

Während ich meine Akten nach Fälligkeit sortierte, verschwammen die Buchstaben und Daten immer wieder vor meinen Augen und wurden zu einem einzigen Zeichenbrei.

Das wird heute nichts mehr, sagte ich zu mir selbst und drückte auf die Gegensprechanlage.

Celine hatte den verärgerten Senior erst vor einer knappen halben Stunde aus meinem Büro hasten sehen – wenn ich jetzt schon ging, würde ihr das sicher allerhand Anlass zu Spekulationen geben.

«Celine, könnten Sie bitte nachsehen, was heute noch für Termine anstehen?» Ich hatte das Gefühl, mich auf kein einziges Wort mehr konzentrieren zu können, nicht mal, wenn es im Terminkalender stand.

«Ja, natürlich, einen Moment.»

Ein kurzes Rascheln und Klicken, dann sagte sie: «Heute gibt es nur noch einen gelben Termin, um siebzehn Uhr. DJ steht da.»

Die gelben Termine waren Termine, die privat oder halbprivat waren und die Celine mitverwaltete, damit ich alle anderen pünktlich abschloss. Die roten hingegen waren Termine bei Gericht, und grün bedeutete, dass ein Termin mit Klienten in der Kanzlei anstand. Interne Termine waren blau gekennzeichnet.

«Gelb ist gut», murmelte ich in Gedanken, «ich muss sowieso noch dringend etwas klären.»

Ich schnappte mir meine Tasche und verließ unter Celines neugierigem Blick schnellen Schrittes das Büro.

✿

Der Treffpunkt mit dem DJ für unsere Hochzeit, den ich auf Empfehlung von Philips Kollegen Simon kontaktiert hatte, war zufälligerweise ein Café ganz in der Nähe von Pippas Werkstatt, die nur zwei Straßen weiter lag. Es wäre ein Umweg gewesen, nicht daran vorbeizufahren, obwohl es mir falsch vorkam, dort nicht zu halten.

Als ich den Wagen an dem großen Schotterparkplatz vorbeilenkte, fiel mir etwas Rotes ins Auge. Vor dem Eingangstor parkte ein roter Audi RS Sportback – genau so einer, wie Philip ihn hatte. Wie ferngesteuert trat ich auf die Bremse. Es machte natürlich keinen Sinn, dass es Philips Auto sein könnte – trotzdem legte ich den Rückwärtsgang ein, um mich davon zu überzeugen.

Das Auto war leicht schräg eingeparkt, als ob es in aller Eile abgestellt worden wäre. Deshalb musste ich ein ganzes Stück zurücklenken, um das Kennzeichen entziffern zu können.

Natürlich war es Schwachsinn, was sollte Philip auch hier? Er würde nie ...

K-PS-23.

Das war es. Ich wusste noch genau, wie Philip damals mit seinem Wunschnummernschild nach Hause gekommen war und es mir stolz präsentiert hatte. PS stand für Philip und Sarah. Die 23 galt den ersten 23 Tagen unserer Beziehung, die zu dem Zeitpunkt erst hinter uns lagen. Und doch war uns beiden damals schon klar gewesen, dass wir immer zusammenbleiben wollten. Nie zuvor hatte ich eine schönere Liebeserklärung bekommen. Ich musste mir damals eine Träne aus dem Augenwinkel wischen, während Philip mich an sich zog und mitten auf der Straße wild küsste. Der Gedanke daran zauberte unwillkürlich ein Lächeln auf mein Gesicht.

Nur was hatte Philips Wagen hier zu bedeuten?

Ich fuhr auf den Parkplatz, stellte meinen Wagen direkt neben dem von Philip ab und stieg aus.

Den Termin mit dem DJ hatte ich zu diesem Zeitpunkt bereits völlig vergessen. Es war auch nicht so, dass ich mich anschlich, eher, dass ich mit angehaltener Luft durch die offene Eisentür huschte.

Ich ließ meinen Blick in der Halle umherschweifen – auf den ersten Blick war niemand zu sehen. Dann hörte ich eine vertraute Stimme, die von irgendwoher zu mir durchdrang.

«... also, das war der Grund für das ganze Theater? Hab ich mir doch gedacht, dass du ein richtig böses Mädchen bist. Und ich stehe auf böse Mädchen!»

Die Stimme kam von oben. Ich hob meinen Blick und entdeckte auf der Hebebühne ein goldfarbenes Mercedes Cabriolet aus den siebziger Jahren. Lautlos trat ich einen Schritt zurück.

«Ja, genau das war der Grund.» Es war Pippas Stimme. «Ich bin ein böses Mädchen. Und du scheinst ein ziemlich böser Junge zu sein.»

«Und was stellen wir zwei dann jetzt an?»

Ich traute meinen Ohren nicht: Es war Philips Stimme.

«Ich hätte da so eine vage Idee», fuhr er fort.

«Und die wäre?»

«Ich werde dich jetzt nehmen. Auf der Stelle, jetzt und hier.»

«Warte noch ...», hörte ich Pippa. «Ich –»

«Philip!», platzte es aus mir heraus.

Ich wusste nicht, ob ich ihn stoppen wollte, ob ich ihn abhalten wollte, das zu tun, was er gerade im Begriff war, zu tun. Ich wusste nicht, ob ich gerufen hatte, damit es nicht passierte oder um zu verhindern, dass es zu einer Wahrheit wurde, die ich nicht ertragen konnte.

Blitzartig streckten Philip und Pippa ihre Köpfe über die Türlehne.

«Sarah ...» Philip starrte mich an.

Plötzlich gab es ein quietschendes Geräusch, dann ein lautes Ruckeln, wie von zwei Körpern, die in die Autositze gedrückt wurden. Unter mühsamem Ächzen setzte die Hebebühne sich in Bewegung.

«Ich glaube das nicht! Ich glaube das einfach nicht!» Ich hielt den Kopf gesenkt und hatte meine Augen mit beiden Händen verdeckt. «Das darf nicht wahr sein, bitte lass es nicht wahr sein!»

«Sarah, nein, nein, das darfst du nicht denken!», schrie Pippa von oben. «Bitte nicht!» Und obwohl der Wagen noch sicher einen Meter über dem Boden schwebte, kletterte sie über den Rand und sprang direkt vor meine Füße.

«Du solltest nicht hier sein!»

Wütend schrie ich los. «ICH sollte nicht hier sein? In einer perfekten Welt solltest DU nicht hier sein! Da würde es dich gar nicht erst geben!»

Ohne mich umzudrehen, machte ich einen unkoordinierten Schritt nach hinten, wobei ich über einen auf dem Boden liegenden Werkzeugkasten stolperte und zu Boden fiel.

«Oh nein! Oh Gott, Sarah!»

Pippas Hände griffen nach meinen, um mich hochzuziehen, doch ich zog sie schnell weg und stützte mich stattdessen am Boden ab.

Mittlerweile war auch Philip aus dem Auto gestiegen. «Hast du dir weh getan?»

Sein Gesicht zeugte von Überforderung und Schock gleichermaßen, nur seine Stimme klang ruhig wie immer. Er beugte sich zu mir, aber ich hielt auch ihn auf Abstand.

«Lass mich.»

Tausend Gedanken schossen mir ungefiltert durch den Kopf und schienen an meiner Stirn zu zerbersten.

Philip und Pippa. Pippa und Philip.

Wie konnte das sein? War das von Anfang an der Plan gewesen? Der Grund, warum beide sich vor mir immer so auffällig hasserfüllt dem anderen gegenüber benommen hatten? Hatten sie mir die ganze Zeit nur etwas vorgespielt? Wie konnte ich das nicht gesehen haben, wie konnte ich nur so versagt haben? Wie konnten *sie* nur?

Die Gedanken kreisten immer wilder in meinem Kopf, brannten wie Feuer in Stirn und Schläfen und holten nur ein einziges Gefühl in mir hervor, das – tief in mir vergraben – so schrecklich vertraut war. Ich spürte, wie es meinen gesamten Körper durchdrang wie ein langsam wirkendes Gift.

Demütigung.

Mit beiden Händen stemmte ich mich vom kalten Betonboden hoch und spürte einen Schmerz in meinem linken Knöchel.

«Au!» Ich musste beim Fallen umgeknickt sein.

Pippa sprang mir bei. «Sarah, bitte, das habe ich für dich getan, wirklich. Ich weiß, du willst das jetzt nicht glauben, aber das war der Plan und –»

«Du hattest also einen Plan? Ha!»

Mein abgebrochenes Lachen klang in der Halle dumpf nach. «Ich dachte, du kennst keine Pläne!»

«Nein, wirklich, diesmal ... Ich wollte dich davon abhalten einen großen Fehler –»

Ich unterbrach Pippa erneut. «Ja, ganz genau. Ein großer Fehler. Das war es. Es war ein großer Fehler, dich in mein Leben zu lassen. Es war ein großer Fehler, dir vertraut zu haben. Aber der größte Fehler von allen bist du selbst!»

Die Worte schossen nur so aus meinem Mund und schienen an Pippas Gesicht zu zerschellen.

«Nein, nein, Sarah, oh Gott, nein!» Sie hatte Tränen in den Augen.

Ich klopfte Rücken und Beinen ab, richtete mich auf und wandte mich zum Gehen.

«Warte, Sarah, ich komme mit dir!» Philip legte seine Hand auf meine Schulter, doch ich schüttelte sie ab wie ein lästiges Insekt.

«Warte doch!»

Ohne Philips Worten weitere Beachtung zu schenken, rannte ich trotz schmerzenden Knöchels aus der Halle.

Ich drehte mich nicht um, aber aus dem Augenwinkel konnte ich sehen, dass Pippa wie versteinert immer noch auf derselben Stelle stand, den Mund mit den Handflächen bedeckt.

24. Kapitel

«Ich kann nicht glauben, dass es schon so weit ist.»
Während ich sprach, betrachtete ich mich im Spiegel. Die bestellte Kosmetikerin hatte gute Arbeit geleistet. Das Make-up war nicht übertrieben, hauchzart mit einer leichten Betonung auf den Wangenknochen. Meine Augen wirkten durch einen Lightener hell leuchtend und nicht überschminkt. Auch der Tipp mit den einzeln eingesetzten Wimpern hatte funktioniert. Zufrieden blickte ich an mir herunter. Die cremeweißen Wellen der hauchdünnen Stofflagen flossen an meinen Beinen herab, sodass von dem Stuhl, auf dem ich saß, nichts zu sehen war.

Liz stand dicht hinter mir und betrachtete mich mit einer hochgezogenen, strichdünn gezupften Augenbraue. Dann beugte sie sich vor, stützte sich mit den Händen auf den weißen Schminktisch, sodass ihr Kinn nur wenige Zentimeter von meiner Schulter entfernt war, und sah mir im Spiegel direkt in die Augen.

«Und ich kann nicht glauben, dass es überhaupt so weit kommt.»

Ihr Lächeln war unnatürlich breit, und ihre übertrieben rot geschminkten Lippen riefen eine unschöne Kindheitserinnerung an Stephen Kings Clown aus «Es» hervor. Ich hatte als Kind oft heimlich aus dem Wandschrank Filme mitangeschaut, die weder für meine Augen noch für meine Ohren bestimmt waren. Nicht nur der diabolische Clown bescherte mir noch Jahre später unruhige Nächte.

Liz hatte es sich nicht nehmen lassen, ebenfalls weiß zu tragen. Ich nahm es so gelassen wie möglich hin. Ihr spitzenbesetztes, cremeweißes Ballkleid hätte man ebenso als Brautkleid durchgehen lassen können. Nur ich wusste, dass dahinter ein regelrechter Schrei nach Aufmerksamkeit stand, der mit dem heutigen Tag und ihrem Auftritt als offizielle Trauzeugin seinen Höhepunkt erreichte. Ich hatte mich nun mal mit Liz arrangieren müssen, und an manchen schlechteren Tagen nach der Zeit mit Pippa war ich sogar froh gewesen, dass sie das Ruder in die Hand genommen hatte.

In den letzten, intensiven Monaten der Hochzeitsvorbereitungen hatte Liz sich mehr als einsatzbereit und engagiert gezeigt – allerdings nur, was die Umsetzung ihrer eigenen Vorstellungen betraf. Trotzdem war ich dankbar für jede Tätigkeit, die sie mir nach dem verpatzten DJ-Termin abnahm. Denn nach dem Tag in Pippas Werkstatt war ich in eine Art Roboterzustand verfallen, der nicht zu enden schien. Tage, die sich immer gleich und quälend langsam voranschoben wie bleierne Vorhänge, waren zu meinem Alltag geworden. Ich ignorierte Pippas Anrufe und sämtliche Kontaktaufnahmen. Auch Philips verschiedenste Anläufe, sich zu erklären und zu entschuldigen, nahm ich nur mit halbem Ohr wahr. Natürlich akzeptierte ich letztlich seine Entschuldigung – wie konnte ich auch nicht? Doch die selbstverständliche Leichtigkeit, die unsere Beziehung bis dahin geprägt hatte, schien uns abhandengekommen zu sein. Dabei wollte ich unbedingt zurück zu einem Status quo, der mir früher selbstverständlich und heute doch so unerreichbar erschien. Aber Philip und ich funktionierten als Paar, es war immer so gewesen, und ich wollte, dass es wieder so war.

Trotz meiner Bemühungen, zum Alltag zurückzukehren, blieb alles um mich herum unscharf. So, als würde ich durch eine beschlagene Taucherbrille sehen. Selbst Philips Worte wurden zu dumpfen, fast tauben Klängen, die von weither schallten. Er beteuerte, wie sehr er seine Naivität bereue. Dass Pippa ihn mit einem Oldtimer zum Spitzenpreis auf eine falsche Fährte gelockt habe. Wie dumm es von ihm war, sich von ihr reinlegen zu lassen. Und wie sehr er alles bedaure.

«Im Grunde ist ja nichts geschehen, Liebling», hatte er bei unserer großen Aussprache erklärt. «Und das wäre es auch nicht, selbst wenn du nicht dazugekommen wärst. Das war ein Missverständnis, ein albernes Feixen, mehr nicht. Und du weißt, dass ich nie und nimmer auf Pippas billige Tricks reingefallen wäre. Ich konnte sie noch nie leiden, niemand weiß das besser als du! Jemand wie sie ist nur eifersüchtig und gönnt dir dein Glück nicht! Ich liebe nur dich!»

Philip bewies große Ausdauer und Überzeugungsfähigkeit, und als ich endlich begann, seinen Worten zu glauben, fiel alles leichter.

Pippa hatte ihn lediglich in einer schwachen Minute, in einem Moment der Orientierungslosigkeit erwischt. Natürlich hatte er nicht gefesselt bei Pippa im Wagen gesessen. Aber es war ihre Initiative gewesen, Philip zu sich zu bitten und ihn zu verführen. Gewiss war es so gewesen – das stand für mich außer Frage. Pippa hatte mir Philip von Anfang an madig gemacht. Warum war ich nur nie stutzig geworden? Warum hatte ich mich nie gefragt, warum sie ihn so sehr verachtete? Sie gönnte mir mein Glück nicht, es konnte nicht anders sein. So war es immer gewesen. Ich hätte es besser wissen müssen, und vielleicht hatte ich es sogar auch gewusst, irgendwo tief in mir, und nur nicht darauf gehört.

Das Allerschlimmste für mich war jedoch, dass Liz recht behalten hatte. Sie ließ keine Möglichkeit aus, mir meine katastrophale Fehleinschätzung vorzuhalten.

«Was hast du auch von dieser *Person* erwartet, Kindelchen? Wenn du nur gleich auf mich gehört hättest, wäre dir und uns dieser ganze Unterschichtenklamauk erspart geblieben!»

Tage wurden zu Wochen, Wochen zu Monaten. Liz stand fast jeden Tag mit Sack und Pack vor der Tür. Sie telefonierte mit Lieferanten («Was soll das heißen, Sie können mir nicht die Gesundheitszeugnisse aller Mitarbeiter vorlegen? Wenn Sie dieses Versäumnis nicht auf der Stelle nachholen, lasse ich Ihren Laden schließen! Nur damit Sie es wissen: Ich bin mit dem Gesundheitsminister praktisch verwandt!») und Blumenhändlern («Wir wollen keine Blumen, die Allergien auslösen könnten, nichts mit Pollen und kein Gestrüpp! Was heißt denn hier Wiesenblumen? Sie sollen eine Paradehochzeit ausstatten und keinen Kuhstall!»), kümmerte sich um den Druck der Einladungskarten («Nein, der Mädchenname der Braut gehört da nicht drauf. Den kennt ohnehin niemand in unseren Kreisen, und niemand interessiert sich dafür!»), entwarf Tischkreationen anhand von Farbkarten («Sie bezeichnen dieses Gekleckse hier vielleicht als bunt, ich nenne es: ordinär!») und bestätigte alle Termine rechtzeitig. Oft saß ich stundenlag regungslos daneben und nickte nur ab und an.

Die Hochzeit abzusagen, kam nicht in Frage. Das stand auch in keiner Relation – Philip war einfach in eine Falle getappt. Es war Pippas Schuld gewesen, sie war diejenige, die zu weit gegangen war.

Und doch gab es keine Nacht, in der ich ruhig neben Philip einschlafen konnte. Ich kämpfte mich durch halbwache Tage, die sich von meinen Nächten nur durch die Uhrzeit unterschieden. Die Gewinnerin in diesem Trauerspiel schien eindeutig Liz zu sein.

«Gräm dich nicht, Kindelchen», pflegte sie zu sagen. «Es war zwar absolut vorhersehbar, dass diese grauenhafte *Person* nur Schlechtes im Schilde führte. Und ich sage natürlich auch gar nicht, dass ich es dir prophezeit habe. Aber wenn du auf mich gehört hättest, wäre es gar nicht erst so weit gekommen.» Theatralisch fasste sie sich dann an den Kopf. «Wenn ich an meinen armen Jungen denke, der dieser zwielichtigen *Person* zum Opfer gefallen ist und auch noch zum Spielball ihrer Niedertracht wurde ...!»

Auf diese regelmäßigen Kommentare antwortete ich für gewöhnlich nichts, genauso wenig wie auf Philips permanente Entschuldigungsreden. Die übertrieben häufigen Blumensträuße seines schlechten Gewissens verschwanden unter Liz' wortreichen Hasstiraden auf Pippa in verschiedenen Vasen, sodass ich in fast jedem Winkel unserer Wohnung an den Tag erinnert wurde, den ich unbedingt vergessen wollte.

Mein Leben verlief wie auf Schienen, und ich saß in dem Zug, der einfach immer weiterrollte. Selbst meine Arbeit erledigte ich wie ferngesteuert, was niemandem aufzufallen oder gar zu stören schien. Alles lief wieder in der Spur, und das war das Wichtigste.

Ich aß wenig und schlief schlecht, und auf den Herbst folgte ein besonders kalter Winter.

Pippa hatte mehrmals versucht, mich im Büro zu besuchen. Aber Celine setzte erstmals konsequent eine meiner Anordnungen um und ließ Pippa schon an der Pforte abweisen. Ich blockierte ihre Nummer, antwortete nicht auf ihre Mails und markierte sie als Spam. Langsam wurden ihre Kontaktversuche weniger, bis sie irgendwann endgültig versiegten.

Seit kurzem verlief mein Leben wieder in geregelten Bahnen. Der Sommer mit Pippa rückte immer mehr in Vergessenheit, als wäre ich nur kurz vom Weg abgekommen, als hätte die Begegnung mit ihr nur einmal kurz meine Strecke erschüttert. Und nun, zurück auf der alten Spur, war alles wie zuvor.

Es war gut so, wie es war. Es war ein Leben, das ich handeln konnte, es war überschaubar. Langsam hatte ich alles wieder unter Kontrolle, und es war nur eine Frage der Zeit, bis ich auch meine Gefühle wieder im Griff hatte.

Die Hochzeit war der erste und wichtigste Schritt dahin, und ich hoffte, dass diese Verbindung Philip und mich wieder dorthin zurückbringen würde, wo wir schon einmal gewesen waren, dass sie unser Band noch verstärken würde.

«Ich bin aber sehr froh darüber, dass du noch zur Besinnung gekommen bist.»

Liz hatte sich wieder aufgerichtet und betrachtete jetzt sich von allen Seiten. «Ohne Ehevertrag heiratet heutzutage niemand mehr. Und wenn wir realistisch sind - selbst mit sehr gutem Willen, und den habe ich, wie du weißt -, gebe ich euch fünf, sechs gute Jahre. Wenn du es schaffst, ein Kind auf die Welt zu bringen - wozu sonst deine gebärfreudigen Hüften? -, vielleicht sogar zehn. Dann ist Philip Mitte vierzig und genau im richtigen Alter für eine jüngere Ausgabe von dir. Ich hoffe schwer für ihn, dass er bis dahin mehr Wert auf Bildung, Anstand und Etikette legt und einen besseren Geschmack entwickelt hat.»

Liz' Worte bohrten sich wie spitze, boshafte Messerstiche in meinen Magen.

«Ich denke nicht, dass Philip vorhat, mich auszutauschen, Liz. Wir heiraten, weil wir uns lieben.»

«Ach, die Liebe wird so was von überbewertet. Viel wichtiger ist, dass man zusammenpasst. Und das ist bei euch, nun ja ... Da hat mein Philip noch einiges zu lernen.»

Ich seufzte. Am Tag meiner Hochzeit saß ich mit einer Frau vor dem Spiegel, die mich hasste. Sollte nicht gerade in so einem Augenblick jemand an meiner Seite stehen, der mir nur das Beste wünschte? Jemand, mit dem ich Sorgen und Wünsche teilen konnte? Der mit mir mitfieberte, mich zum Lachen brachte und teuren Champagner verschüttete, mich festhielt, wenn ich zitternd den Lidstrich nachzog ...

Jemand wie Pippa.

Ich vermisste sie seit dem Tag unseres Streits, aber heute fehlte sie mir so sehr, dass es regelrecht weh tat. Bei dem Gedanken an sie schossen mir sofort Tränen in die Augen, sodass ich unwillkürlich mit dem Kopf wackelte, als würde ich die Erinnerung damit abschütteln können.

Liz klopfte mir auf die Schulter. «Genieß den Tag, Kindelchen. Besser als heute wird es dir nie gehen. Auch jemand, der so gutmütig ist wie mein Philip, wacht irgendwann auf und erkennt, dass er mehr haben kann. Und dann wird er es sich holen.»

Ich zwang mich zu einem schmalen Lächeln. «Ich wäre jetzt gerne ein wenig allein, Liz.»

«Aber sicher doch», sagte sie und tätschelte meine Wange mit ihren eiskalten, langen, sehnigen Fingern. «Das ist *dein* großer Tag.»

Ich wusste nicht, ob irgendwo auf dem Planeten ein Mensch existierte, der noch boshafter war als Liz. Aber selbst wenn, dann wäre sogar ihm das Blut jetzt in den Adern gefroren.

«Ach ja», sagte Liz und kramte in ihrer Tasche. «Das hat ein Kurier eben abgegeben. Wahrscheinlich ein Hochzeitsgeschenk von jemandem, der es nicht auf die Gästeliste geschafft hat.»

Sie legte ein in braunes Packpapier gewickeltes Päckchen in der Größe einer Taschentuchpackung neben mich, das mit einer blauen Schleife umwickelt war.

«Danke.»

«Ich warte dann unten auf dich.» Sie schickte sich an, zu gehen. «Aber übertreib es nicht mit dem Rouge, Kindelchen, das wirkt bei dir schnell wie bei einem Flittchen. Und denk dran: In zehn Minuten kommt der Wagen.»

Als Liz die Tür hinter sich geschlossen hatte, atmete ich tief durch und nahm das Päckchen in die Hand. Es hatte keinen Absender und war für seine Größe verhältnismäßig schwer. Ich öffnete es, ohne nachzudenken.

Die Schleife war locker gebunden, und der Papierbogen nur gefaltet und nicht verklebt. Auf der Innenseite entdeckte ich einen kleinen Schmierkleks, der wie eine Mischung aus Kaffee- und Ölfleck aussah. Ich musste nicht mehr raten, von wem dieses Päckchen kam.

Als ich es ganz aufgewickelt hatte, kam ein schwarzes Diktiergerät zum Vorschein.

Ich sah noch mal nach, ob ein Brief oder ein Zettel dabeilag, fand aber nichts.

Dann drückte ich auf «Play».

Zuerst war nur Geraschel zu hören, dann eine weibliche Stimme.

«Liebst du Sarah?»

«Warum fragst du solche Sachen? Ich dachte, wir sind aus einem anderen Grund hier.»

Die Stimmen waren so vertraut, dass ich das Gefühl hatte, Philip und Pippa säßen neben mir.

«Ich will es aber wissen.»

«Ob ich sie liebe? Ich glaube schon.»

«Du glaubst es? Und warum betrügst du sie dann?»

«Ich brauche eben einen Ausgleich zu der Perlglanz-Welt mit ihr. Jeder Mann würde mich verstehen. Sarah ist eben nicht besonders ... extrovertiert im Bett. Ganz im Gegensatz zu dir, würde ich mal schätzen. Also, was ist jetzt ...»

Ich nahm das Diktiergerät in die Hand und schleuderte es mit voller Wucht gegen die Wand. Sofort versiegten die Stimmen. Das Zerbersten unzähliger Plastikteile war das einzige Geräusch, das die schmerzvolle Stille durchbrach. Kurz darauf hörte ich Liz von unten rufen.

«Sarah! Was war das? Was ist da oben bei dir los?»

Meine Brust bebte unter dem Kleid, und ich hatte das Gefühl, das Korsett würde jeden Moment platzen.

Mit einer Hand stützte ich mich am Schreibtisch ab, mit der anderen hielt ich mir den Bauch. Wie ferngesteuert erhob ich mich langsam von dem Schminkhocker, raffte das schwere Kleid hoch und ging barfuß ins Arbeitszimmer. Ich hörte Liz unten in der Küche klappern und stellte mir vor, wie sie gerade eine Flasche Schnaps öffnete und mehrere Gläser auf ex trank, um den für sie schlimmsten aller Tage zu überstehen.

Philip war bereits gestern Abend gegangen, er zog sich bei Simon um, aber sein Laptop stand im Arbeitszimmer. Ich klappte es auf und wartete, bis das obligatorische Willkommensgeräusch ertönte. Dann starrte ich auf die Passwortabfrage. Ich wusste es, ich hatte es immer gewusst. Aber ich hätte nie gedacht, dass ich es irgendwann brauchen würde.

In Sorge um ihn – was wäre, wenn Philip einen Unfall hätte und ich an seinen Computer müsste? – hatte ich Philip bei der Eingabe des Passworts so lange beobachtet, bis ich es wusste. Auf die Idee, dass es das Nummernschild sein könnte, hätte ich allerdings auch so kommen können.

Langsam tippte ich die Buchstaben-Zahlen-Kombination ein, als hätte ich nur einen einzigen Versuch. Dann drückte ich auf Enter.

Tatsächlich öffnete sich der Bildschirm, und als ich die Maus zum Browser führte und auf *Zuletzt besuchte Seite* klickte, schloss ich ganz kurz die Augen.

Sofort öffnete sich eine rot-weiße Maske, die ich nicht zum ersten Mal sah. Ein Login wurde nicht abgefragt, anscheinend hatte Philip die Seite dauerfrequentiert. Ich brauchte einen Moment, um mich zu orientieren, als plötzlich ein Chatfenster aufpoppte, an dessen Rand das Profilbild einer dunkelhaarigen, stark geschminkten Frau angezeigt wurde.

Noch bevor mein Gehirn das Bild zuordnen konnte, las ich die Zeilen vor mir:

Da bist du ja, Baby! Ich hab dich schon vermisst! Der Chat diese Nacht war so heiß, dass ich selbst Hand anlegen musste! Ich kann es kaum erwarten, deine Hände wieder auf mir zu spüren ...

Tine! Die Frau mit dem Tattoo auf der Arminnenseite, von der Philip mir so dringend abgeraten hatte. Ich erkannte ihr freches Grinsen sofort, es hatte nur einige Sekunden gedauert, bis mir der Name eingefallen war. Tine und Philip? War das der Grund, warum Philip mir so rigoros von ihr abgeraten hatte, als ich damals von ihr erzählte? Tines Worte blinkten herausfordernd auf dem weißen Hintergrund des Chatfensters. Und jedes Blinken war wie ein neuer Schlag in die Magengrube.

Meine Hand führte die Maus zum Eingangsordner. Ich klickte, und sofort rollten sich unzählige Mails auf.

Sexbunny, Dein_Traum und *Schulmädchen* schrieben Philip mit Babe und Baby an, antworteten auf seine Fragen zu ihren sexuellen Phantasien und schlugen Termine für Treffen vor.

Schon nach wenigen Zeilen verschwamm alles vor meinen Augen und ich schlug den Laptop mit voller Wucht zu.

Das durfte nicht wahr sein, das konnte es nicht! Nicht Philip, nicht mein Philip!

«Sa-rah!»

Ich schluckte den riesigen Kloß, der sich in meinem Hals gebildet hatte, herunter.

«Der Fahrer ist da!», rief Liz. «Kommst du endlich?»

25. Kapitel

Die Kirche war voll von Menschen, die ich kaum kannte. Meine Seite war erwartungsgemäß leerer als Philips, und so hatten sich die Gäste dort vermischt. Liz ließ es sich natürlich nicht nehmen, mich zum Altar zu führen.

«Wenn er schon diesen kindischen Fehler begeht, dann wenigstens mit mir an seiner Seite.»

Sie nahm meinen Arm und hakte sich bei mir ein. «Ich hab dir doch gesagt, du sollst mit dem Rouge nicht übertreiben!»

Die kurze Autofahrt bis zur Kirche hatte nicht gereicht, das innere Glühen wieder loszuwerden. Es war, als wäre in mir ein Vulkan ausgebrochen, und die Lava verteilte sich nun in Zeitlupentempo im gesamten Körper.

Philips Gesicht strahlte, als er mich sah. Ich war unfähig, eine Regung zu zeigen. Liz dagegen winkte ihm unauffällig, aber auffällig genug, zu. Sie erinnerte mich an eine jüngere Ausgabe der Queen, die durch eine eigens für sie veranstaltete Parade schritt.

Philip sah gut aus, wie er dort stand in seinem eng geschnittenen Boss-Anzug, mit der passenden cremeweißen Krawatte, die Liz nach einer Stoffprobe meines Kleides ausgesucht hatte. Er lächelte mich an und sah zufrieden aus.

Ich spürte Liz' spitzen Ellbogen in meiner Seite. «Lächle, verdammt noch mal!», zischte sie.

Jeder Schritt, den wir in Zeitlupe durch das Hauptschiff der Kirche schritten, kam mir ewig lang vor, und jeder Versuch, das Tempo zu erhöhen, wurde von Liz ausgebremst. Sie schien ihren Auftritt wahrlich zu genießen.

Als wir am Altar ankamen, ließ Liz mich los, nahm Philips Hand und hielt sie ein wenig zu lang. Dann umarmte sie ihn und küsste ihn mehrmals unter Tränen, als müsse sie ihn für den Einzug in ein Kriegsgebiet freigeben.

Nach einer gefühlten Ewigkeit befreite er sich aus ihren Armen und nahm meine Hand. Liz legte mit ihrem breiten Lächeln die obere und untere Zahnreihe frei, auf denen roter Lippenstift klebte.

Philip beugte sich zu mir. «Du siehst wunderbar aus, Liebes.»

Ich versuchte zu lächeln, aber mein Gesicht schien eingefroren zu sein. Es war mir schlichtweg nicht möglich, einen klaren Gedanken zu fassen.

Als der Pastor mit seiner Rede begann, schweiften meine Gedanken ab, und ich nahm seine Stimme nur noch wie von weit entfernt wahr.

Pippa hatte recht gehabt. Sie hatte all das gesehen, was ich nicht sehen wollte, weil es nicht wahr sein durfte. Ich spürte, wie mir heiße Tränen die Wangen herunterliefen, während Philip in gleichmäßigem Takt meinen Arm tätschelte.

«Ist ja schon gut, Schatz», flüsterte er, «ich bin ja auch so ergriffen.»

Seine Worte klangen dumpf und seltsam hohl in meinem Kopf nach. Die Stimme des Pastors wirkte hingegen weich und versöhnlich. Ich schloss die Augen.

«... deshalb frage ich Sie, ob jemand etwas gegen diese Verbindung einzuwenden hat.»

Plötzlich war ein lautes Geräusch wie von einer zufallenden Tür zu hören, sodass ich aufschrak.

«Ich! Ich habe was dagegen!»

Mit aufgerissenen Augen drehte ich mich um.

«Besser gesagt: wir!»

Ein Raunen ging durch die Kirche.

Ich musste zweimal durch den Tränenschleier blinzeln, der meine Sicht verschwimmen ließ, bis ich sie erkannte. Direkt unterhalb des Altars, zwischen den Kirchenschiffen stand Pippa, eingekeilt von zwei Menschen, die mir so fremd erschienen, aber gleichzeitig so unendlich vertraut waren.

Meine Mutter, ganz in Schwarz, trug ihr bestes Kleid, das sie sicher schon bei mindestens drei Beerdigungen in der Nachbarschaft getragen hatte. Neben ihr stand mein Vater, dessen faltige, verbrauchte Hände sich auf einen Gehstock stützten. Seit wann brauchte er einen Stock?

«Wir haben was gegen diese Verbindung!», wiederholte Pippa und trat vor. «Und ganz besonders ich.»

«Was zum Teufel ...?» Doch Philips Worte gingen in dem allgemeinen Gemurmel unter.

Pippa stieg zu mir hoch und nahm meine Hand. Sie zitterte leicht, und ich spürte, wie kalt ihre Finger waren.

«Tu das bitte nicht.» Sie sah mir direkt in die Augen. «Ich hatte diese Nacht einen Traum. Deinen Albtraum! Den von dem Schweinematschmädchen.» Ihre Stimme wurde kräftiger. «Du bist es schon lange nicht mehr, Sarah, und dafür musst du nicht erst diesen Typen heiraten. Du glaubst, du wirst besser dadurch oder vollständiger, aber das stimmt nicht. Ich konnte nach dem Traum heute Morgen einfach nicht mehr so tun, als ob mich das alles nichts anginge. Du bist meine

Freundin, Sarah. Meine einzige Freundin! Meine beste Freundin!»

Die Tränen rannen mir wie Sturzbäche die Wangen herab, als wäre ein Staudamm gebrochen, den ich jahrelang mühsam Stein für Stein aufgebaut hatte.

Mein verschleierter Blick fiel auf den kleinen Brautstrauß weißer Nelken, den Liz ausgesucht hatte. Nein, das war nicht mein Strauß, das war nicht meine Hochzeit, und der Mann, der neben mir stand, war auch nicht meiner. Mit jeder Träne, die über meine Wange rann, schien die Ahnung zur Gewissheit zu werden: Das war alles einfach nicht mein Leben.

Ich pfefferte den Strauß vor Philips' Füße. «Nein!»

«Nein?»

«Nein?» Auch der Pastor sah mich jetzt entsetzt an.

«Ich sage nein!», erklärte ich lautstark. «Das alles bin nicht ich. Das hier ist nicht mein Leben!»

Ich zeigte auf Liz. «Meine Schwiegermutter hasst mich so sehr, dass sie mir am liebsten jeden Morgen Arsen in den Kaffee schütten würde. Und du, mein lieber Verlobter ...» Ich sah zu Philip. «Du bist längst nicht der Saubermann, den du immer gibst! Du heiratest mich doch nur, damit du nach außen dein tolles Image pflegen kannst, während du dich Nacht für Nacht mit irgendwelchen Tattoo-Girls vergnügst!»

Ein erneutes Raunen ging durch die Kirche.

«Das wagst du nicht!»

«Und ob ich es wage!»

Ich sah an mir herunter und zog den Saum meines Kleides hoch. «Das ist doch alles nur Fake. Das ist alles nicht echt. Das hier ...» Ich stieg die ersten Stufen vom Altar hinunter und blickte zu meinen Eltern. «Das hier ist echt! Das sind meine

Eltern. Ja, genau, sie sind Schweinebauern aus der Eifel, grundehrliche Arbeiter, die Tag für Tag Dreck schaufeln. Aber keiner von ihnen steht so sehr mit beiden Beinen im Dreck wie ihr!»

Ich sah von Philip zu Liz.

«Du stirbst bei dem Gedanken, jemand anderes könnte dir deinen Sohn wegnehmen. Aber ich habe eine gute Nachricht für dich: Du hast ihn ab sofort wieder ganz für dich allein!»

Mit diesen Worten stapfte ich mit Pippa an der Hand den Altar herunter. Aus dem Augenwinkel sah ich, wie Philip um Luft rang. Pippa grinste Liz triumphierend an, die kurz vor einer Ohnmacht zu stehen schien und hyperventilierend mit einer Hand vor dem Gesicht herumwedelte.

Das vertraute Gefühl, wenn ich mit Pippa zusammen war, war wieder da: Sie löste in mir ein Gefühl der Stärke aus, die ich mir selbst nie zugetraut hatte. Sie war wie ein Verstärker meiner eigenen Stimme, die mir selbst nie laut genug erschien, um gehört zu werden.

Ich fiel zuerst meiner Mutter um den Hals.

«Oh, Sarah!»

Dann umarmte mein Vater uns beide, und zu guter Letzt schmiss sich Pippa mit beiden Armen an uns ran. «Kommt! Bloß raus hier!», feixte sie lachend. Erst jetzt bemerkte ich, dass ihre Ellbogen ölverschmiert waren. «Sonst rollt gleich die Armee der bösen Schwiegermutter an und wirft uns alle in ihren Kerker!»

Es war verrückt – mit einem Mal hatte ich alles verloren. Wenn ich jetzt die Kirche verließ, würde nichts mehr so sein, wie es war. Mein bisheriges Leben war dann weg.

Und zum ersten Mal fühlte es sich ganz und gar richtig an, ein neues Leben zu beginnen.

Epilog

Und was jetzt?»

«Was hältst du von der Karibik, einem Fünf-Sterne-Hotel am Strand, der Honeymoon-Suite und endlos Cubra Libre?»

Pippa saß am Steuer des Hochzeitswagens, einem Mercedes 300 von 1951, der über und über mit weißen Callas und Nelken geschmückt war, und sah mich grinsend von der Seite an.

«Ziemlich viel!»

«Ich hab bei Philips Wagen übrigens gerade die Zündkerzen ausgebaut», erklärte Pippa trocken. «Mir war so danach.»

Ich deutete auf ihre ölverschmierten Hände. «Ach, deswegen bist du deinem abenteuerlichen Look sogar heute treu geblieben.»

«Das war's mir wert!»

Pippa trug ihren Verband nicht mehr und hatte sich offensichtlich neue Klamotten zugelegt: rote Bluse zu kariertem Schottenminirock zu pinkfarbenem Leoprintschal und Creolen. Wie immer passte nichts davon zusammen, weder farblich noch sonst wie, aber genau das liebte ich an Pippa. Alles war so schräg, dass es schon wieder gerade wirkte.

«Bevor wir abfliegen, muss ich nur noch eine Sache in der Werkstatt erledigen», sagte sie, und es lag etwas Bedauern in ihrer Stimme. «Ich hatte da ja so einen blöden Mietvertrag unterschrieben ... und na ja, die Werkstatt kommt unter den Hammer.»

Fassungslos sah ich sie an.

«Aber ich werde es überleben.»

«Nichts da», antwortete ich. «Mit schlechten Verträgen kenne ich mich aus. Und Insolvenzverwalter esse ich zum Frühstück! Außerdem schulde ich dir was, du hast mich gerade zum zweiten Mal gerettet.»

Pippa hielt mir die Hand zu einem High Five hin. «Das war ein echt guter polnischer Abgang gerade!»

Ich drückte ihre Hand fest an mich. «Danke.»

«Quatsch. Das hast du ganz allein geschafft», antwortete sie und startete den Wagen.

Ich schüttelte den Kopf. «Das waren *wir*.»

✿

«Sie haben recht», sagte der Insolvenzverwalter, der sich uns als Max van den Bomen vorgestellt hatte, und kraulte nachdenklich sein Kinn. «Solche Klauseln habe ich in meinem ganzen Leben noch nicht gesehen. Die dürften wirklich rechtswidrig sein.»

Wir standen in Pippas Werkstatt, die wie immer völlig chaotisch aussah. Überall lagen Autoteile, Werkzeuge und allerlei anderer Kram herum. Sogar einen verrosteten Entsafter konnte ich auf dem Boden erkennen. Komischerweise störte mich das alles gar nicht mehr – im Gegenteil. Das war Pippas Art, mit dem Chaos in ihrem Leben umzugehen. Sie akzeptierte es, verleugnete es nicht, sondern lebte damit. Ich hatte verstanden, dass es keinen Sinn machte, sie ändern zu wollen. Aber das

Beste daran war eigentlich, dass ich das auch gar nicht mehr wollte.

Ich nickte Max van den Bomen zu. «Freie russische Interpretation, denke ich. Im Schlammcatch-Metier legt man eher Wert auf Handfestes als auf AGB.»

«Ich muss sagen, dass mich Ihr Auftritt hier in diesem ... ungewöhnlichen Kleid nicht kaltlässt.» Er lächelte mich an, sodass mich ein warmer Schauer überkam.

Max van den Bomen war großgewachsen, schlank und hatte dennoch breite Schultern. Sein dunkles Haar wellte sich ein wenig über der Stirn, wo sich rechts und links kleine Buchten gebildet hatten – höchstwahrscheinlich die Botschafter von Geheimratsecken. Seine hellen Augen strahlten, und wenn er lachte, fielen sofort seine weißen, geraden Zähne auf.

Er benutzte sicher Zahnseide, schoss es mir durch den Kopf, und ich musste schmunzeln, weil der Gedanke in unserer momentanen Situation so absurd war. Immerhin stand ich in einem opulenten Brautkleid vor ihm.

Max van den Bomen trug seinen Anzug wie eine Art Uniform, und ich konnte mir gut vorstellen, dass er privat ganz anders war. Mir gefiel die Vorstellung, ihn in einem T-Shirt und Jeans vor mir zu sehen.

Gerade wollte ich mich für diesen weiteren abstrusen Gedanken abmahnen, doch dann korrigierte ich mich innerlich. Es war vollkommen in Ordnung, mir Max van den Bomen vorzustellen. Wieso auch nicht? Ich war ab sofort Single, und ich konnte tun und lassen, was ich wollte.

Ich atmete tief durch und genoss das Gefühl meiner neugewonnenen Freiheit.

Dann sah ich zu Pippa, die mit einem der Interessenten für die Werkstatt diskutierte und ihm klarzumachen versuchte, dass Castro zur Ausstattung gehörte und kommen und gehen – oder besser gesagt herumfahren – durfte, wann er wollte. Wobei das Wort «diskutieren» es nicht ganz traf, denn Pippas Augenaufschlag ließ anderes erahnen.

Igor saß seelenruhig auf ihrer Schulter, und ich wunderte mich, dass er gerade niemanden anvögelte. Anscheinend stand er mehr auf das weibliche Geschlecht.

«Ich prüfe die Sachlage also noch einmal», erklärte Max van den Bomen, «da wird sich sicher etwas machen lassen. Ein Aufschub ist in jedem Fall drin, selbst ohne Vertragsfehler.»

Mir fiel ein Stein vom Herzen. Die Werkstatt gehörte einfach zu ihr, außerdem brauchte ich seit einigen Minuten selbst einen Unterschlupf.

Ich warf ihr einen triumphierenden Blick zu, den sie erwiderte. Es war verrückt, aber wir verstanden uns ohne Worte.

Erst jetzt wurde mir klar, dass es das war, wonach ich mich immer gesehnt hatte. Vielleicht war es auch genau das, was eine Freundschaft ausmachte. Eine Freundin musste nicht so sein wie du, nicht so aussehen oder leben wie du, und noch nicht einmal so denken wie du. Eine Freundin muss dich nur verstehen. Und das taten wir, Pippa und ich.

Ich hatte also soeben meine Hochzeit abgeblasen, die der Höhepunkt meines bisherigen Lebens sein sollte, hatte fast hundert Gäste im Regen stehen gelassen und mich als Tochter von Schweinebauern in der feinen Gesellschaft selbst demontiert. Aber ich hatte auch meine Eltern wiedergesehen und mit ihnen ein Treffen vereinbart, um endlich wieder einmal nach Hause zu fahren.

Ich fühlte kein Bedauern. Alles, was ich fühlte, war Glückseligkeit.

«Wie wäre es, wenn wir die Sachlage noch mal bei einem Kaffee besprechen würden?» Max van den Bomens blaue Augen sahen mich erwartungsvoll an.

Ich fühlte mich einerseits überrumpelt, so, als hätte er meine Gedanken eben hören können. Andererseits schmeichelte es mir, das er eine ähnliche Vorstellungskraft wie ich zu haben schien.

Dann hielt er mir die Hand hin. «Max.»

Ich nahm sie und sagte: «Sarah», schüttelte aber gleichzeitig den Kopf. «Zuerst einmal fahre ich mit meiner Trauzeugin in die Flitterwochen.»

«Oh.» Er sah mich irritiert an. «Ungewöhnliche ... Kombination.»

«Aber danach kommt Sarah gerne!» Pippa hatte sich unbemerkt zu uns gestellt und grinste breit. «Ich hab da so ein Gefühl, dass ich meinen Job als Trauzeugin wohl doch nicht ganz an den Nagel hängen muss ...»

«Pippa!»

«Was denn? Gib's zu, ich bin ein Geschenk des Himmels!»

Ich kniff meine Augen zusammen. «Das ist Hagel auch.»

Max' Gesicht hellte sich auf, und auch ich konnte nicht mehr ernst bleiben. Wir brachen in lautes Gelächter aus.

Pippa war sicherlich der Mensch, der mir auf der ganzen Welt am unähnlichsten war, und doch schien sie mich zu verstehen wie sonst niemand. Ich hatte sie nicht gesucht, zumindest nicht *ausgesucht*, aber trotzdem gefunden.

Max schaute mir in die Augen, und der warme Schauer überkam mich erneut. Für ihn sah es sicher so aus, als ob ich gerade meine Freundin vor der Insolvenz gerettet hatte. Ihm schien die mutige, entschlossene Frau im Brautkleid zu imponieren.

Aber es stimmte nicht.

Pippa und ich hatten uns gegenseitig gerettet, und zwar auf jede erdenkliche Art und Weise.

Danksagung

In erster Linie möchte ich mich bei Ihnen bedanken, die Sie das Buch gerade in den Händen halten und es gekauft, geliehen oder der Freundin, Schwester oder Mutter geklaut haben. An manchen Tagen ist es recht einsam am Schreibtisch, so wie jetzt gerade. Es ist November, es regnet in einer Tour, es ist grau, kalt, nass – und ich sitze über den ersten Lektoratsanmerkungen dieses Buches. (Wenn Sie dieses Buch lesen, ist es höchstwahrscheinlich schon Sommer, und es sieht hoffentlich so aus wie auf dem Cover. Schwer vorstellbar gerade.) Die Arbeit vor und nach einem Buch ist immer Fleißarbeit, das Schreiben selbst ist die Belohnung. Ich muss zugeben: Fleißig war ich noch nie, und entsprechend motiviert schleppe ich mich morgens zum Schreibtisch. Aber dann kommt der Gedanke an Sie, die Leser. Sie werden dieses Buch lesen, es hoffentlich mögen, zu den Lesungen kommen, Rezensionen und liebe Mails schreiben. Und all das Grau des Winters, der Regen, der kalte Kaffee und das wochenlange Alm-Öhi-Dasein inmitten von Korrekturfahnen sind vergessen. An diesen Tagen hilft tatsächlich nur eines: Ich stelle mir vor, wie Sie dieses Buch mit einem Lächeln im Gesicht zugeklappt haben. Und dann ist alles andere vergessen.

Also danke ich Ihnen, dass Sie meine LeserInnen sind und meine beiden Mädels begleitet haben. Sarah und Pippa sind mir sehr ans Herz gewachsen. Zeitweise waren sie für mich so real, dass ich dachte, ich würde ihnen eines Tages in Köln begegnen. Falls Sie die beiden also treffen, bitte grüßen Sie sie lieb von mir! (Und Pippa hat da noch eine Rechnung offen!)

Ich danke Charli, die mir Igor ausgeliehen hat. Ihr Leben ist so verrückt, das kann sich selbst eine Autorin mit ganz viel Phantasie nicht ausdenken! Ich denke, Igor ist bei Pippa in guten Händen, und er lebt dort weiter ...

Wie immer danke ich Kyra, die die offensten Ohren der Welt hat. Es ist schön, dass wir diesen verrückten Weg immer noch gemeinsam gehen.

Gregor, der Pippa auf Anhieb mochte. (Sie hat keinerlei Ähnlichkeiten mit mir, das muss ich an dieser Stelle noch mal betonen.)

Kai für www.brittasabbag.de – ich freue mich auf dein erstes eigenes «Baby». ☺

Regina für alles.

Ditta & und dem Rowohlt-Team: Es ist schön, bei euch an Bord zu sein!

Last but not least: meinem Steuerberater. Es gibt keinen Mann auf der Welt, auf den ich so gut höre wie auf ihn. Er hat sich eine Erwähnung gewünscht – hiermit ist das Soll also erfüllt. (Lars: Bekomme ich jetzt Prozente?)

Ihre & eure Britta Sabbag

FSC
www.fsc.org
MIX
Papier aus verantwortungsvollen Quellen
FSC® C083411

Das für dieses Buch verwendete Papier ist FSC®-zertifiziert.